恋するきっかけは
秘密の王子様

安芸とわこ

Towako Aki

JN190990

RB

レジーナ文庫

登場人物紹介
ブラッドレー・クラウス
騎士団の副団長。
少々口が悪いところはあるが、
面倒見がよく
部下達に慕われている。
ルイのことが気になっている。
ルイ・ジェニック
公務員として勤める、
働き者で家庭的な娘。
人の役に立ちたいと思いつつも
現実とのギャップに
悩んでいる。

アンジー
ニコに懐いている
賢くて元気な八歳児。
ミュゼ・ハーヴェル
騎士団の団長。
掴みどころのない
人物で、
ブラッドレーの
ストッパー役。
エイシャ・フレイ
ルイの同僚の女性。
中性的な美貌の
持ち主で、
悪戯好きな
面がある。
アビー・イザヤ
ニコの従者。
寡黙な大男で、力仕事などで
頼りにされることが多い。
ニコラエフ・アール
通称ニコ。どこか浮世離れした
不思議な男性だが、
ルイの尊敬する上司。
時々謎の行動を
とっていて……？
ガーガー号
ルイたちの働く派出所で
飼われているアヒル。

目次

恋するきっかけは秘密の王子様

プロローグ　真昼のアヒル騒動

アーガマイザー国は、現国王ディミザ・ラスサイド・アーガマイザーが統治する、豊かな国だ。土地は肥沃《ひよく》で、畜産、農業が大々的に営《いとな》まれ、鉱物資源にも恵まれている。

豊富な緑とハルテシュ川のもたらす水、そして温暖な気候。

これらの土地柄のためか、人々の気性は大らかで明るい。

首都である城塞《じょうさい》都市クレイは、ハーケン山脈とディハーケン山脈の間に広がるダスク高原に位置していた。

王宮があり、騎士館があり、国軍が駐屯《ちゅうとん》するこの地は、交易が盛んな経済の中心地として賑《にぎ》わう。

人が多く常に活気に満ちているが、治安はよい。

そのクレイ城塞の足元に、ルイ――生活環境安全便利課に勤めるルイ・ジェニックの担当区である七区がある。

午後二時過ぎ、ルイが勤務する第七支部の派出所に、男が飛び込んできた。

「ルイちゃん、助けてくれ！」

派出所は入ってすぐに受付窓口があり、真向かいが待合所、受付の後ろが事務所となっている。

このときルイは事務所で書類整理をしていた。

ルイは至って標準的な体形の女性だ。髪はふわりと軽い金髪のセミロング、眼は両親譲《ゆず》りの緑色。睫毛《まつげ》が長く、そのため眼が大きくはっきり見える。

男のただならぬ剣幕《けんまく》にサッと緊張したルイ。彼女は即座に椅子から立ち上がって、受付に近づき訊《き》く。

「わ、すごい汗。そんなに慌てて、どうしました？」

男は近所の住人で、ルイの顔見知りだ。彼女の言葉通り、息せき切って、汗まみれになっている。

「王宮へ食用のアヒルを届ける途中で、荷車を曳《ひ》いていた馬が暴走した。馬車が倒れて、檻《おり》の蓋《ふた》が開いてさ、アヒルが道に溢《あふ》れちまった。いま向こうで回収している最中なんだが手が足りねぇ。大至急、応援頼む！」

「わかりました。場所はどこですか？」

訊《き》けば、事故の場所は担当区内の市場に通じる大通りだった。あの辺りは商店がずらりと軒《のき》を連ねている。馬車や荷車などの交通量も多く、アヒルが走り回っては二次被害を招きかねない。

「すぐに出ます。急がないと怪我人《けがにん》が出るかも」

「助かるよ！　あ、でも依頼書を記入しないとならねぇんだよな」

「はい。まず手続きをお願いします」

便利課は地域密着型の有料公共サービス機関である。

環境庁に所属していて、仕事の内容は多岐《たき》にわたる。法律に違反しない範囲であれば、ほぼなんでも引き受ける。

ルイはここの所長補佐なので、所長が不在のいま、指揮を執《と》るのは彼女の役目だ。

課員たちを呼び集め、男に依頼書を作成し終わったら来るように言い、踵《きびす》を返す。

派出所にいる課員はルイを含めて五人。受付に一人残し、四人で出動することを決める。課員は全員、制服の着用が義務付けられている。

制服は男女別で、通気性のよい素材で作られている白い官服《かんぷく》。長袖《ながそで》で、男性用の丈は短く、女性用は長い。女性用の上衣《じょうい》のみ、左右に深いスリットが入っている。下衣《かい》は男女共に直線的なズボンで、ゆったりとして穿《は》き心地がいい。

男性用ベルトと女性用の腰に巻いた飾り紐《ひも》は、環境庁の職員であることを示すライム・グリーンだ。

「私たちは先に向かいます。皆、用意できた？　行こう」

彼女は三人の課員と共に現場へ急行した。

現場に到着したルイは、目前に広がる光景に唖然《あぜん》とした。

「……うわあ」

肉や魚、野菜や豆、小麦などの生鮮食品店に、椅子とテーブルが用意された飲食店。それに布や織物、衣料、家具、生活雑貨などを扱う店々が左右に軒《のき》を連ねる大通りに、アヒルがどっと溢《あふ》れている。

「アヒルだらけ……」

アヒルは「ングワッ、ングワッ」「クェクェ」とうるさく鳴きながらそこら中を走り回る。

それを追いかける人間で、現場は大混乱だ。

ルイは我に返ってすぐに官服の袖を腕捲《うでまく》りする。

「大変。一刻も早く回収しないと」

商売に影響が出るし、交通の妨《さまた》げになる。二次被害が出て怪我人《けがにん》続出という事態にもなりかねない。

ルイは課員たちと協力して、あちこちに散らばっていた檻《おり》を道の脇に並べた。それから手あたり次第、アヒルの捕獲に走る。

しかし、アヒルは手強《てごわ》かった。やっとの思いで捕まえても暴れて逃げ出そうとするし、何度も顔を蹴《け》られた。官服《かんふく》は泥まみれだが、そんなことを気にする暇もない。

走る。走る。とにかく躍起《やっき》になってアヒルを追いかけた。

課員たちと一部の住人だけではすべてのアヒルを回収するのは無理だ。とにかく人手が足りない。

ルイは肩で息をしながら、ジタバタするアヒルを一羽抱えた。

そこへ突然、馬の嘶《いなな》きが聞こえた。蹄鉄音《ていてつおん》がこちらに近づいてくる。

「道をあけろ!」

鋭い警告に、ルイが声の方を振り返った。騒ぎを聞きつけたのか、騎乗した二人の騎士がいる。

「これはいったい、なんの騒ぎかな」

優雅に呟《つぶや》いたのは、騎士の一人。クレイでは知らぬ者などいない、アーガマイザー国国軍騎士団騎士団長ミュゼ・ハーヴェルだ。彼は肩までの長さの明るい金髪を後ろで束《たば》ね、青い眼を怪訝《けげん》そうに細めている。

「おい、なにがあった⁉」

次に怒鳴ったのは、副団長のブラッドレー・クラウス。ミュゼの腹心で、容姿に秀《ひい》でている男だ。冬の陽射《ひざ》しのような銀色の髪に、切れ長の銀色の眼。しなやかな身体つきは、勇猛果敢《ゆうもうかかん》な騎士というより優雅な貴公子に見える。

見目麗《みめうるわ》しい二人の騎士の登場に、辺りから歓声が湧《わ》く。

近くにいたルイは鞍上《あんじょう》のブラッドレーを見上げた。

彼をこんなに間近で見るのは初めてだ。大変な美形だという噂《うわさ》通り麗しい。ただ話に聞くのとは違い、眼つきが鋭かった。この眼に見つめられたら、恐ろしくて嘘や偽《いつわ》りなど言えないだろう。

ルイはブラッドレーと視線を交わし、強い口調で現状を説明する。

「食用アヒルを王宮へ配達する途中、荷車を曳《ひ》いていた馬が突然暴走したんです。馬車は転倒、積んでいたアヒルの檻の蓋《ふた》が開いてアヒルが全部逃げ出しました。いま皆で捕獲している真っ最中です。騎士様方もお手隙《てすき》でしたら手伝ってください！」

騎士の仕事じゃない、と突っ撥《つっぱ》ねられるのを覚悟の上だ。

警備を担当する巡回中の団員ならまだしも、相手は団長と副団長。断られても仕方ない。だがルイの予想に反して、ブラッドレーはすぐに頷《うなず》く。

「わかった。手伝う」

ルイは驚いた。まさか、こうもあっさりと応《こた》えてくれるとは思っていなかったのだ。

ブラッドレーはひらりと馬を下りると近くの店舗に寄り、壁の馬止めの金属製の輪に手綱《たづな》を結ぶ。そして、軍服の袖《そで》を捲《まく》ってルイに訊《き》いた。

「捕まえたら、どうすればいい?」

ルイは道の脇を指さして答える。

「あの檻《おり》に入れてください」

「おう、任せろ」

「お願いします」

それから、ブラッドレーはミュゼに事情を伝えたようだ。ミュゼも馬を下りて近くに繋《つな》ぐ。

彼らはルイたちと一緒に、早速逃げ惑《まど》うアヒルの捕獲にかかる。

「うぉっ。なんだよ、跳ぶのかよ⁉ 畜生、逃げた。団長、そっちにいったぞ」

「はいはい。アヒル君、ちょっと落ちつこうか」

パニックになったアヒルは、一筋縄ではいかない。短い羽をばたつかせ、切羽詰《せっぱつ》まった声で鳴く。そして短い足を死に物狂いで動かす上、ところかまわず跳び、暴れる。

ルイは取り逃がしたアヒルの尻尾を見ながら、ブラッドレーに叫んだ。

「そちらに行きました！」

すると、彼が腰を低く落として応じる。

「了解。来い、アヒル！」

混乱したアヒルがブラッドレーの腕の中に囲われた。

その光景を見つめていたルイと、彼の眼が合う。ルイは彼の奮闘ぶりをたたえて笑い、ブラッドレーが親指を立てた。

二人はすぐに次のアヒルの捕獲に移る。

ブラッドレーはちょこまかと逃亡を図《はか》る何羽目かのアヒルの背後に迫り、細い首をむずと掴《つか》んで得意げに言う。

「よぉーし、生け捕り成功！　おとなしくしろって。往生際《おうじょうぎわ》が悪いと絞《し》めちまうぞー」

ちょうど近くに来ていたルイは、慌てて待ったをかけた。

「気持ちはわかりますけど、絞めちゃだめです。王宮に納める品ですから」

ルイの声を聞いて、ブラッドレーが彼女の方を振り向く。

だがギョッとした表情をして、すぐさま眼を逸《そ》らす。

「あんた、なんで濡《ぬ》れてるんだ」

ルイは太めのアヒルを胸にしっかりと押さえ込みながら説明した。

「この子が打ち水用の汲《く》み桶《おけ》に、勢いよく飛び込んだせいです」

それを聞いたブラッドレーが、顔を横に向けたまま言う。

「じゃあ上になにか羽織《はお》れ」

「上着なんて持ってません。濡れてちょっと気持ち悪いけど、帰って着替えるまで我慢します」

「そういう問題じゃない」

そう言いつつ、ブラッドレーが捕獲済みのアヒルがひしめく檻《おり》の蓋《ふた》を片手で開けた。

彼はそこへ捕まえた一羽を乱暴に押し込む。続けてルイも慎重な手つきで小太りのアヒルを中へ下ろし、檻の蓋を閉じて掛け金をかけた。

「ちょっと待てよ」

ルイの目の前で、ブラッドレーが群青色《ぐんじょういろ》の軍服の上着を脱ぐ。

「仕方ないから貸してやる。それ着てろ」

差し出されたのは、ブラッドレーの上着だ。

ルイは眼を丸くして辞退した。

「えっ。いえ、あの、結構です。副団長様の上着をお借りするなんて申し訳なくて――」

だが、その言葉を遮《さえぎ》り、ブラッドレーが大きな声を上げる。

「眼のやり場に困るんだよ！」

「え？」

ルイは自分の格好を見た。すると、水を被《かぶ》ってぐっしょり濡れたため、官服《かんふく》の上衣《じょうい》が透《す》けているのが眼に入る。

「わっ」

ルイは慌てて両手で胸元を隠し、ブラッドレーに背を向けた。

束《つか》の間《ま》、気まずい沈黙が落ちる。

ルイは自分のあられもない格好と周囲の眼を考え、ブラッドレーの申し出を受けることにした。おずおずと上着を受け取りつつ礼を言う。

「……じゃあ、少しの間だけお借りしますね。ありがとうございます」

「おう」

ルイは軽く会釈《えしゃく》して、ブラッドレーの上着の袖《そで》に腕を通した。さすがに大きい。

「ぶかぶかですね」

「文句を言うな」

ルイの額《ひたい》をブラッドレーが指で弾く。

それから彼はすうっと息を吸い、よく通る大きな声で周囲に呼びかけた。

「とっとと終わらせるぞ！　暇な奴は全員手を貸せ。迷子のアヒルを一羽残らずとっ捕まえろ」

直後、ミュゼもにっこり笑って近くの人々に声をかける。

「私からもお願いしようかな。そちらの奥様方、ご協力いただければ非常に助かるのですが」

王に忠誠を誓《ちか》い、国と民の安全を守る騎士は、庶民にとって憧憬《しょうけい》の的《まと》である。

とりわけ騎士団長ミュゼと副団長ブラッドレーの二人は、突出した実力者という評価されていた。また見た目も華やかで、舞台役者も顔負けの空気を纏《まと》っている。

その彼らから助力を請《こ》われて、断る者はいなかった。

それからは総力戦である。

物陰や草むら、酒樽《さかだる》の隙間、荷台の下、水場など、あらゆる場所を人海戦術《じんかいせんじゅつ》で確認する。

そんな努力の甲斐《かい》もあり、日暮れ前にはアヒルはすべて回収された。

ブラッドレーが最後まで手伝ってくれた人々に「ありがとうな。本当に助かったぜ」

と笑顔で礼を述べる。すると、どこからともなく惜しみない拍手が湧き、大通りは温かな歓声に包まれた。

興奮が冷めない中、ブラッドレーが解散を宣言する。

そんな中、ルイは急遽《きゅうきょ》手配された代理馬が、アヒルを積んだ荷車を曳《ひ》いて王宮へ向かうのを見届けた。それから男性課員に事情を説明して上衣《じょうい》を借り、ミュゼと話をしているブラッドレーのもとに行く。

「上着、どうもありがとうございました」

そう言って頭を下げたルイは、きちんとたたんだ軍服をブラッドレーに返却した。

「あの、本当は洗ってお返ししたいのですが、私が持ち帰っていいものではないと思いました。なので申し訳ありませんが、このままお返しします」

ブラッドレーが頷《うなず》いて上着を引き取り、達成感に満ちた顔で笑う。

「無事、解決してよかったな」

ルイも溌剌《はつらつ》とした笑顔を返した。そして、困っていたところに救世主のように現れたブラッドレーとミュゼに心の底から感謝しつつ言う。

「はい。まさか、あんなに大勢の人が協力してくれるとは思いもよりませんでした。あの、騎士様方のお力添えのおかげです。心からお礼申し上げます」

するとブラッドレーがきまり悪そうに手をひらひらさせ、飾り気のない調子で答える。

「よせよ、改まらなくていいって。俺たちはできることをしただけだ」

「それでも、とても助かりました」

ルイは、騎士二人の様子が、しばらくはあの場に居合わせた市民の語《かた》り草《ぐさ》となるだろうなと予想し、爽快《そうかい》な気分で深々とお辞儀《じぎ》した。

「後始末は私たちがしますので、騎士様方はお戻りください。本当にありがとうございました」

ルイは顔を上げてブラッドレーを直視した。彼の顔が、あまりにも汚れていたので思わずクスッと笑う。

「それにしても、ひどい顔ですね」

ブラッドレーがムッとして言い返す。

「人のことが言えるか」

ルイは腰に下げていた小さな鞄《かばん》から、白いハンカチを取り出す。

「よろしければ、お使いください」

ルイが差し出したハンカチを、ブラッドレーが黙って受け取る。

最後に彼と眼が合ったルイはふと、優しい眼をしているな、と思った。

「私はこれで失礼します。お帰りの際はどうぞお気をつけて」

ルイは微笑《ほほえ》み、短く会釈《えしゃく》した。

これから後始末が待っている。グズグズしてはいられない。夜になる前に終わらせないと。

ルイはブラッドレーとミュゼに背を向け、他の課員たちが片づけ作業を始めているところへまっすぐに駆けていった。

真昼のアヒル騒動　～その後～

「……名前ぐらい訊《き》けばよかったな」

市街でのアヒル脱走騒動から早一週間、執務室《しつむしつ》で独りごちたブラッドレーは、少し後悔していた。

彼は執務机に交差した両足を乗せ、左手を頭の後ろにやった体勢で、手にした白いハンカチをぼんやり見つめる。

「……なんで忘れられねぇんだろ」

ブラッドレーはハンカチを顔に押し当てて、ぼやく。

あの騒動からこちら、ふとした拍子にこのハンカチをくれた彼女のことを思い出す。

特別なにがあったわけでもない。目の覚めるような美人というわけでもなかった。

だが、不思議と印象深い。

顔や服にアヒルの足跡をつけて、惨憺《さんたん》たる有り様だったからだろうか。

妙齢の女性のあんなボロッとした姿は、あまり見られるものではない。

思い出して、ブラッドレーはくつくつと笑った。

「ま、捜《さが》してみるか。借りたものは返さなきゃな」

名前はそのときに訊《き》けばいい、とそのときは軽く考えていたのだ。

翌日、彼はハンカチの返却を理由に環境庁舎に向かった。

環境庁舎は部門別に、戸籍《こせき》、市民活動、産業支援、生活環境に関する四つの課に分かれている。

問題は、彼女がどこの担当官なのかということだ。

ブラッドレーは一般来庁者として、各課の受付窓口に訊いてみた。

「歳は二〇代前半。金髪で、髪の長さは肩より長め。眼は緑。中肉中背の女性を捜している」

そうして何人もの該当者と会ってみたものの、どれも彼女ではなかった。

とはいえ、該当者にはたまたま席を外していたり、休みだったりする課員もいるという。

やむを得ず、ブラッドレーはそれから毎日空き時間を見つけては環境庁舎に通った。

白い官服《かんふく》の中に群青色《ぐんじょういろ》の軍服姿のブラッドレーはひどく目立ち、嫌《また》でも人の耳目《じもく》を集めてしまう。結果、「副団長が誰かを捜しているらしい」という噂《うわさ》が瞬く間に広がった。

だが、彼女は見つからない。

この頃にはブラッドレーも半《なか》ば意地になっていた。

軽い気持ちで始めた捜索《そうさく》だったものの、ここまで見つからないと非常に気になる。

おまけに記憶の中の彼女は、依然として鮮《あざ》やかなままだ。

そんなある日。騎士団の執務室《しつむしつ》に戻ったブラッドレーは執務机の椅子にふんぞり返りながら、憂鬱《ゆううつ》そうな溜《た》め息《いき》を吐《つ》く。

「名前はともかく、せめて配属先ぐらい確かめておけばよかったものを……」

「なにを一人でブツブツ言ってるのかな」

そう言いながら入室してきたのは、果物の籠《かご》盛《も》りを手にぶら下げた団長のミュゼだ。

ブラッドレーは咄嗟《とっさ》に右手のハンカチを上着のポケットに突っ込み、文句を言った。

「勝手に入って来るな」

「私は何度もノックしたよ。ほらほら、机から足を下げなさい。行儀が悪い」

ブラッドレーは渋々とミュゼの注意に従い、「用件は」とぶっきらぼうに訊《たず》ねる。

「受付に用があって立ち寄ったら、ある女性と会ってね。君宛《あ》てにこれを預かった」

ミュゼは持っていた果物籠を机上《きじょう》にトン、と置き、なに食わぬ顔で続ける。

「君に伝言を頼まれたんだ。『先日はご親切に上着をお貸しいただきありがとうございました。お礼が遅くなって申し訳ありません』だって。あと、果物は皆様で召し上がってくださいって――」

その言葉を最後まで聞かず、ブラッドレーは椅子から跳ね起きた。

だが、ミュゼが人の悪い笑みを浮かべて止める。

「いまから行っても手遅れだよ。もう帰ったから」

その一言でブラッドレーは脱力し、ドサッと椅子に座り直しつつミュゼを睨《にら》む。

「俺の客なのに、なんで俺を呼ばないんだよ」

「なに言ってるの。女性客は一切面会お断りって、他でもない君が通達したんだろう」

ぐうの音も出ず、ブラッドレーは苦虫を噛《か》み潰《つぶ》したような顔で押し黙った。

ミュゼが懐《ふところ》に手を忍ばせ、なにかを摘《つ》まみ出す。

「そうそう、彼女の名刺も預かったんだ。はい、どうぞ」

机上《きじょう》にスッと差し出された薄い緑色の名刺を見て、ブラッドレーは眼を点にする。

「贈り物の受け取りには差し出し人の名前が必要だって説明したら、それを残していったんだ」

ミュゼの解説を聞いてすぐ、ブラッドレーはそこに記された文字を声に出して読み上げる。

「生活環境安全便利課所属・第七支部室所長補佐ルイ・ジェニック」

ブラッドレーは納得した。道理で環境庁内をいくら捜《さが》しても見つからなかったわけだ。

便利課所属の課員なら、市街の派出所で勤務するのが普通だ。第七支部といえば、ちょうどアヒル脱走騒動が起こった地区にある。

――ルイ・ジェニック。ルイ、か。

内心でそう繰り返しつつ、ブラッドレーはミュゼに礼を言った。

「ありがとう、団長」

「どういたしまして。ところで話は変わるけど、君に書状だよ。王室から」

差し出されるまま、ブラッドレーはミュゼから木製の丸筒を受け取る。

「俺宛《あ》ての書状が、どうして団長のもとに？」

ブラッドレーが首を傾《かし》げてミュゼを見ると、ミュゼは頭を振りながらわからないと言わんばかりに手を広げた。

「たぶん、私も一緒に読めという意味だと思うけど」

「ふーん？　ああ、確かに王家の封蝋《ふうろう》だな。とりあえず中を見てみるか」

ブラッドレーが書状を紐解《ひもと》き、広げる。ミュゼもそれを横から覗《のぞ》き込んだ。

『勅命書《ちょくめいしょ》　国軍騎士団騎士副団長ブラッドレー・クラウス　貴下《きか》に以下の指令を申し渡す

生活環境安全便利課所属・第七支部室所長補佐ルイ・ジェニック
上記の人物の身辺警護及び親密な仲となるよう、秘密の王子の名において命じるものである』

突拍子もない内容に、ブラッドレーとミュゼは顔を見合わせた。

『秘密の王子』とは、王位継承権がある国王の第一子を除く、第二子以下の王子と王女を指す。諸事情により、権力は持っていない。

だが、書状に捺印《なついん》されている印章は王族のみが使用できる、群青色《ぐんじょういろ》の印章だ。

つまりこの勅命《ちょくめい》書は、紛《まぎ》れもない本物である。

「はあ……？　なんだこれ。どうしてこんな命令が俺に？」

ミュゼは、怪訝《けげん》そうなまなざしをブラッドレーに向けて言った。

「君、なにをしたの。ハンカチの君とは初対面じゃなかったの？」

「なにもしてねぇよ。顔を合わせたのも例のアヒルの一件ぐらいで――」

「あのときは私も一緒だった。あれが原因で君にだけこんな勅命が下《くだ》るのはおかしいよ」

「だよなぁ」

二人揃って押し黙り、しばらく真剣に考え込む。

ややあって、ミュゼが真面目な顔でブラッドレーに問う。

「どうするの？」

「どうもこうも。ひとまず、この書状の差し出し人が誰か、調べるか」

それに、どんな思惑《おもわく》が隠されているにせよ、彼女に会いに行くには十分すぎる口実だ。

なぜか忘れられなくて、ずっと会いたいと思っていた彼女に、ようやく会える。

ブラッドレーは喜色《きしょく》を隠しきれず、口角を上げた。

「正規の勅命書がある以上、忠実な騎士としては従うほかねぇな」

ブラッドレーの本音と建前を見抜いているのだろう、ミュゼは気難しい表情で言う。

「やれやれ、そう言うと思った。仕方ない、私も付き合うよ」

ブラッドレーは頷《うなず》き、勅命書をクルクルと元の形に巻いて丸筒に納めた。するとミュゼが問いかける。

「それで、彼女にはいつ会いに行くの？」

ブラッドレーは「明日」と即答する。早速、勤務体制を見直さなければならない。

ミュゼはつまらない質問をしたと言わんばかりに、溜《た》め息《いき》を漏《も》らす。

そんなミュゼを無視して、ブラッドレーは口を開く。

「ともかく、なんで彼女に身辺警護が必要なのかわからない以上、今晩からでも見張りは必要だな。今日のところは秘密裏《ひみつり》に誰か他の奴を警護にあたらせるか。――おい、サイファ」

「お呼びでしょうか」

ノックもなく現れたのは、ブラッドレーの補佐役サイファだ。

身長はブラッドレーよりやや低いが、体重や体格は比較にならないほど上回る。見た目のゴツさに加えて顔は強面《こわもて》、騎士団でも一、二を争《あらそ》う怪力の持ち主だ。

ブラッドレーはサイファにルイの肩書きを告《つ》げ、今夜の警護を命じて下がらせた。

そして彼は果物籠《かご》から瑞々《みずみず》しいオレンジを一つ取り、ミュゼに放る。二つ目のオレンジを掴《つか》んだブラッドレーは、腰から抜いた小型ナイフで縦に刃を下ろし、皮を剥《む》きつつポツリと呟《つぶや》く。

「明日が楽しみだ」

ブラッドレーは口いっぱいに広がるオレンジの甘い果汁を味わいながら考えた。

再会の瞬間、彼女はどんな顔をするだろう?

招かれざる客は、『眼の保養になる！　と噂《うわさ》の』騎士様

アーガマイザー国城塞《じょうさい》都市クレイは、美しく豊かな土地だ。

どこまでも続く雄大な地はオリーブとコルクの木で満たされている。また肥沃《ひよく》な土《ど》壌《じょう》の恩恵を受けて、オレンジ、レモン、リンゴなどの果樹園や、たわわな実のなるブドウ棚も方々《ほうぼう》にある。

なんと言っても圧巻《あっかん》なのは、穀倉《こくそう》地帯だろう。米、麦、大豆の収穫量は国内でも随一だ。

クレイは農業に適しているだけではない。

高原の東側にあるミクラの泉からはソーン海に注《そそ》ぐハルテシュ川が流れ、河口付近には豊富な産出量を誇る良質な塩田《えんでん》がある。

当初、クレイはこの塩田を確保するため築かれた田舎の小都市だった。しかし港が整備され、陸路も舗装されて交通が便利になると、流通が盛んになり大きく発展したのだ。

この繁栄《はんえい》を目《ま》の当たりにした時のヴィルト国王は、クレイに居《きょ》を移した。そして内陸から運んだ凝灰岩《ぎょうかいがん》で城壁を造って都市をまるごと囲み、都市の一角には自分の居城と

して堅固な城塞《じょうさい》を建てた。

また神殿や、政治を仕切る建物が密集する都市の中枢には、騎士館がある。国軍が駐《ちゅう》屯《とん》する重要な場所だ。

創設以来一度たりとも落城したことのない、難攻不落《なんこうふらく》のクレイ城塞。

ルイ・ジェニックが勤務する生活環境安全便利課第七支部室は、この城塞の足元、クレイ市街の七区にあった。

クレイ市街は南北に延びる道路と東西に延びる道路の二つの主軸道路によって分かれている。

中央には公共広場があり、この広場を囲むように、大神殿、公衆大浴場、市場などの主要な建造物があった。そして七区は都市の台所と呼ばれる大商業区にある。

生活環境安全便利課第七支部室は七区の一角にあり、全一〇名の課員が働いていた。

第七支部を取り仕切る所長の名は、ニコラエフ・アール。

彼は、街の人々には親しみを込めてニコという愛称で呼ばれている。ルイはそのニコの下で働いていた。

ルイの朝は掃除から始まる。

出勤後、箒《ほうき》で玄関前を丁寧に掃《は》き、水を撒《ま》く。こうすれば埃《ほこり》が立ちにくくなる。勤務先である派出所は人の出入りが多いため、美観を保つためにも掃除は欠かせない。

「ングワッ」

その最中、ルイの足元から野太い声で自己主張したのは、所長の飼いアヒルのガーガー号。

ガーガー号は綺麗な白アヒルだ。水掻《みずか》きは黄色で、首に黒いリボンを巻いている。派出所の玄関横の小さな檻《おり》が棲《す》みかだ。

「あ、おはようございます」

ルイは、近づいてくる人物を見つけて明るく挨拶《あいさつ》した。

通りを横切ってトコトコやって来たのは、恰幅《かっぷく》のいい樽《たる》職人のおかみさんだ。

「ルイちゃん！　おはよう。今日はエイシャ様、いらっしゃるかい？」

「はい。まもなく来ると思います」

「そうかい！　だ、だったらまたあとで差し入れに寄るよ。エイシャ様によろしくねぇー」

言いたいことだけ言って、ご機嫌に手を振って去っていく。

名前が挙がったエイシャは課員の一人で、樽職人のおかみさんはエイシャの熱烈なファンなのだ。

それからも、ルイは掃除をしつつ道行く人とにこやかに挨拶《あいさつ》を交わし続けた。

「よし、おしまい」

彼女は掃除を済ませると、派出所に戻った。

派出所は石造りの二階建ての建物で、一階に受付窓口と待合所がある。その奥に一階の事務所、二階は応接室を兼ねた事務所だ。

ルイは一階事務所の奥にある台所に向かった。

台所は、石造りの炉《ろ》と流し場、調理場が揃っている。壁には鍋や湯沸《わ》かし器がかけられていて、天井には換気口が設置してある。薪《まき》は台所の隅にドンと積まれ、ゴミ箱はその隣。

「さて、と」

ルイは木製の足台を使って羽板を外し、換気口を開けた。炉の準備をし、お湯を沸かし始める。

お湯が沸くまでは少々時間がかかるので、一度二階の様子を見ておこう、と彼女は階段を上った。

「所長、今日の予定ですけど――きゃあっ」

事務所を覗《のぞ》き込んだルイは悲鳴を上げた。部屋の中央に、所長のニコがうつ伏せに倒れている。

「ニコちゃん、大丈夫⁉」

ルイは慌ててニコに駆け寄り、震える声を張り上げた。

「しっかりして！　具合でも悪いの⁉」

即座に、ニコが答える。

「困ったときの死んだふり」

意味がわからない。

ルイは床に膝をついて身を屈《かが》め、ニコの身を反転させて顔を覗き込む。顔色は悪くない。

不審に思っていると、ニコが眼を瞑《つぶ》ったまま沈痛な面持《おもも》ちで繰り返した。

「だから、困ったときの死んだふり」

ちっとも大変そうではない態度に、ルイの焦りが徐々に冷めていく。代わりに、腹の底から怒りが沸々《ふつふつ》と沸いてきた。

「……ニコちゃん、私をからかってる？　すごく心配したのに。事と次第によっては怒るよ」

ニコがフルフルと首を横に振る。

「違う。からかってない。だから怒らないで。ただ僕は困っていてさ、そんなときは死んだふりをするのが一番だって、エイシャちゃんが教えてくれたから実践してるだけ。うう、嫌だ嫌だ、いーやーだー」

そう言ったニコは、大の男のくせに床の上で身を丸くしてシクシク嘆《なげ》き始める。

いつもながら手のかかる上司だが、放ってはおけない。

ニコはルイと、ルイの家族にとって大の恩人だ。家族全員が文字通り命を助けられて以来、家族ぐるみの付き合いをしている。ニコは身内も同然で、上司とはいえ面倒を見るべき存在なのだ。

だがそれはそれとして、やっていいことと悪いことがある。

ルイは言い聞かせるように叱りつつ、ニコを宥《なだ》めにかかった。

「困ったらまず人に相談するの。死んだふりなんてされたらびっくりするでしょう。本当に焦ったんだからね。それで、ニコちゃんはなにが嫌なの？　泣いていないで教えて」

ニコは、顔を覆《おお》っていた手をゆっくりと外した。

すると、人好きのする穏やかな顔が現れる。柔らかい黒髪に、やや吊り上がった黒い眼。少し長めの前髪が眼の上にかかっている。性格が外見に滲《にじ》み出ているのか、ニコは見た目からしてとても優しい。

人に好かれやすい彼だが、変わり者だという点が悩みどころだ。

ルイはニコの手を引っ張りながら立ち上がり、両足できちんと立たせる。

「銀色の狼が来るって、カードに出たんだ」

「銀色の狼？」

ルイは不思議そうに眼を瞬《しばた》かせて、ニコの執務机《しつむづくえ》へ視線を移した。

そこには、古いカードが何枚か捲《めく》られた状態で並んでいる。

ニコは占い好きで、きまぐれに運勢を読んでは時々取り乱す。ルイは視界には入っていたものの、声をかけそびれていたアビー・イザヤの方を見て訊《き》いた。

「そうなの？　アビー」

ニコの執務机の傍《そば》で超然と控えるアビーは、ニコの忠実な従者だ。ニコの家を取り仕切る家人であり、第七支部の課員の一人でもある。短い黒髪を軽く撫《な》でつけ、開いていても閉じているように見える糸目が特徴。課員の中でも一番大柄で、怪力の持ち主だ。力仕事の依頼では、特に頼りにされている。

「どうもそのようです」

アビーが頷《うなず》く。いつもは面倒見のよい彼だけど、傷心の主人を労《いた》わるつもりはなさそうだ。

ルイは深刻な顔のニコをじっと見つめた。彼のこんなしょげた姿なんて見たくない。

そう思い、ルイは真剣に口にした。

「……だったら、もし本当にその銀色の狼が来ても、私がニコちゃんを守るよ。盾《たて》になってあげるから、その間にニコちゃんは逃げて」

ニコは一瞬なにを言われたのかわからないという顔をし、ついで弾けるように笑った。

「ふ、あっはははははは！　さすがルイちゃん。そうくるとは思わなかった」

ルイがニコの反応を不満に思いムッとすると、ニコが取りなすみたいに続ける。

「でもね、あいにく銀色の狼の狙いは僕じゃなくて君なんだ。だから盾には僕がなるよ」

ルイは狼と対峙《たいじ》するニコを想像してプッと噴いた。非力なニコでは、狼どころか野犬が相手でもまったく太刀《たち》打《う》ちできないだろう。

「ニコちゃんじゃ盾は無理よ。弱いんだから、すぐにパクリと食べられちゃう」

「えー。僕、食べられる相手は選びたいな。君ならいいけど、狼は嫌すぎるー」

「ふざけてるでしょ」

「ふざけてないってば」

ルイとニコがバカバカしい会話をしているところへ、明るい声が割って入った。

「朝から仲がよくていいね。おはようございます、所長、ルイさん、アビーさん」

愛想《あいそ》よく微笑《ほほえ》みながら現れたのは、短く切り揃えた銀髪を耳にかけたエイシャ・フレイだ。彼女は右の耳朶《みみたぶ》に、鮮《あざ》やかな赤い石のピアスをしている。

エイシャは、その美貌をよく月にたとえられた。夜空に煌々《こうこう》と輝く月の光を吸い込んだような、銀色の髪と銀色の眼。細い身体は凹凸《おうとつ》が少なく、一見しただけでは女性だと判断がつきにくい。

そんなエイシャが颯爽《さっそう》とした足取りで自分の机に向かい、訊《たず》ねた。

「下まで響くほど賑《にぎ》やかだったけど、なにか面白いことでも？」

ルイから離れたニコが、机に並べたカードを片づけながら答える。

「君に教えられた通り、困ったときの死んだふりを実行したらルイルイにびっくりされた」

ルイルイとは、ニコが勝手につけたルイの愛称だ。彼は気分によってなのか、ルイのことをルイルイと呼んだりルイちゃんと呼んだりする。

ルイは反省の色の薄いニコを睨《にら》みつつ、部屋の空気を入れ替えるため窓と鎧戸《よろいど》を開けた。

「普通はびっくりするでしょ。床にうつ伏せで倒れているんだから」

話を聞いた途端、エイシャは快活に笑いながら、額《ひたい》にこぼれた髪を掻《か》き上げる。

「あはっ。本当に実行したんですか？　所長は期待を裏切らない人だなあ」

ルイは、今度はエイシャに注意した。

「エイシャも変なこと教えないでちょうだい。ニコちゃんはなんでもすぐ本気にするんだから」

だが、エイシャはルイの叱責《しっせき》など気に留《と》めない。鞄《かばん》の中を探り、眼鏡を取り出して掛けつつ答える。

「別に変なことじゃない。うちの所長が道で死んだふりなんてしていたら、この街のたいていの人間が助ける。それでなんやかんやのうちに問題が解決するに決まってるよ」

「そんな紛《まぎ》らわしい真似《まね》をしなくても、困ったことがあったら誰かに相談するのが先でしょ」

「それは確かにそうかな。インパクトには欠けるけど」

「インパクトなんて要らないの」

ルイが否定しても、エイシャは腕を組んだ体勢で軽く机に寄りかかり、屈託なく笑って続ける。

「いやいや、インパクトは大事でしょう。ね、所長？　人を驚かすのって、とても面白いですよね」

ニコが無邪気に「うん」と相槌《あいづち》を打つ前に、ルイはエイシャをぴしゃりと叱った。

「冗談や悪戯《いたずら》はほどほどにして。エイシャに驚かされると心臓に悪いんだから」

そのとき、一階でピーと甲高い音が鳴った。お湯が沸《わ》いたのだ。

ほぼ同時に、階下が聞き慣れた男女の声で騒々しくなる。どうやら残りの課員も出勤したらしい。

ルイは官服《かんふく》のポケットから懐中時計を取り出して見た。もういい時間だ。

「さ、おしゃべりはおしまい。そろそろ朝礼を始めなきゃ。お茶が欲しい人は？」

熱いお湯で紅茶を淹《い》れ、課員が全員揃ったところで朝礼を開始する。

挨拶《あいさつ》から始まって、昨日の報告、今日の仕事の予約内容、連絡事項を読み上げる。

そして、最後に気づいたことや気になったことを言い合う。

街の噂《うわさ》、業務についての提案や意見などを幅広く情報交換する場だ。

「そういえばアヒル騒動の一件だけど、馬を斬《き》りつけた犯人は捕まった？」

そう訊《き》いたのは課員の一人、ダフネ。茶色の髪に茶色の眼をした三〇代の既婚者で、気風《きっぷ》のいい女性だ。

彼女の質問に、ルイは首を横に振った。

「まだみたい。私も何度か騎士団に問い合わせているんだけど、調査中の一点張りで」

一週間ほど前、王宮へ配達中の食用アヒルを積んだ馬車が突然暴走した。幸いにも重傷者は出なかったが、軽傷者が数名と物的被害が多数出た。

調べてみると、馬車を曳《ひ》いていた馬に横一線の深い切り傷が見つかったのだ。そこで御者《ぎょしゃ》に現場の状況を訊《き》いたところ、事件の寸前、騎士団の団員二人に追いかけられた男とすれ違ったという。

その直後、馬が暴れて馬車は転倒。アヒルが脱走してあの騒ぎになったのだ。

ダフネは鼻に皺《しわ》を寄せて騎士団を詰《なじ》った。

「子供が二人も怪我《けが》してるってのに犯人を野放しにしておくなんて、騎士団はなにをしているのよ」

ルイは手元の手帳に、騎士団へ問い合わせ、と記入して顔を上げる。

「他になにか気になることは？」

すると、ニコが窓の外をボーっと眺めながら言う。

「最近ずーっといいお天気だから、ちょっと火事が心配だよね」

「火事、ですか」

ルイが硬い声で復唱すれば、ニコがこっくりと頷《うなず》く。

確かに、晴天が続けば空気は乾燥する。たまたま摩擦《まさつ》で発火したときに強風が吹けば、たちまち被害は拡大するだろう。

市街が火に包まれる情景を想像して、ルイはぞっとしつつ言う。

「市民に火災予防の注意を促《うなが》しましょう。七区の区長には文書を出して、他の地区には区長から連絡してもらいます。他になければ朝礼を終了しますね。……はい、それでは今日も一日、よろしくお願いします」

礼をして適宜《てきぎ》解散。

仕事の依頼を受けている課員は外出の準備を始め、内勤者は始業の支度《したく》をする。

ルイはニコと二階へ上がった。

ニコは、午前は事務仕事。午後はガーガー号の散歩と称して地区を見回るのが日課なのだ。

一方、ルイの仕事はニコの手助け。ニコが不在の折には所長代理を務める。所長補佐と言えば聞こえはいいけど、どちらかというと世話役と呼ばれた方がしっくりくる。

九時を告《つ》げる大鐘楼《だいしょうろう》の鐘が街中に鳴り響き、始業時刻を迎えた。

ルイはニコの隣に立ち、用意していた書類を机上《きじょう》に滑らせる。

「産業支援課から依頼された食料自給率に関しての書類です。こちらの表を見てください。例えば小麦ですけど、国内生産量の数値が左。輸入量から輸出量と在庫の増加量を差し引いた数値が右。これが国内消費量で、計算すると自給率がこうなります」

「んー……穀物の自給率と農産物の自給率に差がありすぎるねぇ」

「農産物の国内生産力が不足しています。主《おも》に野菜ですね。一部、余っている品目もありますが」

「主な農産物の輸入量と消化率を一覧にした表はある？」

ルイはスッと一覧表を出す。ニコの黒い眼が資料を追う。

「……結構必需品目が多いねぇ。これだけの種類の農産物の生産力を上げるとなると、農地開拓や農業用水の確保、農業就業者の増員が必須だなぁ」

「でも、まず土壌《どじょう》調査ですよ。それから産出国で実施研修が叶えばやり方が学べます。技術交流という名目があれば、お互い利益になるのではないかと。どう思います？」

ニコが資料から眼を上げ、ルイを見る。

「ルイルイ、なんかやり手の産業支援課員みたいだね」

「ルイルイはやめてください。最初に言った通り、その産業支援課からの依頼なんですってば」

便利課は、依頼があればなんでもやる。本来は他の課の仕事であるものも引き受けるのだ。

ルイは三枚目の書類を差し出した。

「これは備蓄の在庫量を地方別にまとめたもので——なんでしょう？　騒がしいですね」

俄《にわ》かに階下が騒然とし、「きゃー」だの「えーっ」だの賑《にぎ》やかな歓声が聞こえてくる。

ルイは眉をひそめ、手にしていた紙の束《たば》をニコに手渡した。

「ちょっと下の様子を見てきます。所長はいま渡した資料に眼を通していてください」

ルイは階段を下り、入り口の方を覗《のぞ》いて驚いた。

受付窓口に、巷《ちまた》で『眼の保養になる！』と噂《うわさ》の、ミュゼ・ハーヴェル騎士団長とブラッドレー・クラウス副団長が並んで立っている。彼らだけでも見ごたえ十分なのに、二人が話しかけているのは規格外に美しいエイシャだ。美男美女三人を見るため、近所の住人たちが入り口に集まっている。

つと、エイシャが視線をこちらに寄越す。

ルイを見つけた彼女の精巧な顔に、ニヤッと悪い笑みが浮かんだ。

「ちょうどよかった。ルイさん、ご指名ですよ。こちらのお二方が大事なお話があるそうです」

なにもそんな大声で、含みのある言い方をしなくてもいいと思う。

ルイはエイシャを睨《にら》んだが、彼女はどこ吹く風いったと顔だ。

案の定、その場に居合わせた女性たちから黄色い声が上がる。ゴシップを期待しているような、興味津々《きょうみしんしん》の熱い視線がルイに注《そそ》がれた。

「よぉ、久しぶり」

そう言ってルイに歩み寄ったのは、群青色《ぐんじょういろ》の軍服を着たブラッドレー副団長だ。前回会ったときとは違い、髪に櫛《くし》が通り、身なりにも隙がない。彼の一歩後ろには、ミュゼ団長が甘い微笑《ほほえ》みをたたえて立っている。

ルイは住人たちの好奇の視線をびしばしと感じながら、浅くお辞儀《じぎ》した。

「おはようございます、ミュゼ団長様、ブラッドレー副団長様。先日のアヒル脱走騒動のときは捕獲にご尽力いただきましてありがとうございました。今日はどんなご用件でしょう？」

ルイはしばらく返答を待ったが、ブラッドレーは口を利《き》かずこちらを凝視《ぎょうし》している。するとと見るに見かねたのか、ミュゼが「コホン」と咳払《せきばら》いして忠告した。

「……ブラッドレー。いいかげんにしたまえ。女性をジロジロと見つめるのは失礼だから」

この指摘で我に返ったブラッドレーが、真面目くさって言う。

「無駄にジロジロ見ていたわけじゃない。俺はただ――」

そこで、ブラッドレーが意味深に一呼吸置く。ルイはなにを言われるのか、と少し緊張した。

「ただ、女だなーって思っただけだ」

その言《い》い草《ぐさ》に、ルイは脱力してしまう。緊張して損した気分だ。

「お、女ですよ！　まさか私が男に見えたとでもおっしゃるんですか」

「違う。言い方がまずかったか。俺の記憶の中の女の顔と一緒だな、って思ったんだ。アヒル騒動のときの、あんたの顔と。結構インパクトがあったから、忘れられなくてさ」

「インパクト？」

「アヒルの足跡だらけだっただろ」

ルイは顔を顰《しか》めた。そんな理由で忘れられなかったなんて言われても、ちっとも喜べない。

「恥ずかしいので、忘れてください」

ルイが羞恥《しゅうち》もあらわに言うと、ミュゼが横からその場を取り繕《つくろ》うように口を開く。

「申し訳ない、ルイ殿。この通り、些《いささ》か無礼ではあるけれど悪気はない男でね、どうか許してやってほしい。ほら君も謝れ。最初から印象を悪くしたくないだろう」

ミュゼに肘鉄《ひじてつ》をされたブラッドレーが、素直に謝った。

「すまん、気分を悪くしたか？　ごめんな」

副団長という立場にしてはあまりにも腰の低い彼の態度に、ルイの方が慌ててしまう。

「頭を上げてください。あの、大丈夫です、気にしていません。それで、お話とはなんでしょう」

早く用件を聞き出してお引き取り願わなければならない。見物人の混雑がひどくなってきたせいで、本当に仕事の依頼がある人が近寄れない状況なのだ。

ブラッドレーは持っていた丸筒をルイに差し出そうとして、ミュゼに二の腕を掴《つか》まれた。

「はい、待った」

「なんだよ」

「君のその傍若無人《ぼうじゃくぶじん》な態度は嫌いじゃないけど、時と場合を選ぼうか。こんなに人目のあるところで、おおっぴらに話す内容でもないだろう？」

「人目？」

ブラッドレーは首を捻《ひね》り、人でごった返す入り口を見て、眼を剥《む》く。

途端、見世物じゃない、とばかりに、凄《すご》みを帯びた眼つきで周囲に睨《にら》みを利《き》かせた。

そんな彼を、ミュゼが軽い口調で叱咤《しった》する。

「はいそこ、威嚇《いかく》しない。美しいご婦人方を怖い顔で睨むものじゃないよ」

「怖くて悪かったな。この顔は地顔だ、地顔」

「自覚が薄いようだから言っておく。君は普通にしていれば極上の二枚目だから」

すかさず、見物人から合いの手が入った。

「騎士団長様も素敵ですよ！」

「どうもありがとう」

ミュゼに微笑《ほほえ》みかけられた女性が真っ赤になる。天然で人を誑《たぶら》かすのはエイシャだけではなかったらしい。

放っておいたら話が先に進まないと判断して、ルイは口を挟む。

「もし内密のご用件でしたら、二階で伺《うかが》いますが」

直後、「そりゃないぜ」「ルイちゃん、ひどい」等々、見物人からブーブーと抗議の声が上がった。

ルイはそれらを聞き流し、ブラッドレーとミュゼを二階へ案内する。

二階では、ニコがせっせと書類を読んでいた。ルイたちの足音を聞いて、彼は顔を上げる。

「あれ、お客様？」

「はい。私に話があっていらしたようです。……どうぞおかけください」

ルイはミュゼとブラッドレーに、応接用のソファに座るようすすめた。

ローテーブルを挟んだ向かいのソファにルイが腰かけると、ニコが当然とばかりに隣に並ぶ。

同席してくれなくても結構ですよ、と言いかけたルイの耳元に、ニコが口を寄せて囁《ささや》いた。

「銀色の狼が来たよ」

驚いてチラッとブラッドレーを見ると、彼はなぜかきつい眼つきでニコを注視している。

ルイはニコに告《つ》げられた占いの内容を思い出し、気を引き締めた。背筋を伸ばして騎士団の二人に挨拶《あいさつ》をする。

「改めまして、ルイ・ジェニックです」

ニコもペコリとお辞儀《じぎ》する。

「ルイルイの上司で、所長のニコラエフ・アールです」

「ルイルイ?」

ブラッドレーが怪訝《けげん》そうに眉をひそめたところ、ニコが堂々と答えた。

「ルイちゃんの愛称です」

「私は認めていませんってば! ニコちゃんは——所長はちょっと黙っていてください」

ルイが、余計なことは言わないようにという思いを込めて眼を向けると、ニコは素直に頷《うなず》く。

そこでミュゼが居住《いず》まいを正し、ようやく名乗った。

「ご挨拶が遅れて申し訳ない。私は国軍騎士団騎士団長ミュゼ・ハーヴェルです」

「副団長のブラッドレー・クラウスだ」

ルイは二人に会釈《えしゃく》で応《こた》えた。

すると、ブラッドレーはルイの目の前に丸筒をずいと突き出し、ぶっきらぼうな口調で言う。

「今日はあんたに用があって来た。これを読んでくれ」

「拝見します」

そう言って受け取ったものの、嫌な予感がひしひしとする。

わざわざ騎士団の団長と副団長が派出所に足を運ぶなんて、ただごととは思えない。

ルイは内心ビクビクしながら丸まった書状を指で摘《つ》まみ、筒から引き出して広げた。

『勅命書《ちょくめい》　国軍騎士団騎士副団長ブラッドレー・クラウス　貴下《きか》に以下の指令を申し渡す

生活環境安全便利課所属・第七支部室所長補佐ルイ・ジェニック
　上記の人物の身辺警護及び親密な仲となるよう、秘密の王子の名において命じるものである』

何度読んでも、文章の内容が頭に入ってこない。

「見てもいい？」

ルイは黙ってニコに書状を見せた。彼はひょいと覗《のぞ》いて、黒い眼をぱちくりさせる。

「なにこれ」

「なんでしょうね……意味わかります？」

ルイとニコが顔を見合わせていると、ブラッドレーが「おい」と口を挟んだ。

「顔が近すぎだ。少し離れろ」

「え？　あ、はい。すみません」

反射的に謝って、ルイはニコと距離を取る。

「それでいい」

すると、ブラッドレーが横柄《おうへい》に頷《うなず》く。そんな彼に、ニコが改めて訊《たず》ねる。

「この書状って本物？」

「印章を見れば本物か偽物か判別ぐらいつくだろう」

群青色《ぐんじょういろ》の印章は王家のもの。職業柄、ルイたちも眼にすることが多く、疑いの余地はない。

ニコも本気で疑っていたわけではないようで、肩を竦《すく》めて口を尖《とが》らす。

「本物の勅命書《ちょくめいしょ》だったら従うしかないよ、ルイちゃん」

呑気《のんき》なニコにしては珍しく不本意そうな顔で断定的に告《つ》げられ、ルイは気が動転した。

「私、身辺警護なんていりませんし、身の危険を感じたことは一度もないですよ。それに、面識のあまりない副団長様と、突然、親密になれと言われても困ります」

身振り手振りを加えて言い募《つの》るルイに、ニコは首を傾《かし》げて言う。

「ルイちゃんはこの『秘密の王子』に心当たりはないの？」

「まさか！　雲の上の御方ですよ⁉　私が知ってることと言えば、一般常識の範囲内です」

『秘密の王子』とは、王位継承権がある国王の第一子を除く、第二子以下の王子と王女を指す。

かつて王家の歴史において、兄弟姉妹の間で王位継承を巡《めぐ》る争いが続いた。

これにより、国政はもちろん外交にまで影響が及んだ。更には対立する王位継承者を失脚させるべく謀略《ぼうりゃく》や暗殺騒動が起こり争いが深刻化したため、事態を憂慮《ゆうりょ》した時の国王が法律を改正した。

それは、王位は嫡出《ちゃくしゅつ》・庶出・男女を問わず第一子が継承するというもの。

第二子以降は王宮外で身分を隠して育てられ、一三歳になって国への忠誠を誓《ちか》った折に、初めて本人に出自の真実が告《つ》げられる。そのため、第一子以外の兄弟姉妹を知ることは基本的にない。

第一子が身体的障害や持病などによって政務が執《と》れない場合に限り、第二子、第三子と生誕の順に王位継承権が与えられる。また王位継承について拒否権はない。王の能力不足については、配下が補う。

万が一、王位継承者の素行などに重大な問題があった場合は、『国家による国家のための特命監査機関』、通称黒梟《クロフクロウ》により精査され、秘密裏《ひみつり》に処分が下《くだ》される。

つまりこの書状にある『秘密の王子』とは、王位継承権を持たない王子か王女のどちらか。

どちらにしても、ルイには縁がない。

「……王子様や王女様と知り合う機会なんてないです。心当たりなんて、まるでありません」

ブラッドレーが膝の上で長い指を組み、やや前屈《まえかが》みの体勢で口を開く。

「俺もこの『秘密の王子』には心当たりがない。だから、調べさせている。あんたたちも知ってると思うが、王家の印章は国王陛下か王妃陛下、それと王位継承者の王太子殿下しか使えねぇ。となると、三人の内の誰かが秘密の王子に打診されてこの勅命《ちょくめい》書を発令し、俺とあんたを故意に近づけようとしているってわけだ」

——故意に近づけようとしている？

相手が正体不明な上、思惑《おもわく》がわからないだけになんとも不気味だ。

ルイはブラッドレーの鋭い眼光に気圧《けお》されるように、無意識に身体を引く。

「……なぜ？」

「さあな」

警戒心を抱いているルイの態度を見て、ブラッドレーはちょっと傷ついた顔をした。

彼はおもむろに身体を起こし、せっかく綺麗に撫《な》でつけてある銀髪をグシャグシャと掻《か》く。

「誰がどんな思惑でなにを企《たくら》んでいるかはわからねぇけど、これも探る。なにかわかったら、すぐにあんたにも知らせると約束するよ。だからそれまでは、あんたも俺に協力してくれ」

「協力……?」

訝《いぶか》しげなルイの眼を、ブラッドレーがじっと見つめて言う。

「俺にあんたを守らせてほしい。さっき身の危険を感じたことはないと言ってたが、今日までなくても明日はわからねぇだろ?」

ブラッドレーの不安を煽《あお》る発言に、ルイは身震いして叫んだ。

「こ、怖いことを言わないでください!」

「悪い。だけど、なにもなければいいが、もしなにかあったら困る。あんたが安全だとわかるまでの間でいい、俺に身辺警護をさせてくれ」

頼む、と言葉を重ねてブラッドレーは立ち上がり、ルイに向かって深く頭を下げる。

「急にそんなこと言われても……ちょ、ちょっと待ってください。いま考えますから」

ルイは混乱しつつも、必死に思考を巡《めぐ》らせた。感情的になれば、判断は鈍《にぶ》ってしまう。冷静に状況を見て、最良と思う選択をしなければいけない。

ブラッドレーは騎士だ。騎士とは国家と国王に忠誠を誓《ちか》い、規律を重んじる存在であり、彼の立場からすると勅命《ちょくめい》には逆らえない。だから忠実に職務を果たそうと、こうして頭を下げている。

きっと、真面目な人なんだろう。

ルイだって道理のわからない人間じゃない。職務は違っても、同じく国のために従事する身としては、勅命を拒《こば》む権利がなかった。その上、勅命には法的拘束力《こうそく》がある。差し出し人が権力のない秘密の王子でも、発令したのが国王陛下か王妃陛下、王太子殿下のいずれかである以上、従うしかない。

「……わかりました。仕事に配慮いただけるのであれば、私からもお願いします」

ルイも立って手を揃え、お辞儀《じぎ》する。顔を上げると、ブラッドレーの笑顔があった。

いつもそんな顔でいればいいのに、とルイはひそかに思う。

「では、私もよろしく」

さりげなく会話に加わったのは、それまで静観していたミュゼだ。

「騎士団は二人一組の行動が規則でね、私とブラッドレーは原則として行動を共にするんだ」

「そう、なんですか?」

団長と副団長が対《つい》というのは違和感がある。ルイも騎士団の規則をそれほど詳しく知っているわけではない。だが、普通は高位の立場にある者同士は組まないのではないだろうか。

ルイの疑問を察したのか、ミュゼが愛想《あいそ》よく微笑《ほほえ》み、ブラッドレーを指さして言う。

「なにせ、私の他にはこの男を抑えられる者がいないもので」

「人を猛獣扱《もうじゅうあつか》いするな！」

「あれ、違った？」

怒るブラッドレーを「どうどう」と宥《なだ》めるミュゼは、確かに猛獣使いに見えなくもない。

ミュゼは自分で会話を乱しておきながら、パンパンと手を打って話を変えた。

「それで、ルイ殿のお宅の夜間警護はどうするの？　夜警に立つのが家の外でも中でも、ご家族の方と同居しているなら了解を得なければいけないし、一人暮らしなら女騎士を至急手配しないと」

ブラッドレーが答えるより先に、ルイが口を開いた。

「私は一人暮らしじゃありませんけど――ニコちゃん、どうする？」

すると、ブラッドレーが困惑した表情で訊《き》き返す。

「なんであんたの家のことを訊いたのに、その男に相談するんだよ」

ルイは率直に答えた。

「私たち一緒に住んでますから」

「はあ⁉」

素《す》っ頓狂《とんきょう》な叫び声を上げたブラッドレーの顔色が、みるみる蒼褪《あおざ》めていく。
そこへお茶を運んできたエイシャが、部屋に漂《ただよ》う微妙な空気にコテンと首を傾《かし》げた。

初日から前途多難！

ブラッドレーとミュゼの訪問を受けた翌朝。ルイは外出組のダフネたちを見送りに立つ。

「じゃ、行ってくるわ。ルイ！　帰ったら、昨日の副団長様の話とやらを聞かせてもらうわよ」

「はいはい。でもそんなにたいした話じゃないから期待しないで。いってらっしゃい！」

ルイたち居残り組は、早速仕事の準備に取りかかる。

派出所の業務時間は朝九時から夕方五時まで。ただし仕事の内容によっては残業や泊まり込みの場合もある。そのうち昼休憩は十二時から一時間で、休みは日曜と平日のどこか一日。有休もきちんと消化するよう上から指導されている。

突然、ドンドンドン、と扉を壊しかねない勢いで玄関扉が叩かれた。

「私が」

アビーが皆を制して素早く動く。彼は外の様子を窺《うかが》いながら錠《じょう》を外し、ゆっくりと扉を開けた。

「よぉ」

扉の向こう、玄関口に怖い笑顔で立っていたのはブラッドレーだ。

昨日の帰り際は顔面蒼白《そうはく》でたいそう具合が悪そうだったが、どうやら復調したらしい。

昨日はあのあと、ブラッドレーとミュゼと入れ替わるように、ブラッドレーの代理を名乗る騎士団員が二人来た。団員のうちサイファと名乗った男はそのままルイの護衛につき、いまも派出所前に詰めている。

ブラッドレーは荒々しく室内に踏み込み、ひどく怒った声で言う。

「おはよう」

彼はルイの前で立ち止まり、冷たい眼で彼女を見下ろす。

「……おいこら、まだなにもしてねぇのになんで逃げ腰なんだよ」

ルイはブラッドレーの迫力に尻込みしながら答えた。

「……そ、そんなに怖い顔で睨《にら》まれたら誰だって怯《おび》えますよ。おはようございます、副団長様。あの、どうして怒ってるんですか？」

膝が震えそうになるのを堪《こら》えて、ルイは果敢《かかん》にもブラッドレーを見つめ返した。

すると、ブラッドレーが腰に手をあて、威圧的な姿勢を取る。

「サイファから報告を受け、事実を聞いている。ついでに近所の住人にも話を聞いて、あんたとニコの関係について教えてもらった」

「はぁ、そうですか……ええと、それで？」

「あんた、昨日俺に誤解させるようなことを言ったよな」

「誤解？　え、なんのことですか」

ルイが訊《き》き返すと、ブラッドレーは苛立《いらだ》たしげに続けた。

「ニコって男とは確かに一緒に住んでいるようだが、二人きりじゃない。執事と家政婦も一緒に暮らしていて、寝室も別なら、単なる同居だろう」

ルイは頷《うなず》いた。だが、憤《いきどお》るブラッドレーの真意が読めない。

「はい、同居ですよ。ニコちゃんとは家族同然の仲なので」

答えた途端、ブラッドレーが大げさなくらい驚いた顔をする。

「家族同然？　本当かよ」

「本当です。血の繋《つな》がりこそありませんけど、ニコちゃんはうちの家族の一員なんです。同居の件だって、私の両親も公認ですよ。あの、それがなにか？」

ルイがそう言うと、ブラッドレーはこめかみに青筋を浮かべ、いきなり怒鳴る。

「だったら初めから教えろよ、紛《まぎ》らわしい！　俺はてっきり、あんたがそいつと籍も入れずに同棲でもしているのかと、勘違いしたんだぞ」

「同棲⁉」

ルイは仰天のあまり卒倒しかけた。しかし気を取り直し慌てて言い募《つの》る。

「違います！　私とニコちゃんは恋愛関係とか、そういうのじゃありません！」

「そうならそうと言え。普通は男と一緒に住んでいるなんて聞いたら、いい仲だと思うだろうが」

「まさか！　普段の私とニコちゃんを知っている人なら、誰もそんなふうに疑いません」

「俺は疑った」

「それは邪推《じゃすい》です。私とニコちゃんは決して不健全な仲じゃありませんから」

ルイはブラッドレーと真っ向から睨《にら》み合った。

ややあって、彼は銀色の眼を鋭く細め、念を押すみたいに訊《たず》ねる。

「近所の住人が言うように、あんたとニコの関係は『面倒見のいいお母さんと手のかかる子供』もしくは『だめな上司と有能な部下』。それで間違いないんだな？」

迫力に気圧《けお》されそうになったけれど、負けじと見つめ返して、ルイが答える。

「間違いないです」

だったら、と先に折れたのはブラッドレーだった。

「……わかった。あんたがそうまで言うなら、信じる。怒鳴り散らして、悪かった」

謝罪の言葉を口にしているものの、彼の表情は硬く、ムスッとしている。

どうして自分とニコとの関係を気にしてブラッドレーが不機嫌になるのか、ルイには
さっぱりだ。

だが困惑しながらも、彼女も頭を下げた。動揺していたとはいえ、分別に欠ける対応
だったかもしれない。

「私も怒鳴り返して、ごめんなさい。おとなげなかったですね。でも一つ訂正させてく
ださい。私の上司はだめではないですよ？　こう見えても、私の尊敬する上司です」

ね？　と、ルイがニコに笑いかけると、ニコは感極まった顔でルイの手をギュッと
握った。

その瞬間、ブラッドレーが息を呑む。

「ルイルイも僕の大事な補佐だよー」

ニコが臆面《おくめん》もなく口にすると、ブラッドレーが恐ろしい眼つきをして言った。

「いいかげんにしろ。その手を離せ、もっと離れろ。俺の前でイチャつくな」

ニコはキョトンとして不思議そうに首を傾《かし》げる。

「これぐらい、いつもしているのにねぇ」

直後、ブラッドレーがニコの胸倉《むなぐら》を掴《つか》んだ。

「よし、捨ててやる」

「ルイルイ、助けてー」

「女に助けを求めるな！」

ルイは慌てて仲裁に入った。

「うちの所長を苛《いじ》めないでください。あと所長も、職場で誤解を招く言動は控えましょう」

寂しがりやで人目を憚《はばか》らないニコのことだから、言ったところで効き目があるかは疑問だ。

けれど、ニコを諫《いさ》めないとブラッドレーの不機嫌は直りそうもなかったので、そう言っておく。

不服そうなままのブラッドレーを「どうどう」と止めたのは上司のミュゼだった。

「はい、一時中断。そろそろ始業時間だ。遊ぶのはまたあとで。ルイ殿、今日の予定は？」

「ええと、そうですね……」

時計を見れば、九時五分前。

ルイはテーブルに視線を向けた。アビーが片づけをしたのか茶器類がない。

アビーに礼を言って、ニコを先に二階へ行かせる。

ルイはブラッドレーとミュゼを振り返って伝えた。

「私は基本的に、午前は二階で事務仕事です。午後は仕事の依頼がなければ一階の事務所に詰めます。依頼が多いときは外勤もしますけど、今日はいまのところ外出予定はありません」

「わかった。二階だな？」

そう言うが早いか、ブラッドレーはさっさと二階に上がっていく。

ルイもブラッドレーに続こうとしたところ、エイシャに呼び止められた。

「ルイさん。まだ震えてるみたいだけど、平気？」

どうやら、エイシャの眼はごまかせなかったみたいだ。

ルイは震えが止まらない手を擦《す》り合わせた。そうして緊張を解《と》くために、息を吐く。

「……ん、大丈夫。いきなり怒鳴られて、怖かっただけだから」

苦い顔をしたエイシャは嘆息《たんそく》して、頬杖《ほおづえ》をつく。

「確かに、あんなに威嚇《いかく》されたら怖いよね。やれやれ、見込み違いだったかな。もっと落ちついた、いい大人だと思ったんだけど。あーあ、せっかくルイさんとお似合いだと思ったのになあ」

「それを言うなら、私はエイシャとお似合いだと思ったけど。二人とも銀色の髪に銀色の眼で釣り合いが取れていて、素敵だったから。でも、あんなに怒りっぽい人はちょっと……」

怖いし、付き合いにくい。

ルイがそう考えていると、それを察したらしくエイシャが頷《うなず》いた。

「だよね。普通に話しても、誤解なんて解けただろうに」

同感だ。最初からこんな調子では先が思いやられる。

ルイの不安げな表情に謝罪の必要性を感じ取ったのか、ミュゼが口を挟む。

「私の部下が失礼な勘違いをしたことはお詫《わ》びします。ただ、あれでも事の次第が判明するまでは相当落ち込んでいてね。昨晩なんて見る影もなかった」

ルイとエイシャは、どちらも疑わしげな顔でミュゼの言葉を聞いていた。

彼は真摯《しんし》な態度で続ける。

「いつもああ怒りっぽいわけではないので、初日から見限らないでもらえると助かります」

ブラッドレーに対するミュゼの援護に、ルイとエイシャは顔を見合わせた。

エイシャはフルフルと首を横に振り、自分に決める権限はない、と言わんばかりに手を広げる。

ルイは迷ったものの、結局は折れることにした。

アヒル騒動で人手が足りず困ったときに助けてもらったし、上着も借りた。怖くても、悪い人ではないことは知っている。

「……副団長様が落ち込む理由がわかりませんが、団長様に頭を下げられたらお断りできません」

それを聞いて、ミュゼがにっこり笑う。

「どうもありがとう。ルイ殿は見た目だけではなく心映《こころば》えも優れているのですね」

そんなことを真顔でしれっと言ってのけるミュゼに困惑してしまう。

ルイが固まっていると、エイシャがカウンターを指でコツコツ叩き、ミュゼを笑顔で牽制《けんせい》する。

「うちの所長補佐を口説《くど》くつもりなら、私がお相手しますよ」

すると、ミュゼはエイシャに向き直り恭《うやうや》しく一礼した。

「それは嬉しい。ぜひお相手願えますか。私はミュゼ・ハーヴェルと申します」

「もちろん存じておりますとも、騎士団長殿。私はエイシャ・フレイ。以後、お見知りおきを」

「こちらこそよろしく、エイシャ殿。お近づきになれて光栄ですよ」

どちらも礼儀正しく微笑《ほほえ》み合っているのに、雰囲気はよくない。

相性が悪そうだな、とルイは心の裡《うち》で呟《つぶや》く。

「そろそろ行かないと」

ルイがそう言えば、エイシャが即座に答えた。

「なにか揉《も》めたら呼んで。すぐ助けるから。他にも、仕事で手伝えることがあれば言って」

口調は軽くても顔は真面目だ。律儀なエイシャは困っている人間を放っておけない。

優しくて格好いい、とエイシャに女性が群《むら》がるのもよくわかる。彼女はただ美しいだけじゃなく、細やかな気遣いが自然にできる人柄の持ち主だ。

ルイはエイシャの眉間を指して、眼鏡をかけ忘れているよ、と合図しながら応じた。

「ありがとう。昨日の今日だから騎士様方のことを聞き出したい人たちからの指名が増えるかも」

「大丈夫、任せて。ルイさんは諸事情により当分指名できないって告知するから」

エイシャは軽く片目を瞑《つぶ》るとおもむろに眼鏡を装着して、受付窓口の椅子に座る。

それと同時に、業務開始時刻の九時を告《つ》げる大鐘楼《だいしょうろう》の鐘が鳴った。

ルイが二階に上ったところ、ブラッドレーはニコを凝視《ぎょうし》して無言の圧力をかけていた。

「あ、またうちの所長を苛《いじ》めてますね」

すぐに注意すると、ブラッドレーは心外そうに綺麗な顔を顰《しか》めた。

「苛《いじ》めてねぇよ。俺はただ、あんたの尊敬する上司がどんな男か気になって、見ていただけだ」

どうやら喧嘩《けんか》を売っていたわけではないらしい。

「……そういう理由でしたか。早とちりしたみたいで、すみません」

ルイは一応謝罪して、二人の騎士の様子を窺《うかが》った。

ブラッドレーはよほど眠いのか、大欠伸《あくび》して頭の後ろで腕を組みソファに寝そべっているし、ミュゼは出来のいい彫像のように、ひっそりと階段脇の壁に凭《もた》れかかっている。

身辺警護なんて言うからどんなに厳重かと思えば、こんなもの？

そう訝《いぶか》しんでいたら、寝入る様子に見えたブラッドレーが片目を開いて、ルイに訊《き》いた。

「あんた、昨日は眠れたか」

「……いいえ。『秘密の王子』や護衛の件を考えて緊張してしまって、あまり眠れませんでした」

「だろうな。眼が腫《は》れぼったい」

見ていないようでよく見ている。意外にも、ブラッドレーは注意深いらしい。

彼はおもむろにソファから上半身を起こし、ルイを見つめて言った。

「あのな、気にするなって言っても無理なのはわかってる。俺自身、勅命《ちょくめい》の内容についてはかなり疑問を持っているしな。だけどよ、護衛に就いたからには、あんたのことは一人にしない。俺が守る。だからあんたは安心して、できるだけ普段通りに過ごしてくれ」

「……普段通り、ですか」

「そうだ。あんたがこの件で悩みすぎて、体調を崩してぶっ倒れでもしたら、それこそ本末転倒だ。護衛の意味がねぇ。いいか、用心は怠《おこた》るな。だけど神経質になる必要はない。だから俺たちも、物々しい警護はしないでおく。わかったか」

「む、難しい要求ですね、それ」

ルイはちょっと笑い、肩の力を抜く。

ブラッドレーは彼女の緊張がほぐれたのを見て、満足そうに頷《うなず》いた。

「念のため教えておくが、俺も団長も荒事《あらごと》には慣れてる。ぐうたらしているように映るときも、すぐに剣は抜けるし、異変は見逃さねぇ」

そう言って、ブラッドレーは眼を瞑《つぶ》ってしまった。ミュゼを一瞥《いちべつ》すると、余裕の笑顔だ。

ひとまず、ルイはブラッドレーに従うことにした。彼の言う通り、それが一番いいと思ったからだ。

彼女は仕事を始めるために金庫を開け、書類を抜き出す。そして、それらと参考資料をまとめてニコの机に運ぶ。

「所長、お待たせしました。今日は昨日の続きで、他部署から依頼された食料自給率向上のための考察と意見書の作成を重点的に行います。時間に余裕があったら、余剰分の乳製品についての調査報告書を検討します」

「うん、わかった」

「まだ三年分の統計なのでおおよその目安にしかなりませんが、穀物の収穫量を地方と品種別に表にしたものです。新しい開拓地に植える種の、選別の参考になるのではないかと」

「土壌《どじょう》にあった品種改良もしたいよね」

「その件については、改良に適している品種がどれか農業就業者に検討してもらっている最中です。なかなか意見がまとまらないようで……」

それから午前中はずっと、ルイとニコは互いの見解を擦《す》り合わせた。同時に計算をやり直し、見積もりを修正しながら意見書の下書きをまとめる。

十二時を知らせる鐘の音色を聞いて、ルイは一旦ペンを置いた。

「飯《めし》か？」

すかさずブラッドレーがソファから身を起こして、眼を輝かせる。

そんな彼に、ミュゼが「あのね」と苦言を呈《てい》した。

「せめて昼か？　と言いなさい。君はご婦人に対してもう少し丁寧に話したまえ」

「いいだろ、別に。だいたい俺が気取った喋《しゃべ》り方なんて――」

不服そうに鼻を鳴らしたブラッドレーだが、途中で口を噤《つぐ》んでルイを見る。

「そうか。俺がよくてもあんたは嫌かもしれないよな」

「え？　私？」

急に話を振られて、ルイは机の上を片づける手を止めた。

ブラッドレーは拳《こぶし》を握りしめ、いやに真面目な顔で問い質《ただ》す。

「ルイ」

「は、はい」

初めて名前を呼び捨てにされ、ルイは緊張した。

ブラッドレーは彼女が身構えたことに凹《へこ》んだらしく、意気消沈《いきしょうちん》したみたいに言う。

「……俺、怖いか？」

ルイは恐る恐る答えた。

「いつもじゃないですけど、怒っているときは怖いです。でも……」

「でも？　でも、なんだよ。言いかけたんだ、最後まで言えよ。気になるだろ」

ブラッドレーに強く催促《さいそく》され、ルイは口ごもりながら続けた。

「その、笑った顔はいいと思います。甘くて綺麗で、可憐で素敵です」

彼女の言葉を聞いて、ブラッドレーの顔が徐々に赤くなっていく。

「……じゃあ、もっと笑うようにする。そうか、甘くて綺麗で可憐かー」

彼は照れたように口元を押さえ、呟《つぶや》く。すると、場にほのぼのとした空気が漂《ただよ》う。

だが、ブラッドレーはふっと表情を消した。

「……可憐だと？」

低い声音に、ルイはビクッと震え、反射的に彼から距離を取る。

明らかに怯《おび》えた態度のルイを見て、ブラッドレーは後悔の表情を浮かべた。

「あ……っと、その、すまん。いきなり凄《すご》まれたら怖いよな、ごめんな。……クソッ。俺、学習能力ねぇよ。あんたのこと脅かしたくなんかないってのに」

ブラッドレーが溜《た》め息《いき》を吐《つ》き、ドサッとソファに座り直す。

「……あのよ、俺のこと、怖かったら怖いって言え。その都度《つど》直す。俺もできるだけ怖い思いをさせないように気をつけるから。あ、なんだったらガツンと殴って止めてくれてもいい」

ルイはびっくりして勢いよく首を横に振った。ブラッドレーの要求は過激すぎる。ただ、彼なりに護衛対象である自分に気を遣おうとしているのは伝わった。

「殴るのは嫌ですけど……わかりました。次からはちゃんと怖いって言います」

「おう、そうしてくれ」

銀色の瞳にルイを映したまま、ブラッドレーは「聞いてくれるか」と続けた。

ルイが頷《うなず》くのを待って、彼は口を開く。

「勅命《ちょくめい》書の指令について、俺なりに考えてみた」

「はい」

「俺とルイは護衛と護衛対象なわけだから、本来はそれほど親しくなる必要はねぇ。だけど俺は、親しくなれるものならなりたい。勅命だからってわけじゃなくて、あんただから知りたいと思う」

ルイは戸惑った。

「……私だから？」

「そうだ。あんただから。あんたに……興味がある」

「興味……ですか」

ブラッドレーに興味を抱かれるようなきっかけなんてあったかな、とルイは考える。

彼女が記憶を探る傍《そば》で、ブラッドレーは訥々《とつとつ》と喋《しゃべ》り続けた。

「だけど俺たちは会ったばかりだし、相手のことなんて全然知らないのに、急に親しくしろったって無理だろ。だから、少しずつでいい。お互いの距離を縮めていきたい」

ルイは黙考をやめ、ブラッドレーの眼を見つめて単純な疑問をぶつける。

「どうやってですか」

ブラッドレーから返ってきた答えも単純だった。

「普通に。俺も普通にするから、ルイも普通でいい。俺はそのままのルイが知りたい。だめか？」

いいか、ではなく、だめか、と訊《き》く点にブラッドレーの思いやりを感じる。

彼は自分の気持ちを素直に話し、それを押しつけることなく、ルイの意向を窺《うかが》う。

本来なら、勅命《ちょくめい》による指令なのだから関係を無理強《むりじ》いされても仕方ない。

だけど話を聞く限り、ブラッドレーはルイの気持ちを尊重してくれるつもりのようだ。

ルイは彼の誠実さを垣間見た気がして、ちょっと嬉しくなった。

「……だめじゃ、ないです。副団長様に興味を持たれるような覚えがないので不思議ですけど、このままの私でいいなら、お付き合いします」

ルイがそう言うと、ブラッドレーは心から嬉しそうに笑った。

「そうか、よかった。断られたらどうしようかとハラハラしたぜ」

ブラッドレーの露骨《ろこつ》な安堵《あんど》の声を聞いて、ルイもつい口元を綻《ほころ》ばせた。勅命の意図は不明だが、仲が悪いよりはいい方がよいというのはルイも同じだ。

「お互いに信頼できるような関係が作れるといいですね」

彼女の言葉に、ブラッドレーが満面の笑みで答える。

「おう、そうだな」

そんな二人に、ニコが横からのほほんと言う。

「信頼できるような、いい友達？」

「うん。信頼できるような、いい友達」

なにげなく頷《うなず》いたルイは、ふとブラッドレーに眼を遣《や》る。すると、彼はなんだか顔色が冴《さ》えない。

「あの、どうかしました？　具合でも悪いんですか」

「……友達は、困る。いや、なんでもねぇ……独り言だ、気にするな」

ルイは突然挙動不審になったブラッドレーを怪訝《けげん》に思ったが、本人が「大丈夫だ」と繰り返すので、それ以上は追及しなかった。

時計を見れば、とうに十二時を過ぎている。

「ちょっと遅くなりましたけど、お昼ごはんにしましょうか。お茶を淹《い》れてきますね」

そう声をかけて一階に下りると、既《すで》に玄関扉には『休憩中』の札がかかり、事務所でエイシャとアビーが黙々と弁当を食べていた。

足音に気づいたエイシャが顔を上げ、口の中のものを呑み込んでから喋《しゃべ》る。

「ごめん、先に食べてた。なんだか取り込み中みたいだったからさ」

「いいの。思いのほか話が長引いたから、遅くなっちゃって。お茶淹れるけど、いる？」

「いや、いいよ。こっちのことは気にしないで。むしろなにか手伝おうか？」

「大丈夫、ありがとう」

ルイは台所でティーポットに茶葉を入れ、少し高い位置から熱湯を注《そそ》ぐ。

それから人数分のカップを用意し、湯でサッと温める。茶葉を蒸らしている間に弁当を二階へ運ぼうとしたところ、横から手が伸びて、弁当をひょいと持ち上げた。

「いいよ、僕が上に持ってくから。ルイルイはお茶をよろしく」

「ありがとう、ニコちゃん」

ルイはトレイに茶器一式を載せて二階に運び、応接用のローテーブルに置いてお茶を注ぐ。

ブラッドレーとミュゼは、ローテーブルを挟むソファに対面で座っている。彼らの前には木製の四角い弁当箱が一つずつあった。

ルイは弁当箱の横に、客用ティーカップを置く。

「どうぞ、召し上がってください」

ニコはというと、ルイの机の傍《そば》に自分の椅子を移動させて座り、早くも弁当を広げている。

「はい、所長、お茶です」

「ありがとう。うわあ、今日もおいしそうだね。じゃあ、いただきます」

昼食は、いつもなら居残り組全員で一階事務所の自分の席でとる。

だが、今日はゴタゴタしたため移動するのも面倒くさくて、二階でとることにした。

ルイは自分とニコの専用マグカップを机に置き、椅子を手前に引く。

ふと見ると、ブラッドレーもミュゼも弁当の蓋《ふた》を開けたまま動かない。

「どうかしました？」

ルイが訊《たず》ねたところ、ブラッドレーが弁当から眼を離さずに訊《き》き返してきた。

「……これ、ルイが作ったのか」

「そうですけど。あ、もしかして手作りのお弁当とか嫌でした？」

ルイの知人にはいないが、世間には他人の作った料理が苦手な人もいるらしい。

「もし嫌でしたら、無理に召し上がらなくてもいいですよ」

ルイがそう言うと、ニコがこんがりと焼き目のついた野菜の肉巻きを咀嚼《そしゃく》してすかさず言う。

「いらないいなら僕が食べる」

ブラッドレーはニコを睨《にら》み、横取りを防ぐためか、弁当の上に身体を伏せる。

「やらねぇよ！　これは俺が食う」

ミュゼもさりげなく弁当を腕で囲い、はにかんだように笑いながら答えた。

「いや、勘違いさせて申し訳ない。女性の手作り弁当なんて物珍しかったから、ちょっと感動して見入ってしまって。もちろん、ありがたくごちそうになります」

「そ、そんなにたいそうなものじゃないですよ。本当にごく普通の簡単おかずばかりです」

だがブラッドレーとミュゼがおかずの一つ一つを指さし、弾んだ声で品目名を言う。

「卵焼きだ」

「野菜の肉巻きとカツレツかな」

「根菜の炒めもの」

「これは青野菜と蒸しキノコの生春巻きだね」

二人があまりに嬉しそうで、ルイは聞いているうちに顔が火照《ほて》ってきた。

「いいかげんに食べましょう。休憩時間がなくなります」

ニコより遅れ、三人で「いただきます」と唱えて食べ始める。ブラッドレーとミュゼは「うまい」「おいしい」を繰り返し、ルイを嬉しくもいたたまれない心地にさせた。

「でも、こんなお弁当がどうして珍しいんです？　差し入れとかあるでしょう？」

ルイの疑問には、ミュゼが微苦笑《びくしょう》で説明してくれた。

「差し入れはあっても、飲食物に関しては基本的に身内や知人からのものしか受け取りません。騎士なんて身体が資本の仕事なので、万が一のことがあっては困りますし。遠征時は主《おも》に携帯食《けいたい》か野営調理で、街では屋台か食堂で済ませます。だから私たちが手作りの弁当なんて食べる機会は、そうそうなくて。今日だっててっきり外で食べるものと思っていたから、お弁当が配られたときは驚きましたよ」

ルイは納得し、小さく微笑《ほほえ》んだ。

「うちは皆、たいていお弁当なんです。いつどんな仕事が入るかわからないから、お弁当の方が融通《ゆうずう》も利《き》くので。あの、もしよければ明日も作りますよ。それとも持参されますか？」

「俺はルイの弁当がいい」

ブラッドレーが速攻で答える。ミュゼはルイの顔色を窺《うかが》うように訊《き》いてきた。

「しかし、ご迷惑では？」

「一つ作るも四つ作るも、手間は一緒ですから。それより差し入れの件ですけど、飲食物はだめなんて知りませんでした。果物だと処分に困られたでしょう？　申し訳ありません」

ところが、ブラッドレーはあっさりとルイの謝罪を退《しりぞ》けて笑う。

「詫《わ》びは必要ない。あれは団長があんたから受け取って俺のもとに持ってきたんだ。団員たちにも配って、皆で食った。礼を言うのが遅れたけど、ありがとうな、ルイ」

笑顔は文句なしに感じよく、率直な態度も好ましい。

これでもう少し怖くなければいいのに、とルイはつい思ってしまう。

「おいしかった。ごちそうさまでした」

そう言ったニコが弁当箱の蓋《ふた》を閉じた。彼はマグカップを空《から》にして立ち上がり、椅子を元の位置に戻す。

「じゃあ僕、ガーガー号のお散歩に行ってくるね」

「くれぐれも馬車に轢《ひ》かれないように気をつけて。川に飛び込むのも禁止です。あと、道に落ちているものをむやみに拾ったり、知らない人に誘われてついていったりしちゃだめですからね」

「子供かよ⁉」

ブラッドレーのツッコミはもっともだが、ルイは聞こえないふりをする。なにしろ、ニコは本当にやりかねないのだ。

「いってらっしゃい」

「うん。ルイルイも狼には気をつけて？」

ニコは少し身を屈《かが》めてルイの頭部を軽く抱き寄せると、髪にキスした。

その瞬間、ちょうどお茶を飲んでいたブラッドレーが激しく噎《む》せる。

「だ、大丈夫ですか？」

ルイが新しい布巾《ふきん》を差し出すと、ブラッドレーはそれを受け取り、涙目で口を拭《ぬぐ》いつつ言う。

「……おい、ニコって男、いつもああなのか？　あんたにべったりじゃねぇか」

「そうですね、割といつもこんな感じです」

ルイが平然と答えたところ、ブラッドレーは表情を曇《くも》らせる。

「あんた、本当に奴とはなにもないのかよ？」

また邪推《じゃすい》されて困惑したが、ルイは辛抱強く繰り返した。

「ないです。何度でも言いますけど、ニコちゃんとは家族同然の仲なんです」

「けどよ、髪にキスって、そんなのよっぽど親しい奴にしかしないだろ」

「ですから、恋愛関係じゃない親しい仲なんです。信頼の置ける関係と言えば納得してくれますか？」

ルイは懇々《こんこん》と諭《さと》した。だがブラッドレーの表情を窺《うかが》うと、まだ疑っているようだ。

そこで彼を窘《たしな》めてくれたのはミュゼだった。

「こら、ブラッドレー。眼つきが悪いよ。あんまり疑り深いのも君の信頼を損なうだけだから」

ルイも頷《うなず》いて同意を示す。ニコと男女の仲を疑われるのは、正直言って我慢ならない。いままでニコと築いてきた大切な絆《きずな》が穢《けが》されているような気持ちになってしまうのだ。

ルイの無言の訴えが通じたのか、ブラッドレーがようやく眉間の皺《しわ》を消す。

「……わかったよ。あんたとニコは信頼で結ばれている。そうなんだな」

「はい」

敢《あ》えて短く肯定してから、ルイは胸を撫《な》で下ろし、口添えしてくれたミュゼに礼を言う。

「ありがとうございます、団長様」

「どういたしまして」

それからまもなく、ミュゼは完食して空《から》になった弁当箱に蓋《ふた》を被《かぶ》せた。

「大変おいしかった。ルイ殿は料理がとてもお上手だ。この腕前は、お母上仕込みですか？」

話題が逸《そ》れたことにホッとしながら、ルイは答える。

「基本はそうですね。でも真剣に料理を学び始めた理由は、必要に迫られてでしょうか」

「というと？」

「ニコちゃんの偏食を改善するために習わざるを得なかったんです。なにせ好き嫌いが多くて、しかも小食で。人並みに食べるようになるまで三年ぐらいかかりました」

「ふぅん。彼とは長い付き合いなんですか？」

「かれこれ一〇年ですね。ニコちゃんは私たち家族の命の恩人なんです。いまでも家族ぐるみでお世話になっています。あ、そろそろ片づけないと。午後は私、一階の事務所に詰めます」

そう言ってルイが席を立つと、ブラッドレーもほぼ同時に立ち上がった。

「わかった。一緒に行く」

ルイは、ふと脳裏《のうり》に過《よ》ぎった疑問を彼にぶつけた。

「あの、騎士様方の護衛って、日中はともかく夜もですか？　これから毎日ずっと？」

「ああそうだ。まあ俺も自分の仕事があるから、何事もなければ夜は帰団させてもらう。

なにせあんまり長く留守にすると、俺のありがたみを忘れる筋肉野郎が多いんだよ」

「筋肉？」

「いい、聞き流せ。夜間は俺の部下を寄越す。本当は部屋の前が一番安全だが、嫌なら部屋が見える窓の下でもいい。歩哨《ほしょう》に立たせてくれ」

ルイは、部屋の前は落ちつかなくて困るけど外なら大丈夫かな、と考え了承する。

すると、ブラッドレーは無愛想《ぶあいそ》な口調で先を続けた。

「それと、敬語じゃなくていい。あと騎士様もやめろ。ブラッドレーでいい。俺もルイって呼ぶ」

ミュゼもちゃっかりと便乗する。

「では私のこともミュゼと」

二人の大胆な要望に、ルイは動揺して必死に首を横に振った。

「よ、呼び捨ては無理です。お二人のファンに恨まれてしまいますので、せめて様付けで」

「いいだろう、譲歩してやる」

ブラッドレーが腕を組んで頷《うなず》く。上から目線の台詞《せりふ》なのに、嫌みがないので憎めない。

ルイが弁当箱と食器をトレイにまとめて持とうとしたところ、ブラッドレーに遮《さえぎ》られた。

「ありがとうございます。じゃあ二階の台所までお願いできますか」

「貸せ。俺が運ぶ」

「おう」

口ぶりはぶっきらぼうだが、振る舞いは優しい。

アヒル騒動の折に上着を借りたときもそうだった。

回想していたルイは、そういえば騎士団に確認しなければいけない一件があったと思い出す。

ルイは振り返り、階段上にいるミュゼを見上げて訊《き》いた。

「あの、アヒル脱走騒動の件で馬を斬《き》りつけた犯人の男って捕まりました？」

「残念ながらまだなんだ。総力を挙げて捜索《そうさく》中だから、朗報はもう少し待ってくれるかな」

「そうですか……一日も早く、犯人が見つかるといいですね」

ルイがそう言うと、ミュゼは犯人捕縛《ほばく》の際には連絡する、と約束してくれた。

初日から前途多難！　～その後～

派出所の終業後、ブラッドレーはルイとニコ、アビーの三名をニコの屋敷に送り届ける。

そして夜間の警護をサイファと部下一名に任せ、ミュゼと共に騎士館へ戻った。

騎士団は、王宮のある首都を防衛する国軍の中でも精鋭が集まっている。団員は戦闘に熟練した二〇代後半から三〇代前半の者で占《し》められていて、彼らの居住する騎士館は若い男の巣窟《そうくつ》だ。

ブラッドレーは自室で軍服を脱いでラフな格好に着替え、ミュゼを誘い食堂へ向かった。

食堂は筋肉自慢の男がひしめいていて、毎度ながら騒々しい。

ブラッドレーは骨付き肉メインの夕食を食べた。食欲を存分に満たしながらも、気は晴れない。一日中ほぼ室内でゴロゴロしていたためか、身体が鈍《なま》っている気がする。

そこで、食堂にいる部下たちに間延びした声で呼びかけた。

「少し動くか。おーい、喜べー、腹ごなしに副団長様が直々に手合わせしてやるぞー。

希望者は飯《めし》を食ったら鍛錬場《たんれんじょう》に来い。鍛《きた》えてやるから－」

途端、ピタリと喧騒《けんそう》がやんだ。

次の瞬間、団員たちは信じられないと言わんばかりの表情でブラッドレーに猛抗議した。

「そりゃないっすよ、副団長！　俺たち今日の鍛錬はガッツリ済ませましたって！」

「そーですよー！　副団長が残していった練習メニュー、あれで新人ぶっ倒れましたからね。俺たちも筋肉酷使《こくし》しまくりましたから。これ以上ムキムキになったら俺、彼女にフラれるわー」

「なにぃ彼女だと⁉　副団長、報告します！　ここに裏切り者がぁぁぁぁぁっ！」

「副団長ぉ、俺、腹筋が割れすぎて気持ち悪いって妹に泣かれたっす」

好き勝手に喚《わめ》く団員たちに、ブラッドレーは血も涙もなく言い放つ。

「よぉーし、わかった。おまえら暇だな？　暇なんだな？　いいだろう、可愛がってやる」

ブラッドレーが眼を光らせて拳《こぶし》を揉《も》むと、あちこちで「ひいっ」と悲鳴が上がった。

「げげっ、最悪。あのう、俺、暇じゃないっすー。酒飲んで風呂入って寝たいっすー」

「うるせぇ。とっとと来い！」

かくて鍛錬場にはブラッドレーの指名を受けた団員たちが集《つど》い、夜間特訓が開始されたのだ。

団員たちは果敢《かかん》に挑んだ。しかし、捨て身でかかっても数撃で地面に沈められ、結局一人残らず倒された。

「あいつら、結構やるなー」

訓練用の剣を下ろしたブラッドレーは、鍛錬場の隅で一人観戦していたミュゼに歩み寄り、部下たちを誉めそやした。

「筋トレで臂力《ひりょく》が増したんだろうな。一撃が重いのなんのって。柔《やわ》な盾《たて》ならぶった斬《き》るぜ」

「君の指導が凄《すさ》まじいからね。そりゃ鍛えられもするだろう」

ミュゼは笑って答え、ブラッドレーにタオルを投げてよこすと、ガラリと話題を変えた。

「例の男の件、ルイ殿に訊《き》かれたよ」

「例の男？」

「道に溢《あふ》れたアヒルを回収しただろう。そのとき騒動の原因となった、馬を暴走させた犯人だよ」

「ああ、あれか。挙動が不審だって通報を受けて尋問《じんもん》したら、逃げ出して馬を斬りつけたアホな奴。追跡を振り切るためとはいえ余計な真似《まね》しやがって、危《あや》うく重大事故に繋《つな》がるところだったじゃねぇか。けど、奴だったら捕まえただろ？　聴取中だって報告を受けたぜ」

「ところが捕まえたのは別人で、おまけに聴取中に自害した。昨日の深夜の話さ。死体は鑑識《かんしき》に回して、いま背後関係を探らせている。どうもこの一件、思ったより根が深そうだ」

「……なにか出てきたのか？」

ブラッドレーが眼を光らせて訊《き》くと、ミュゼが辺りを警戒し声をひそめる。

「裏で黒梟《クロフクロウ》が動いてる」

『国家による国家のための特命監査機関』の別名を黒梟という。この組織に所属する者も総じて黒梟と呼ばれる。この機関の実態は秘匿《ひとく》され、全貌《ぜんぼう》を知る者は国王だけ。

黒梟は、国益を脅《おびや》かす恐れのある対象を狙って飛ぶ。

それを考えれば、最初に逃げた男は黒梟の監視対象だった可能性が高い。そうなると導き出される犯人像は絞《しぼ》られる。

「他国の密偵《みってい》か」

ブラッドレーが断言するみたいに呟《つぶや》くと、ミュゼは素っ気ないくらいあっさり頷《うなず》く。

「それも黒梟に眼をつけられるくらい、厄介《やっかい》な手合だ。黒梟から騎士団の行動に規制がかからないことからして、私たちを敢《あ》えて自由に動かせて、炙《あぶ》り出しを狙っているのかもしれない」

「陽動作戦かよ。ま、肝心なのは市民に害が及ばないよう防ぐことだし、いいけどな。騎士団《おれたち》は騎士団《おれたち》でやることをやろうぜ。まず情報収集だな。目撃者を捜《さが》す。巡回時に聞き込みだ」

「ではその旨で伝達を出そう」

「頼んだぜ、団長。さぁて、せっかくだからもうちょい揉《も》んでやるとするかー」

ブラッドレーはタオルをズボンの後ろポケットに押し込み、訓練用の剣の柄《つか》を握り直した。

そんな彼を、ミュゼが呼び止める。

「ブラッドレー」

「ん？」

「君、ルイ殿のことを気に入ったの？」

ブラッドレーは不意を突かれ、持っていた剣をボトッと落とす。

「……俺、そんなに変だったか？」

「変というか、女性に頓着《とんちゃく》しない君にしては珍しく、ルイ殿の言動に一喜一憂《いっきいちゆう》していたから」

ブラッドレーは落とした剣を拾い、手で土を払いながらボソボソ呟《つぶや》く。

「笑った顔がちょっと可愛いと思っただけだ。深入りしようって決めたわけじゃない」

ミュゼが意地悪くクスッと笑う。

「友達では困るのに？」

ブラッドレーはグッと返答に窮《きゅう》したが、ややあって渋々答える。

「友達枠だと、最初からおまえは論外だって宣告されているようなものだろう。それは嫌だったんだよ。でも、あの場でむきになるのも癪《しゃく》じゃねぇか」

「友達が嫌なら、友達以上になれるよう努めないといけないね」

ミュゼのお節介に対し、ブラッドレーはムスッとして答えた。

「まだ会ったばかりだし、どうなるかなんてわからねぇよ」

彼はミュゼとの会話を打ち切り、団員たちの方へ振り向く。

「よーし、休憩終了！　とっとと二回戦始めるぞー」

ブラッドレーが大の字になって転がる団員たちへ呼びかけると、悲壮な声がこだました。

その中の一人、トアという青年が弾かれたように顔を上げる。

「そうだ、副団長！　一昨日《おととい》、果物籠《かご》を持って受付に来た可愛い人は恋人ですか⁉」

ざわっ、と空気が震えた。

地面にうつ伏せに倒れていた団員たちが、度肝《どぎも》を抜かれた顔で次々に起き上がる。

「なななな、なんだってぇ⁉　死ぬほどモテるくせに誰にも靡《なび》かない副団長に恋人ぉ⁉」

「ちょ、まじっすか⁉　可愛いってどういうタイプ⁉」

「真面目っぽい清楚《せいそ》系かなー。俺そのときちょうど受付担当でさ、団長が現れるまでちょっとだけ話したんだけど、とにかく感じがいいわけよ。もしお嫁さんにするならこういう――」

ブラッドレーはベラベラと喋《しゃべ》るトアのすぐ脇に、ドカッと訓練用の剣を突き立てた。

「……まだ恋人じゃねぇよ」

ブラッドレーの普段より一オクターブ低い声には気づきもせず、トアは能天気に食いつく。

「ひゃっほう！　じゃあ俺に紹介してください。彼女、俺の運命の人かもしれません！」

「……ほー。運命の人ねぇ。そうかそうか」

「歳は幾つですかね？　まあ愛があれば歳の差なんて関係ないですけど。ふぎゃっ⁉」

ブラッドレーはトアの頭部をアイアンクローでガッと掴《つか》み、他の団員に向けて言った。

「おまえらはもう戻っていいぞー。お疲れー。よく柔軟してから休めよー」

彼の掌《てのひら》の下で、ようやく己の危機を悟ったトアがジタバタともがく。

「ああああの、副団長。お、俺は？　俺も皆と一緒に部屋に戻りた――」

「お・ま・え・は・の・こ・れ」

一語一語区切って言い、ブラッドレーは指に力を込めてトアの頭部をギリギリと締め上げる。

「ククッ。トア、喜べ。今日は特別に俺が個人指導してやろう。嬉しいだろう？　なあ？」

夜空にトアの絶叫が響くのを、他の団員たちは瞼《まぶた》を伏せ合掌《がっしょう》しながら聞いた。

彼らはそそくさと鍛錬場《たんれんじょう》をあとにし、誰からともなく雑談を始める。

「……久々に激震が走ったわ」

「トアはさー、追跡能力はすげぇし、いい奴なんだけど、アホすぎるわな」

「副団長の逆鱗《げきりん》に触れるって、どれだけアホだよ」

うんうん、としみじみ頷《うなず》き合う。

間を置かず、団員の一人が別の話題を振った。

「そういやさ、団長と副団長の極秘任務ってなんだろうな。確か、今日からだろ？」

「しばらく通常任務から離れて、別の任務に就くって説明だったな」

「日中は、だろ。夜は帰団して毎晩鍛錬《これ》とかやられたら死ぬわー」

ギャハハハハハ、とくだらない掛け合いに腹をよじっての大笑い。

結局、誰一人としてトアの救出に行こうとする強者《つわもの》はいなかった。

午後のハプニング

ルイは暇が好きじゃない。仕事は忙しいくらいがちょうどいいと思っている。

そんな思いもあって、隙間時間を埋《う》める習慣が身についていた。

平日の午後は派出所一階の事務所に詰めて、お客さんの相談に乗ったり、苦情処理を請《う》け負ったりする。

依頼があれば書類・資料を作成。他にも配達物の受け取りや、環境庁舎からの郵便物の開封、伝票整理、小口現金の管理を行う。それでも手が空《あ》いたら掃除や水撒《ま》きなど、細々《こまごま》と動く。

今日の居残り組はルイ、アビー、エイシャ、ダフネの四人だ。

ルイは、今月分の必要経費の領収書をまとめて計算している。アビーは仕事の打ち合わせをしていて、エイシャは受付窓口を担当し、ダフネは二階で報告書の作成にかかりきりだ。

ルイの前にブラッドレーとミュゼという二人の人気騎士が押しかけ同然に現れてから、

早二週間が経《た》つ。

最近やっと、ブラッドレーとミュゼがいる日常に慣れてきた。

その間、ブラッドレーがルイの護衛についたことで、二人の仲を勘繰《かんぐ》る根も葉もないゴシップ的噂《うわさ》が流れた。

『秘密の王子』の干渉はまったくない。

正体不明の『秘密の王子』が追ってくる悪夢にうなされて飛び起きることがしばしばあったものの、ここのところようやく落ちついてきた。いまは特に大きな混乱もない。

日々、ブラッドレーがルイから離れないように、エイシャの傍《そば》にはミュゼがいる。

どうもミュゼはエイシャと親交を深めたいらしく、なにかとよく話しかけていた。

一方のエイシャは慇懃無礼《いんぎんぶれい》、時々辛辣《しんらつ》、たまに無表情と一線を引いている。

ルイは昼休みの会話を思い出した。

皆でお弁当を食べたあとミュゼがエイシャの隣に座り、穏やかに話しかけたのだ。

「エイシャ殿、あなたの銀色の髪は大変美しいが、どうしてそんなに短くしているのかな?」

「手入れが楽なもので」

「なるほど。少しだけ、あなたの髪に触れてみたいのですがお許しいただけませんか」

さい」

「服をひん剥《む》いて通りに放り出しますよ？　社会的に抹殺《まっさつ》されたくなければ諦めてくだ

こんな殺伐《さつばつ》としたやりとりをしょっちゅう交わし、それでも交流を諦めないミュゼと、迷惑そうなエイシャの攻防は継続中だ。

ルイは計算途中の小口現金表から一旦顔を上げて、待合所の様子を眺めた。特に声かけが必要な人はいなさそう、と現金表に視線に戻しかけ、向かいに座るブラッドレーに眼を留《と》める。

ブラッドレーは、騎士団の事務仕事を持ち込むようになった。ニコの不在時にはニコの机で書類や報告書を捲《めく》る。そして手持ち無沙汰になると、筋力維持のためと称してスクワットを始めるのだ。

ルイの視線に気づいたのか、ブラッドレーがふと彼女の方を見た。

「なんだ、ルイ。用か？」

「用というか、なんだか眼つきが物騒だったから気になって」

ブラッドレーは苦みを帯びた表情で、手元の書類をパチンと指で弾く。

「その原因はこれだ。例の奴がまだ見つからないっていう、苛《いら》つく中間報告」

「例の奴？」

「アヒル騒動の犯人だよ。荷馬車の馬を斬《き》って騒ぎを起こして逃げたアホ野郎」

「前にミュゼ様に訊《き》いたときは、まだ調査中だと伺《うかが》いましたけど」

俄《にわ》かにブラッドレーの顔が曇《くも》り、声も小さくなる。

「あれから依然、見つかってない。けどよ、黒梟《クロフクロウ》も動いてるし、騎士団も手を尽くしている。時間はかかっても必ず捕まえてやるから、犯人逮捕の知らせはもう少し待ってくれるか」

すまなそうに言うブラッドレーにコクコクと頷《うなず》きながら、ルイは動揺を隠せなかった。

思わず声をひそめて訊《たず》ね返す。

「……黒梟って、あの特命監査機関の黒梟？」

「その黒梟」

驚愕《きょうがく》に全身が震えた。ルイはゴクリと唾を呑み、ブラッドレーを追及する。

「黒梟が出なければいけないほどの凶悪犯だったんですか」

ルイの問いに、ブラッドレーはやや上体を浮かせて身を乗り出し、低い声で囁《ささや》いた。

「黒梟が関係してることは、あんただから教えた」

意外な事実を告《つ》げられ、ルイは眼を瞬《しばたた》く。気がつけば至近距離にブラッドレーの顔がある。

ルイが慌てて身体を引くと、ブラッドレーに険《けん》のある眼つきで見られた。

「なんで逃げるんだよ」

「だ、だって顔が近いから」

「話があるから近づいたんだ。いいから耳貸せ」

長い指で銀色の髪を掻《か》き上げ面倒くささそうに会話を切ったと思えば、ブラッドレーは立ち上がってルイの背後に移動した。右手をルイの右肩に置き、左側から顔を近づけて囁《ささや》く。

「黒梟《クロフクロウ》の件を教えたのは、本腰いれて犯人確保のため動いてるってことを、あんたに納得してもらうため。あと……俺の杞憂《きゆう》だったらいいが、例の件にも無関係じゃないかもしれねぇから一応な」

例の件、と聞いてぞくっとした。思い当たる節は一つしかない。

「まさか……『秘密の王子』の勅命書《ちょくめいしょ》に、黒梟が関わっているんですか？」

「わからない。ただ黒梟は国王陛下と直結した機関だ。そして陛下は王家の印章を使用する三人の中でも筆頭と考えれば、用心するに越したことはないだろ」

「で、でも、あの勅命書の内容はそんな怖いものじゃなかったですよ」

「だが現に俺は、あんたの身辺警護を命じられている」

ルイはグッと押し黙った。ブラッドレーの言う通りだ。

「とはいえ、差し迫った危険はいまのところない。だからあんたも普段通りにしてろ。変に緊張していられると守りにくいしな。それと黒梟の件は公表してねぇから、他の奴らには黙っておけよ？」

念を押されるまでもなく、黒梟の件は黙っていようと心に決めている。

「わかりました。あの、ブラッドレー様も十分気をつけてくださいね」

思ったより事件の闇が深いかもしれないことに胸騒ぎを覚えたルイは、急にブラッドレーの身が心配になった。

いくら腕に覚えのあるブラッドレーとはいえ、黒梟が絡むぐらいだ、犯人逮捕が容易じゃないのも納得できる。そして、もし黒梟が本当に勅命書にも関係があるとすれば、危険度は増す。

「おう。なんだよ、心許《こころもと》なさそうな顔して。俺のこと心配してくれるのか？」

「もちろん心配しますよ。あたりまえです」

ルイは左肩のすぐ上にあるブラッドレーの顔を上目遣いで見つめ、強い口調で言った。

「怪我《けが》とか、本当に注意してください。ブラッドレー様にもしものことがあったら――」

膝の上で拳《こぶし》を握る。ブラッドレーは焦《じ》れた様子で続きを促《うなが》した。

「俺に、もしものことがあったら……？」

ルイは呆れ返った表情で、そんなこともわからないのか、と責めるような眼を彼に向ける。

「皆が困ります！　あなたは騎士団の副団長様ですよ。王家の皆様も、騎士団の方々も、私たち市民も大勢が頼りにしているんです。心の拠《よ》り所なんですから。……人の話、聞いてます？」

半《なか》ば説教をしているみたいに声を荒らげると、ブラッドレーは突如床にしゃがみ込んでしまった。

「皆――皆か。いや、わかってた。わかってたけどよ……愛が足りねぇ」

間髪《かんはつ》容《い》れず、受付窓口の席からエイシャの容赦《ようしゃ》ないツッコミが入る。

「いや、あのね？　いまルイさん仕事中だから。愛を求めるのはどうかと思うよ？」

ミュゼも苦笑しながらブラッドレーを窘《たしな》める。

「ブラッドレーも少し落ちつこうか。君、かなり恥ずかしい注目を浴びてるよ」

ルイは、いつのまにか周囲の耳目《じもく》を集めていたことに頬《ほお》を赤くした。

「お、お騒がせして申し訳ありません」

ルイが慌てて頭を下げたところで、近所の子供が転がるように駆け込んできた。

「ルイねーちゃん、いる⁉」

大声で叫んだのは七区を管轄統治する区長の息子で、八歳のアンジーだ。

区長そっくりの薄茶色のふわふわ髪に、やや吊り上がった琥珀色《こはくいろ》の瞳をした彼は、年回りの近い子供たちの中心的存在。とても負けず嫌いな性格で、挑まれた勝負は必ず受ける少年だった。

かつてニコと、所謂《いわゆる》「男と男の勝負」をして負けたらしい。

以来、アンジーはニコの腹心だと公言している。

「ルイねーちゃん、大変、大変っ。ニコにーちゃんが馬車に――」

「撥《は》ねられたの⁉」

ルイが咄嗟《とっさ》にそう思ったのには、理由があった。

ニコは過去数回、馬車に撥ねられて痛い目に遭《あ》っている。どの事故も大怪我《おおけが》を負わずに済んだことだけが不幸中の幸いだ。

ルイの早とちりを、アンジーは左右に首を振って否定した。

「轢《ひ》かれそうになった難聴のばあちゃんを助けたらよろけて、壁にゴンして、頭を押さえた拍子に握ってたガーガー号の綱《リード》を手放しちゃった。それで近くにいた犬に吠えられて、びっくりして逃走したガーガー号を追いかけたまま、現在行方不明中！」

アンジーはそこまで一気に喋《しゃべ》って、額《ひたい》の汗を手の甲で拭いた。だいぶくたびれた様子だ。

「ガーガー号だけは俺の仲間が見つけて保護したんだけどさ、ニコにーちゃんはどこ行ったんだか全然見つからないんだよ。だからルイねーちゃんも捜《さが》すの手伝って」

ルイは事務所を出てアンジーの傍《そば》まで行き、目線の高さが同じになるよう膝をつく。

ルイは官服《かんふく》のポケットからハンカチを取り出してアンジーに手渡し、じっと眼を見て言った。

「知らせてくれてありがとう、アンジー君。私がすぐニコちゃんを捜しに行く。だからアンジー君は皆を集めて先に戻ってくれる？」

「なんでだよ。俺たちも一緒に捜すって！　その方が早く見つかるだろ」

「でも、皆がアンジー君みたいに強いわけじゃないよ。皆いまも一生懸命ニコちゃんを捜してくれているんでしょう？　小さい子とか疲れていない？　無茶して怪我《けが》したら大変だよ」

「……じゃあチビたちだけ戻せばいい。俺はまだ休まなくても平気だ」

「アンジー君が戻らないなら、皆も戻らないよ。皆アンジー君についていくと思う。違う？」

静かに問いかけると、アンジーの眼が苦しそうに揺れた。仲間を思いやる気持ちとニコを自分の手で助けたい気持ちがせめぎ合って、どちらを選ぶか迷っているらしい。

「アンジー君」

「……わかった。俺も戻る。戻って、待ってるから。ニコにーちゃんのこと頼むよ」

アンジーの答えに、ルイは微笑《ほほえ》んだ。

「大丈夫、ニコちゃんは私が必ず見つけるから」

ルイが「任せて」とアンジーの両腕を軽くはたくと、彼は吹っ切れたようにニッと笑う。

「ニコにーちゃんだけど、見失ったのは八区と六区の境界線。北東の方に走ってった。二区と八区に繋《つな》がる橋は渡ってないと思う。橋近辺で聞き込みしたけど、今日にーちゃんを見た奴はいなかったから」

「わかった。六区を中心に捜してみるね」

「ガーガー号はちゃんと俺が戻しておくよ」

子供ながら頼もしい。アンジーは来たとき同様、勢いよく飛び出していった。

「というわけなので、所長を捜索《そうさく》しに行ってきます。エイシャ、アビー、あとお願いね」

ルイは事務所の整理棚から、ニコ対策用の布袋を持って肩に下げる。

そして、ブラッドレーに「出かけます」と一声かけた。

ミュゼは玄関扉を開けた状態で待機している。ルイが玄関を通るとブラッドレーがあとに続いた。

「その布袋、重そうだな。なにが入ってるんだ？」

「色々です。主《おも》に薬品類ですけど、他にも応急処置に使えそうな布とか縄とか網とか。ニコちゃんは生傷が絶えないので大変なんです」

「貸せ、俺が持つ。少しでも身軽な方が楽だろ」

ルイが断る隙を与えず、ブラッドレーが布袋を奪う。途端に肩が軽くなった。

「ありがとうございます」

ブラッドレーはルイの左側を歩きながら、ぶっきらぼうな口調で答える。

「いちいち礼なんかいらねぇよ。で、どこに向かうって？」

「このまま七区から八区を抜けて六区に行きます」

「急ぐなら俺の馬で行くか？」

「せっかくですけど、結構です。馬だと大通りはともかく裏路地や小路《こみち》は移動が不便ですから」

街中は輸送用の道路が整備されて流通が盛んなため、日中はたいていどこも混雑している。

狭い路地では、馬は方向転換するのにさえ難儀《なんぎ》してしまう。立派な体躯《たいく》の軍馬ならば尚更だ。

一刻も早くニコを見つけるには、安全で最適な選択を。馬より徒歩だ。

ルイは道の左右を確認し、馬車や荷車が接近していないことを確認して斜め横断した。

クレイ市街の道路は歩道と車道に分かれている。南北と東西を走る主軸道路や、商店が立ち並ぶ道路を除いては、道幅は広くない。それだけにちょっとした油断で接触事故が起こる。

「ああ、ルイちゃん！　っと、こ、こんにちは。団長様、副団長様」

道すがら、ルイを威勢のいい声で呼び止めたのは金物屋のおかみさんだ。

「聞いたよ、ニコちゃん、リッセのところの婆ちゃんを助けたんだって？　頭ぶつけて血が出たまま走っていくのを見たって息子が騒いでたけど、怪我《けが》の具合はどうなんだい？」

その質問に、ルイは気楽な調子で答える。

「いま捜索《そうさく》中です。でも、ニコちゃんのことだからたぶん大丈夫ですよ」

それからも、大勢の人に声をかけられた。

「ルイちゃん、ニコちゃんを捜《さが》してる？　あっちあっち、六区の大浴場方面に走っててたよ」

「おい、ルイさんよ。ニコの奴、怪我《けが》してたぜ。手当てしてやれよ。え、行方不明？　また？」

老若男女《ろうにゃくなんにょ》問わず、呼び止められる。中には捜索《そうさく》の手伝いを買って出てくれる人もいた。

そのたびに、ルイは笑顔で丁寧に応対した。

そんなルイの態度を怪訝《けげん》に思ったのか、ブラッドレーが歩きながら指摘する。

「あんた冷静だな。ニコのこと心配じゃねぇの？」

「ものすごく心配ですよ」

「へー。全然そうは見えない。笑顔だし」

「私が笑ってないと皆、余計に心配するので。それに取り乱したところでどうしようもないですから。却《かえ》って悪い事態を引き起こしかねませんし――な、なんですか」

ルイは動揺した。不意に、ブラッドレーに頭を撫《な》でられたのだ。

「あんた、健気《けなげ》だな」

そう言うブラッドレーの眼は優しい。

ルイは頰《ほお》が火照《ほて》るのを感じた。つられて、胸の動悸《どうき》が速くなる。

「それに気丈だ。俺、そういう女は嫌いじゃない」

一瞬、口説《くど》かれているのかと思ったほど、向けられる笑みは甘い。

ルイがびっくりしていると、ブラッドレーが温かな言葉を続ける。

「だけど一人で気張らなくてもいいだろ。俺を頼れ。なんのための護衛だよ？」

すとん、とルイの胸になにかが落ちた。

下心じゃない。善意だ。彼は心配して、気遣ってくれているのだ。

そう気づいたとき、余所見《よそみ》をしていたルイは石畳に躓《つまず》いた。

咄嗟《とっさ》にブラッドレーの腕が伸びてきて、身体を支える。

「気をつけろ」

触れた腕は硬い。鍛《きた》えているんだな、とルイはちょっぴり感心した。

彼女は張りつめていた気を和《やわ》らげ、ブラッドレーに言った。

「じゃあ……お言葉に甘えて。一緒にニコちゃんを捜《さが》してください」

ルイの頼みに「おう」と気楽に応じたブラッドレーが、言葉を続ける。

「ニコといえば、話は変わるけどよ、あいつは顔が広いな。それに色んな奴に好かれてる」

つい笑顔になる。ルイはニコが褒《ほ》められると嬉しい。なにしろ、彼はルイの尊敬する人だ。

「ニコちゃんは誰にでも話しかけて、誰とでも仲よくなりますから」

「……ふーん。そういう男がいいわけ？」

心なしか、ブラッドレーの声が低くなる。

ルイは質問の意味を捉《とら》えかねて眼をぱちくりした。

すると、それまで黙っていたミュゼが、ブラッドレーを窘《たしな》める。

「こらこら、安易に真似《まね》しようとか思わないように。いいか、自分の立場を考えたまえ」

「わかってるよ。いちいちうるせぇなあ。あ、分かれ道か。ルイ、次どっちに行く?」

「右に曲がります。集合住宅の裏手を通りますよ。飛び出してくる小さな子供にぶつからないよう注意してください」

路地を抜けて人混みの中をしばらく歩き、目的の六区に着いた。

六区は主軸道路が交わる公共広場のある九区に接していて、市街で最大の公衆大浴場がある。

周辺には露天商が軒《のき》を連ね、賭博《とばく》や大道芸を楽しむ市民で賑《にぎ》わっていた。

ブラッドレーは人の多さを見て、途方に暮れたように溜《た》め息《いき》を吐《つ》いて言う。

「で、どうやってニコを捜《さが》す?」

ルイは迷わず公衆大浴場の裏手の奥、六区の端に向かった。

「アンジー君がニコちゃんを見失ったのが八区と六区の境界線です。そこから北東の方角に公衆大浴場があります」

ブラッドレーがうまい具合に人混みを掻《か》き分けて先導してくれるので、ルイは彼に守られながら雑踏を突き進んだ。

「六区と四区を繋《つな》ぐ橋は公共広場の横です。公衆大浴場とは近いから橋近辺で聞き込みをして目撃情報がなかったら、ニコちゃんはここにはいません」

ブラッドレーが酔っ払いを押し退《の》けつつ、声高に訊《き》く。

「じゃあ、どこにいる？」

「あれだけ捜してくれていた子供たちが見つけられなかったということは、捜せなかった場所にいるはず。子供たちは安全区域にしか行けないので、子供たちが立ち入れない場所にニコちゃんはいます。特に、どこか怪我《けが》しているときは人目に触れない場所に隠れる傾向があります。六区なら公衆大浴場から一番遠い建物……それも暗くて古い建物の陰なんかにいることが多いんです」

喋《しゃべ》りながらルイは足を速めてどんどん進んだ。人混みを完全に抜けたあとは小走りだ。日が傾き、黄昏《たそがれ》の色が濃くなって風が湿り気を帯びる。細い裏道は奥に進むにつれて段々と道幅が狭くなり、両側の傷《いた》みの激しい建物が押し迫るようだった。

妙に静かで、うら寂しい。

いつのまにかルイの前にブラッドレーが立ち、彼女の背後にぴったりとミュゼがつく。

どちらも腰に佩《は》いた剣の柄《つか》をいつでも握れるよう、油断なく身構えている。

急にブラッドレーが足を止め、腕を伸ばしてルイに下がれと手振りする。

ルイは彼の背中から前方を窺《うかが》った。

暗がりに屈強そうな五、六名の男たちがたむろし、小声で会話しながら時折低く笑っている。

「退《ど》いてください」

ルイがそう言うも、ブラッドレーは首を横に振った。

「だめだ、危険だ。戻るぞ」

「大丈夫、知り合いです」

ルイはそう答えて、男たちのもとへ小走りに駆け寄る。

男たちは木箱を囲み、ダイス賭博《とばく》に興じていた。木箱の上にはコインが数枚とダイス、近くには空《から》の酒瓶や食べ物の残骸《ざんがい》が散らかっている。かなり長い間ここにいるようだ。

「こんにちは」

「ああん、なんだてめぇ……」

服を着崩し、だらしなく胡坐《あぐら》を組んでいた巨漢がドスの利《き》いた声で唸《うな》り、おもむろに顔を上げた。他の男たちも一斉に乱入者のルイを睨《にら》みつける。

しかし、殺伐《さつばつ》とした空気は一秒後に霧散《むさん》した。

「――あれ、ルイじゃねぇか。久しぶりだな。元気か？」

「おかげさまで。皆さんも相変わらずのようですね。それはそうと、親方。普通に挨拶《あいさつ》したのにどうして威嚇《いかく》されなきゃいけないんです？　怖いからやめてください」

ルイが詰《なじ》ると、巨漢が悪い顔でニヤリと笑う。

「悪ぃ、悪ぃ。つい癖でな」

予想外の展開に、ブラッドレーとミュゼは困惑した様子でルイと男たちのやりとりを見ている。

一番手前にいた涼《すず》しげな眼つきの男が、億劫《おっくう》そうに口を開く。

「それで？　今日はどうした。お偉い騎士様も一緒みたいだが、ニコを迎えに来たのか？」

「あ、はい、そうです。ニコちゃん、います？」

背後を隠すように壁をつくっていた男たちが退《ひ》くと、薄布を敷《し》いた地面の上に丸まって転がるニコがいた。頭に巻かれた包帯は、血が滲《にじ》み黒ずんでいる。けれどもすうすうとよく眠っていて、顔色も悪くない。

「そこで寝てる」

壁になっていた男の一人がニコを見下ろしながら、淡々と話す。

「突然ふらっと現れたんだ。側頭部に打撲痕《だぼくあと》があって出血してたから、水で洗って止血した。医者に診《み》せるか迷ったが、どうも動かさない方がよさそうだったからな、そのまま転がしといた」

「ありがとうございます。おかげで助かりました」

容体はともかく、ニコが見つかったことにルイは安堵《あんど》する。

「ニコちゃん」

ルイがニコの傍《そば》に屈《かが》み込んでそっと名前を呼ぶ。すると、閉じられていた彼の瞼《まぶた》がゆっくり持ち上がり、ぼうっとした黒い瞳がルイを捉《とら》えた。

「ルイちゃん」

「捜《さが》したよ。気分はどう?」

「悪くないよ」

「なにがあったか覚えてる?」

「うん。ガーガー号を捜してたら、偶然犯人を見かけたんだ。捕まえようとしたんだけど、頭が痛いからちょっと休もうと思って、ここにきた。そうだ、ガーガー号はどこに行ったんだろう」

「ガーガー号ならアンジー君が捕まえてくれたみたいだよ。それより犯人ってなに?」

「アヒルが脱走する原因をつくった犯人だよ。騎士さんたちが追いかけていた不審な人」

その答えに、ルイはびっくりして固まった。

「どうしてニコちゃんが犯人の顔を知ってるの？」

「え、だってアヒルが脱走した日、僕が巡回中の騎士さんに通報したんだもん。アンジー君が見たことない怪《あや》しい人がいるって言うから、念のためね。そうしたらあんな騒ぎになっちゃって驚いたよー」

ここでブラッドレーが、ルイの横に肩を並べて会話に割り込んだ。

「そいつ、どこで見かけた」

「公衆大浴場の手前の広場。誰かと話してたけど、相手は後ろ向きだったから顔は見てない」

「わかった、情報ありがとうな。すぐにこの近辺を捜索《そうさく》する。悪いが、立てるか」

「うん」

ニコは無防備に微笑《ほほえ》み、手をついて起き上がろうとする。

ルイは慌てて彼の背中に手を添えた。

「急に動いて平気？　脳震盪《のうしんとう》かもしれないから無理しない方がいいよ」

「平気。もう大丈夫。困ったときの死んだふりが成功したみたいでよかったあー」

得意そうに笑うニコの鼻の頭を、ルイは軽く指で弾いた。

「ふ・ざ・け・な・い・の。笑いごとじゃないでしょ。皆さんが親切に助けてくれたおかげです。感謝してください」

ニコは素直に「はあい」と返事して、荒くれ男たちに深々と頭を下げた。

「どうもありがとうございました」

巨漢が手の中でダイスを弄《もてあそ》びながら、からりと笑う。

「いいってことよ。ニコには普段世話になってるからな。ま、お互いさまだ」

ルイも感謝の気持ちを込めて丁寧にお辞儀《じぎ》した。

それから公衆大浴場まで戻る。

ブラッドレーはルイとニコを広場のベンチに座らせ、上着のポケットから笛を取り出し、思いっきり吹き鳴らした。

甲高い警笛音《けいてきおん》が響く。一度、二度、やや間を空《あ》けて三度。その都度《つど》、付近を巡回中だった団員が駆けつける。最終的には二桁の人数が集まり、広場は緊迫した空気に包まれた。

ブラッドレーが全員を見渡して鋭い声を張り上げる。

「挨拶《あいさつ》は省《はぶ》く。少し前、例の指名手配犯がこの広場で目撃された。証言によると、何者かと接触していたらしい」

ここでブラッドレーは所持していた四つ折りの紙を広げて、高く掲《かか》げた。

「各自、配布された似顔絵は持っているな？　それを元に犯人を捜《さが》せ。目撃者もだ。いまから、この集団を四分割する。東西南北くまなく捜すぞ。二時間後、ここに再集合だ。いいな、散会！」

一斉に団員たちがばらける。

ルイは、初めて目《ま》の当たりにするブラッドレーの副団長らしい姿に圧倒されていた。指示は迅速《じんそく》で明瞭《めいりょう》。応《こた》える団員の動きも無駄がない。きちんと統率がとれている。相互の信頼関係がないとこうはならないだろう。

はっきり言って、格好いい。

ブラッドレーに感心したのは、今日だけで二度目だ。なんだか見直した。

ルイが彼の背中から眼を離せずにいたところ、急に振り返られてドキッとする。

ブラッドレーの銀色の眼がルイを射抜《いぬ》く。毅然《きぜん》とした態度のまま、彼は口を開いた。

「ルイ。聞いた通り、俺は二時間ほどここで待機する。悪いが付き合ってくれるか」

ルイは動揺を見破られないよう、表情を取り繕《つくろ》って頷《うなず》く。こんな状況なのに見とれていたなんて知られたくない。不謹慎《ふきんしん》だと怒られそうだ。

「は、はい。大丈夫です。あ、でも、ニコちゃんは病院に行かないと」

だがルイの心配を余所《よそ》に、ニコは緩《ゆる》い動作で立ち上がって言った。

「僕のことなら、もう大丈夫。先に派出所に戻ってるよ。副団長さん、ルイルイをよろしく」

「おう、任せろ。おまえも、念のため今日は安静にしてろよ。ルイが心配する」

ニコが去って、二時間後。情報収集にあたっていた団員たちが戻ってきた。

複数の目撃証言はあったものの、残念ながら犯人の行方はわからずじまいだった。

これもおうちデート？


指名手配犯が発見できないまま、二週間が過ぎた。

未解決の事件や勅命書《ちょくめいしょ》の背景、『秘密の王子』の正体、黒梟《クロフクロウ》の動きなど、ルイにとっても悩ましい問題は多い。

現状に不安を覚えながらも、日々は平穏に過ぎていく。

ルイは所長補佐という役職上、ニコの仕事が円滑に運ぶよう支えるのが主《おも》な務めだ。

他にも環境庁舎との連絡役や余所の支部との橋渡し、課員たちの取りまとめ、仕事の進捗《しんちょく》状況管理など、全体的な調整役も担《にな》っている。

そのため派出所での内勤が大半だが、依頼が多くて捌《さば》ききれないときは外勤もする。

この日の午後、外勤の仕事が回ってきたルイはブラッドレーとミュゼを連れて、川辺を歩いていた。右手には犬の綱《リード》、左手にはスコップと汚物袋を持っている。

左隣に並ぶブラッドレーが、綱の先で元気に走る犬を眺めながら言った。

「犬の散歩も仕事かよ。便利課改め雑用課の方が正しくねぇか」

ルイは犬から注意を逸《そ》らさず、ブラッドレーを横目に見る。

彼が護衛についてから一ヶ月が過ぎた。

最近ではこんな皮肉も口にするようになり、ルイも負けじと返す。

「私は別に雑用課でも構いませんよ。私たちの仕事は市民の皆さんのお役に立つことですから、副団長様と違って肩書きはなんでもいいんです」

するとブラッドレーはカチンときたのか、むきになって言う。

「俺だって肩書きなんかどうでもいい。副団長なんて呼ばれてるけどよ、そんな役職名は関係なく、俺はいち騎士として真面目に職務をまっとうしてるからな」

「……そうですか？」

ルイの微妙な反応に、ブラッドレーがひくりと頬《ほお》を歪《ゆが》める。そして、いつも通り軽口を叩き始めた。

「そうですか、ってなんで疑問形なんだよ。ヘッドロックかまされたいのか」

「はい、待った。女性に乱暴はよしなさい」

ガシッ、とブラッドレーの肩を掴《つか》んだのはミュゼだ。

「あのね、女性に軽い意趣返《いしゅがえ》しをする機会にこそ、男の力量が試されるんだよ」

「たとえば？」

ブラッドレーが訊《たず》ねると、ミュゼはニコリと笑った。

「そうだね。唇にバードキス、なんてどうかな」

ミュゼの冗談を真に受けたブラッドレーが頷《うなず》いて、横のルイを見る。

「ふーん。してもいいか？」

「い、いいわけないです！」

ルイは焦って叫ぶと同時に、犬と一緒に走って逃げた。

だがすぐに追いつかれたため、ルイは早々に逃走を諦めて速度を緩《ゆる》める。

急に走ったせいで息が上がった彼女は、呼吸を整えながらミュゼを睨《にら》む。

「ミュゼ様、ブラッドレー様に変なことを教えないでください。ブラッドレー様が危険な銀色の狼になったら困ります」

ルイはふと思い出して以前ニコに忠告された内容を口にする。ブラッドレーは意味がわからないなりに、決して褒《ほ》められていないのはわかったのか、自分の胸に親指を突きつけて喚《わめ》いた。

「俺は獣《ケダモノ》か⁉」

ミュゼが尻上がりの口笛を吹き、パチパチと拍手しつつ言う。

「狼にたとえられるなんて光栄じゃないか。ブラッドレー、男は警戒されるうちが華だよ」

ブラッドレーはこの冗談も真に受けて眼を丸くする。

「そんなものか？　でも、俺はルイに警戒されたくねぇし、むしろ油断してほしい」

「はいはい、だからバカ正直にそういうことを言わない」

ルイはクスクス笑う。

ブラッドレーが時折口にする本音を聞くと、ちょっとくすぐったい気持ちになる。真面目に迫られているわけではないと思うけれど、互いの距離を縮めたいという意図は感じた。そしてそれが、嫌じゃない。ルイもブラッドレーに対し、少しずつ気を許していっている。

この頃は軽口を叩く二人にもすっかり慣れて、無駄話ができるようになった。砕《くだ》けた空気が心地よく、ふと落ちる沈黙も気にならなくなっている。

ルイは金色の光線が眩《まぶ》しく弾ける川面《かわも》を視界の隅に映しながら、話題を戻した。

「……さっきブラッドレー様が言ったみたいに、便利課の仕事は生活に密着した雑用同然の依頼が多いです。でもどれも必要とされていることだから、私たちは誇りを持ってお手伝いさせていただいています。そしてなにより、楽しんで頑張ってますよ？」

ルイが自信満々に言うと、ブラッドレーはちょっとばつが悪そうに頭を掻《か》いた。

「ルイの仕事をけなしたつもりはねぇけど、もしそういうふうに聞こえていたら謝る。

悪かった」

「謝ってほしいわけじゃなくて、誤解されていたら嫌だなあ、と思っただけです」

「なにも誤解してない。派出所の奴らは皆、楽しみながら一生懸命仕事をしてるよな。けど、騎士団だって負けてねぇぞ。この筋肉に懸《か》けてやるときはやるぜ?」

「筋肉?」

「見るか?」

ルイが言葉に詰まると、横からミュゼの常識的な制止がかかる。

「はい、待った。脱ぐのは禁止。公共の場での風紀を乱す行為は軽犯罪に該当するよ」

「わかってるっての。言ってみただけだろ」

そう言ったブラッドレーが、ルイの方を向く。

「ところで、ルイ。次の休日、空《あ》いてるか?」

唐突な質問に、ルイは不思議に思いつつ答える。

「空いてますけど」

「その日、一日俺にくれないか」

ルイは会話の流れをいま一つ把握しきれず、首を傾《かし》げて訊《き》き返した。

「なぜです?」

「話がある。例の勅命書《ちょくめい》の送り主、『秘密の王子』についてだ」

「誰かわかったんですか⁉」

「いや、それはまだ。いまのところの話をしようと思ったんだが、途中経過は知らなくてもいいか？　だったら……無理にとは言わねぇけど」

「いえ、わかったことがあるなら聞かせてください。お願いします」

彼女の返事に気をよくしたのか、ブラッドレーは愛想《あいそ》よく言った。

「じゃあ問題は会う場所だな。少し込み入った話だから外じゃまずい。俺の部屋でいいか？」

「……はい？」

ルイは自分の耳を真剣に疑ったが、聞き違いではなかったらしい。

ブラッドレーは、妙にウキウキした明るい口調で勝手に話を進めていく。

「いいよな。当日、騎士館の前まで迎えに行く。待ち合わせ時間は何時がいい？　……早い方がいいか。時間が余ったらあちこち案内できるしな。昼は館内の食堂で食うとして、夜はどうする。送りがてら街で食うか、いや、いっそ俺の実家に寄るって手も」

「じ、実家⁉」

本気で驚いたせいで、声が完全に裏返ってしまう。

話が段々変な方向に流れていき、ルイの顔から血の気が引いた。

「ままま、待ってください」

「ん？　なんだ」

振り返ったブラッドレーの眼はキラッキラと輝き、怖いぐらい上機嫌だ。

ルイはそんな彼に、頭を下げて言った。

「……どうかご実家は容赦《ようしゃ》ください。と、とても畏《おそ》れ多くて、無理、です」

「そうか？　じゃあ、やめとく」

ブラッドレーがあっさり引き下がってくれたので、ルイはひとまず安堵《あんど》した。

騎士団の英傑《えいけつ》と称賛される彼の実家にお邪魔するなど、怖すぎる。

ただでさえルイとブラッドレーの関係を恋仲だと誤解して噂《うわさ》する人間が後を絶たないのだ。これ以上世間に間違った認識を植え付けないためにも、噂に信憑性《しんぴょうせい》を与える行動は控えたい。

だが、ルイの気苦労を余所《よそ》に、ブラッドレーは子供のような無邪気さで言った。

「楽しみだな」

なにが⁉　『秘密の王子』の件について話を聞くだけじゃないの⁉

ルイは心の中で叫び、次いで、もしかしてデートに誘われたのかと考えた。直後、まさか、と否定するも混乱したまま、考えはまとまらなかったのだった。

ブラッドレーとの約束の日、ルイは手作りのお菓子を持参して騎士館の前に立っていた。近くには、エイシャと、昨晩から護衛をしてくれているサイファがいる。

騎士館はクレイ城塞《じょうさい》を囲む防壁と堀の内側、王の居館である王宮の横に位置する。館内は、厩舎《きゅうしゃ》と武器庫、運動場と鍛錬場《たんれんじょう》が併設されていた。王宮の警護や市街の警備巡回などがあることから年中無休で、人の出入りが絶えない。

騎士館の大扉の前には扉番の団員が厳《いか》めしい顔で直立していて、威嚇《いかく》されている気分になる。

それでも怖気《おじけ》づかずに済んだのは、ルイから騎士団を訪問する話を聞いたエイシャが、同行を申し出てくれたからだ。

「遅いな」

エイシャは扉番など歯牙《しが》にもかけず平然としている。涼《すず》しげなアイスブルーの上衣《じょうい》と共布の下衣《かい》という姿で、眼鏡はかけていない。彼女は仕事のときだけ眼鏡をするのだ。

ルイは自分の服装を見下ろした。袖口《そでぐち》に向かってゆったりと広がる山吹色《やまぶきいろ》をした長袖《ながそで》の薄い上衣に、ぴったりと腰に巻きつくオレンジ色の筒スカート。刺繍《ししゅう》入りの革靴を履《は》き、小さな革バッグを持っている。髪は簡単に整えた。

おしゃれをしてきたというよりも、気を遣った服装に見えるよう苦心した。

なにせ騎士館を正式に訪ねるのは初めてで、勝手がまったくわからない。

こんな身なりでいいのか不安な心地でいると、エイシャに思いも寄らないことを言われた。

「それにしてもルイさん、今日はまた一段と可愛いね。副団長殿も惚れ直すんじゃないかな」

「えっ⁉」

「あ、動揺した。なに、やっぱり副団長殿の眼を意識しておしゃれしたの？」

ニヤニヤ笑うエイシャに、ルイは勢いよく首を横に振った。

「ち、違うから！　別にブラッドレー様を意識なんてしてないし、格好だって、おしゃれしたわけじゃないもの。できるだけ訪問に相応《ふさわ》しい服装がいいと思って選んだだけで」

なぜだろう。本当のことを言っているのに、妙に言い訳がましく聞こえる。

案の定、エイシャは面白がって突っ込んできた。

「言い訳するとはますます怪《あや》しい」

「エイシャったら！　変なこと言わないで。人に聞かれて誤解されたらどうするのよ」

ルイが気にしているのは、すぐ傍《そば》にいるサイファの反応だ。無駄口を叩かないサイファではあるが、上司への報告の一環として話してしまう可能性は考えられる。

こんな思わせぶりな会話、ブラッドレーの耳には絶対に入れたくない。

ルイがサイファに口止めしようとした、そのときだ。

「誤解って？」

「誤解は誤解です。エイシャが私をからかってるんです。私にそんなつもりは――」

背後からかけられた声の主に気づき、ルイは途中で言葉を切って振り返った。

すると、ブラッドレーとミュゼがすぐ後ろに立っていた。ブラッドレーがすまなそうに詫《わ》びる。

「遅れて悪い。さっき王宮から使者が来て接見《せっけん》していた。待たせたか？」

咄嗟《とっさ》に声が出ず、ルイは身を竦《すく》めて小さく首を横に振る。

「そうか、よかった。それで、誤解ってなんだ？　そんなつもりって？」

どうしよう。答えるに答えられないし、答えたくない。

ルイが冷や汗をかき始めたとき、横にいたエイシャが会話に割り込んできた。

「女同士の内緒話ですよ。追及するのも他言《たごん》するのも、野暮《やぼ》ってものです」

エイシャはブラッドレーとサイファに視線を流し、軽く片目を瞑《つぶ》ってみせる。

さすがはエイシャだ。人をかわすのが上手い。感心する反面、そもそもの原因は彼女だと思うと小憎らしくて堪《たま》らなくなる。

ルイは、庇《かば》うくらいなら困らせないで、と無言の訴えを込めてエイシャを睨《にら》んだ。

一方ブラッドレーは、正面切って野暮と言われては詮索《せんさく》できず、グッと押し黙る。

その間に、エイシャが前に進み出て、にこやかに笑いながら挨拶《あいさつ》する。

「どーも。こんにちは、副団長殿。ルイさんから今日こちらに招かれたと聞いてきました。突然ではありますが、私もご一緒させてもらってもよろしいですか」

エイシャの変わり身の早さに振り回されつつ、ルイは慌てて言い足した。

「私の付き添いです。一人では気後《きおく》れしたものですから、彼女に相談して同行してもらいました」

空気を読んだらしいミュゼが、如才《じょさい》ない口調で同意する。

「いいんじゃないかな。ルイ殿もその方が心強いだろうし、エイシャ殿は私がエスコートするから」

「わかった、エイシャも来い。ただ、話はルイと二人きりでさせてもらう。それでいいな」

ブラッドレーが確認を取ると、エイシャは「結構です」とわざと畏《かしこ》まったふうに頷《うなず》く。

「よし、交渉成立。ルイ、来いよ。こっちだ」

ブラッドレーは機嫌よく笑い、いきなりルイの肩に手を回した。

突然抱き寄せられてドキッとしたルイは、うろたえている間に拒《こば》むタイミングを失ってしまった。

そのままスタスタと、二人の団員が扉番をする大扉へ向かう。

大扉の上部にはアーガマイザー騎士団の紋章が彫刻されてあり、扉番の団員たちが恭《うやうや》しい手つきで大扉を開ける。すると、ブラッドレーがもったいぶった口調で言った。

「ようこそ、騎士館へ」

騎士館の中は薄暗く、壁の上部に設置された銅製の燭台《しょくだい》に火が点々と灯っている。

正面には細長い通路が見え、左手には二階へ続く階段、右手にはアーチ形の入り口がある。

入ってすぐの場所が受付で、ルイとエイシャは来館者名簿に名前を記入した。入館目的と入館時刻も書き、入館許可証の札をもらって首から下げる。

直後、男たちの喚《わめ》き声や金属が弾かれる音が聞こえて、ルイはギクリとした。

「な、なんですか？」

ブラッドレーは右手の入り口をつまらなそうに見遣《みや》って答える。

「ああ、中庭で朝の鍛錬中《たんれんちゅう》だろ」

「日曜日なのに?」

「騎士団《おれたち》に完全休業日はねぇよ。いつなにが起こるかわからないからな。興味があるならちょっと寄ってくか?」

促《うなが》されるまま中庭に面した回廊に出る。そこでは三、四〇名の男たちがいかにも重そうな甲冑《かっちゅう》を身につけて剣や長槍《ながやり》を手に斬《き》り結んだり、打ち合ったりを繰り広げていた。

激しい攻防に圧倒されて、ルイはブラッドレーに肩を抱かれているのも忘れて見入ってしまう。

「……すごい。真剣なんですね」

ブラッドレーが苦笑を浮かべ答える。

「実戦に近い形じゃないと意味ないからな。午後は鍛錬場《たんれんじょう》で、騎馬でやり合う。もっとも武器は訓練用のものを使用するから、本物と比べて切れ味はかなり劣るが」

「そうなんですか?」

「鍛錬で怪我《けが》してちゃ元も子もねぇだろ。それでも骨折だの打ち身だのはしょっちゅうだけど」

「骨折や打ち身って、ブラッドレー様も?」

「は、俺に手傷を負わせられる奴なんて一人しかいねぇな」

ブラッドレーは苦い声で言って、チラッと斜め後ろのミュゼを振り返る。

すると、「総員そこまで！　五分休憩！」という怒鳴り声が響いた。

中庭一帯に満ちていた緊張感や戦闘意欲が霧散《むさん》した瞬間、数名の団員がルイとブラッドレーを見て固まった。

異変に気がついた者たちが次々に視線を寄越し、あんぐりと口を開けていく。

「チッ。まずい、気づかれた。行くぞ、ルイ」

「え？　でも、見学させていただきましたし、せっかくなので挨拶《あいさつ》ぐらいさせてくださ――」

ルイが言い終えないうちに、団員たちの雄叫《おたけ》びが騎士館中にこだました。

「ふ、ふ、ふく、だんちょう、があああああっ。女連れえぇぇぇぇ」

「しかも！　かかかかか、肩を抱いてるぞ⁉　なんだあれ、俺たちへのあてつけか⁉」

ブラッドレーがルイを団員から見えないよう身体で隠し、振り向きざまに怒鳴り返す。

「うるせぇ！　騒ぐな、客人に迷惑だ。おまえらはそこでおとなしく筋肉を磨《みが》いてろ」

悲哀と絶望と怨念《おんねん》に満ちた「うおおおおお」という呻《うめ》き声を背に、ルイはブラッドレーに引っ張られるみたいに中庭をあとにした。

それから狭い廊下を歩き、壁に騎士団旗のタペストリーがかかっている部屋へ通される。

「エイシャはそっちの続きの間で待っててくれ」

「私もエイシャ殿といるよ。騎士館《ここ》は男所帯だから美しい女性のお客様は珍しいし、なにか間違いがあっては困るからね。ブラッドレー、君、二人きりだからといってルイ殿に迫らないように」

ミュゼのからかいに、ブラッドレーが至極真面目に反論する。

「手の早さなら、俺より団長の方が危なくないか」

「おや、一本取られたな」

ミュゼが色っぽい笑いをこぼすのに、エイシャが冷たい一瞥《いちべつ》を向けて言う。

「そこは否定してくれないと。私としては相席どころか空気も別にしたいところですが」

ミュゼはにこやかに微笑《ほほえ》みながら、隣の部屋へ続く扉を開けてお辞儀《じぎ》した。

「冗談ですよ。騎士らしく、礼節を持ってお守りします」

エイシャは胡散《うさん》臭そうにミュゼを見遣《みや》りつつ隣室に向かう。

彼女は扉を完全に閉める前にルイを振り返り、パチリと軽く眼を瞑《つぶ》った。

「お二方、邪魔はしないので、存分に親交を深めてください。あ、ルイさん。無理に口説《くど》かれたり、不埒《ふらち》なことをされたりしたら大声で呼んで。すぐに駆けつけるから」

ブラッドレーが本気で嫌そうな顔をして言い返す。

「なにもしないっての。言っとくが、俺は遊びで女に手を出したことは一度もねぇぞ」

彼の言葉に、ルイが首を傾げた。

「そう、なんですか?」

「疑うのかよ」

「えーと……信じます」

「いま不自然な間があった。えーとって言った。あんた絶対信じてねぇだろ」

「いま信じました」

答えながら、ルイはクスクス笑った。なぜか嬉しい気持ちがして、笑いが止まらない。

もしブラッドレーの主張通りなら、彼は女性に対して真摯《しんし》な性質なのだ。

口だけじゃなくて本当にそうだったらいいのにな、とルイは考えた。

誠実に、ただ一人の女性だけを生涯大切にする。

そんな男の人がいれば、好きになるのに。

ブラッドレーがそんな男の人だったらいいのに――

そう思って少しぼんやりしていたところ、ブラッドレーにひょいと顔を覗《のぞ》き込まれる。

「ルイ?　どうした、ボーッとして」

突然ブラッドレーの端整な顔が近くにきて、ルイの心臓は音を立てて跳ねた。

「わ！　ご、ごめんなさい。なんでもありません」

慌てて距離を取る。おそらくいま、自分の顔は真っ赤に違いない。

「すぐに元に戻りますから、あの、ちょっとだけ落ちつく時間をください」

真面目な話をしにきたはずなのに、不謹慎《ふきんしん》にも、恋愛願望の考えに耽《ふけ》ってしまった。

いたたまれないし、恥ずかしくてブラッドレーの顔がまともに見られない。

ルイは身の置き所のない気持ちで、両手で顔を覆《おお》ったまま立っていた。

すると、不意に背後から両肩をポンポン、と叩かれた。

「なんだかよくわからねぇけど、元気出せ」

続けてまた、ポンポンと優しく叩かれる。

「落ちつくまでこうしていてやるから」

さぞかし挙動不審だっただろうに、なにも理由を訊《き》かず慰撫《いぶ》してくれる。

ルイはブラッドレーの寛大さに感謝した。

とてもではないけれど、取り乱した理由は打ち明けられない。

ややあって冷静さを取り戻したルイは、黙ってブラッドレーにお辞儀《じぎ》し、手土産《みやげ》を渡す。

「あの、これ、私が作った焼き菓子です。あとで召し上がってください」

「どうもありがとう。大事に食わせてもらうな」

爽《さわ》やかな笑顔で言って、ブラッドレーが頭を下げる。

ありがたいことに、さっきの醜態《しゅうたい》をなかったことにしてくれるみたいだ。

「今日はお招きありがとうございます」

「おう。適当に座れよ。飲み物は果汁でいいか？　あんたの好みがわからなかったから色々用意したんだ。さっぱり系とすっぱい系と甘い系、どれがいい？　それとも茶がいいか？」

「甘い果汁が飲みたいです」

「わかった」

ブラッドレーがワゴンに並んだ陶器《とうき》の瓶から果汁をグラスに注《つ》ぐ。その間、ルイは群青色《ぐんじょういろ》の布張りソファに浅く腰掛け、きらびやかな部屋を眺めた。

天井にはクリスタル製のシャンデリアが下がっていて、絨毯《じゅうたん》も群青色だ。どっしりと重そうな金のローテーブルを挟んでソファが二台置かれている。壁際には小さな暖炉《だんろ》があり、マントルピースの上には金の置時計。大きな鏡の下の繊細な陳列棚には白亜《はくあ》の胸像が置かれている。

「ここは応接間ですか」

ルイが質問すると、ブラッドレーは飲み物とビスケット菓子をテーブルに並べながら答えた。

「まあな。本当は俺の執務室《しつむしつ》で話そうと思ったんだけど、壁が薄いって団長に指摘されて諦めた。で、他の奴に聞かれていい話でもないから、防音がしっかりした応接間に変更したんだ。ほら、飲めよ」

「いただきます」

ルイはグラスを両手で持って果汁を一口飲んだ。

「甘くておいしいです」

ルイの感想を聞くと、ブラッドレーは嬉しそうに言う。

「あんたの口に合ってよかった。水蜜桃《すいみつとう》の果汁に蜂蜜《はちみつ》をちょっと混ぜたんだ」

「……まさかこれ、ブラッドレー様が作られたんですか？」

「驚かなくてもいいだろう。あんたにはいつもうまい弁当をごちそうになってるから、俺もなにか作ってもてなしたいって思ったんだよ」

ぶっきらぼうだが優しい声だ。ブラッドレーの真心が見えた気がして、胸が温かくなる。

ルイは緩《ゆる》く笑って礼を言った。

「ありがとうございます。あとでさっぱり系とすっぱい系もいただいていいですか？」

「おう。全部飲んでいいからな」

全部はちょっと、と笑いながら、ルイはもう一口果汁を飲んでグラスをテーブルに戻した。

「菓子も食え」

ずい、とこんがり焼けた丸い形のビスケットが載った皿を突き出される。

ルイは遠慮なく手を伸ばし、サクッとした食感のビスケットを食べた。

「どうだ?」

「バターの風味が濃くておいしいです」

ブラッドレーが肩を揺らして笑い、生き生きした口調で語る。

「俺、前は甘い菓子なんて食わなかったんだ。だけどあんたがしょっちゅう間食《おやつ》にすすめてくるから、食ってるうちに好きになった。ビスケットはうちの副料理長の力作」

得意げな顔でおやつの解説をするブラッドレーのことを、ちょっと可愛い、と思う。

そこで緊張がほぐれ、ルイは正直に胸の内を打ち明けることにした。

「実を言うと、少し緊張していたんです。騎士館には、以前、一度受付にお邪魔したきりですし、ブラッドレー様のお部屋に通されることを考えたら、どうしても躊躇《ためら》っちゃって。もしエイシャが一緒でなければお断りしていたかもしれません」

一旦息継ぎをして、ルイは小さく笑って続けた。

「でも、来てよかった。騎士様方の貴重な訓練も見られましたし、果汁もお菓子もおいしいです」

ルイの向かい側のソファに、ブラッドレーが自分の分の飲み物を用意して座る。

「じゃ、エイシャにも礼を言わねぇと。今日あんたが来なかったら、俺がはりきって作った果汁が全部無駄になるところだったからな」

「はりきって作ったんですか」

からかい半分で訊《き》いたのに、ブラッドレーは真顔で答えた。

「あんたのためにな」

思いがけない言葉を浴びせられ、ルイは驚きのあまり硬直した。

不意に、ブラッドレーが向かいのソファから身を乗り出す。彼の手はゆっくりとルイの顔に伸びて、親指で唇の端にそっと触れた。

「……ビスケットの屑《くず》がついてた」

手を離した彼が呟《つぶや》いて、親指をペロリと舐める。

その瞬間、ルイは全身の血が沸騰《ふっとう》し、顔から火が出るような感覚に陥《おちい》った。

ブラッドレーがニヤリと笑う。

「不意打ち成功」

「ふ、普通に、口で言って教えてください！」

「怒るなよ。あんたが俺を茶化すから、ちょっと逆襲してやりたかっただけだ。ほら、ビスケット食わせてやるから。機嫌直せって、な？」

「自分で食べます！」

ルイは悔しいやら腹立たしいやら、恥ずかしいやら、情けないやらで、ビスケットを貪《むさぼ》った。

ややあって、当初の目的を思い出したブラッドレーが口を開く。

「悪かったって、そろそろ本題に入るぞ。『秘密の王子』の件だけど」

その言葉に、ルイの頬《ほお》の火照《ほて》りが冷める。

ルイが姿勢を正すと、ブラッドレーが断定的に言った。

「勅命《ちょくめい》書を発令したのは、第一王子ナーシサス・リゲル・アーガマイザー王太子殿下だ」

正統な王位継承者の名前を聞いて、ルイは身震いしてしまう。

群青色《ぐんじょういろ》の印章が王家のものである以上、国王、王妃、王太子の三名のうち誰かが捺《なっ》印《いん》したに違いないため、覚悟はしていた。でも、万に一つの間違いもあるかもしれない、という考えも捨てきれずにいた。

だが王太子の名が出た以上、やはり勅命書は本物であることを認めなければならない。

「どうして、それがわかったんですか」

重い衝撃から立ち直ったルイが訊《き》く。

すると、ブラッドレーがルイの胸元の札を指さした。

「最初、俺宛《あ》てのこの書状が届けられたのは団長のもとだった。そのとき団長は自分の執務室《しつむしつ》にいて、部屋に訪ねてきた使者から直接預かった。そのあと書状は団長から俺に手渡しされた」

ルイは首から下げた札に触れ、ブラッドレーの言葉を引き継ぐ。

「騎士館に部外者が入るときの入館手続きでわかったんですね」

「そうだ。名簿から入館者名を割り出して、使者の足取りを追った。なかなか判明しなくてまいったぜ。裏の伝手《つて》を使ってようやくわかったんだ」

ブラッドレーは軽く言うが、ルイは彼の言葉に不安を感じて口を挟んだ。

「裏の伝手って、危なくないのですか？」

しかしブラッドレーは表情一つ変えず、気楽な態度である。

「これぐらいはなんでもない。金と人脈を使えば手に入る情報なんてたかが知れている。本当にやばい情報は、命のやり取りになるからな」

背筋がぞくっとした。

ルイが戦慄《せんりつ》したのに気づいたのか、ブラッドレーは失敗した、と言わんばかりの表情を浮かべて取り繕《つくろ》う。

「今回は違う。だからそんな怯《おび》えた顔しなくても、大丈夫だって」

ローテーブルに身を乗り出したルイは、厳しい口調で言った。

「本当に？　信用してもいいんですか？　私……心配なんです。前にも言いましたけど、ブラッドレー様は騎士団の副団長様です。あなたの身に危険が及ぶようなことは困ります」

ルイはブラッドレーを見つめて必死に気持ちを伝える。

「勅命《ちょくめい》の裏を探るなんて、公《おおやけ》にできないことをしているんです。もしこれで忠誠を疑われたら名誉に傷がつきます。私はそれも心配なんです」

ルイの言葉を聞いて、ブラッドレーがなぜか驚いた顔をした。

「あんた、俺の名誉なんて気にしてるのか」

「しますよ、普通。ブラッドレー様になにかあっても、私じゃ責任を取れませんから」

忠誠に疑いを持たれた騎士は、騎士の称号を剥奪《はくだつ》され、除籍される。

万が一にも、ブラッドレーにはそんな目に遭《あ》ってほしくないいし、心も身体も名誉も、傷つけたくない。

ブラッドレーにそのどれか一つでも失わせるくらいなら、なにも知らないままでいいと思っていた。

ルイは胸に鬱積《うっせき》していたものを吐き出すように言葉を続ける。

「正直、何度も夢に見るくらい『秘密の王子』の正体は気になります。でもブラッドレー様の名前に泥を塗るくらいなら、正体不明のままで構いません。だからお願いします、無茶はしないで」

ルイの迫力に気圧《けお》されたのか、ブラッドレーはややあって真面目な顔で頷《うなず》いた。

「わかった。無茶はしねぇよ」

その返事にルイは胸を撫《な》で下ろして身体を引く。安堵《あんど》のあまり、笑いがこぼれた。

「よかった」

するとブラッドレーは、嬉しいような困ったような表情を浮かべる。

「あんたにそんな熱っぽい眼で『お願い』されてみろ。断れる男がどこにいるんだよ。そんな奴がいたらよほどのアホだ。言っとくが、俺以外にそれ、するなよ」

ルイはブラッドレーの真意が読めなくて、首を傾《かし》げた。

「それ？」

「『お願い』だよ。俺ならいいが、他の奴はだめだ。危険すぎる」

ルイはちょっと考え、上目遣いでブラッドレーを見た。

「それって、ブラッドレー様になら『お願い』しても安全ってことですか？」

「そうだよ。って、なんで笑うんだよ。俺はあんたの身を心配して言ってるんだぞ」

憤《いきどお》るブラッドレーに、ルイはクスクス笑った。

おかしいのではない。嬉しくて笑いが込み上げたのだ。

「ブラッドレー様が私のことを気遣ってくださってとても嬉しいです」

「おう。俺もあんたが俺を真剣に気にかけてくれて嬉しい。ありがとうな、ルイ」

ブラッドレーが柔らかく笑う。甘くとろけるような、ルイの好きな笑顔だ。

こんな笑顔を向けられたら、それこそ誰も逆らえないんじゃないかな、とルイは内心で呟《つぶや》く。

「じゃあ……お話の続きを聞かせていただけますか？」

ブラッドレーは飲み物をごくりと飲んで口を開いた。

「敢《あ》えて名前は明かさないけど、使者はナーシサス王太子殿下の配下の者だった。おそらく表に出ない従者だな。とっ捕まえて訊《き》いてもいいが、素直に口を割るとも思えねぇ。むしろこっちの立場がまずくなる。だから奴に関しては、とりあえずは様子見だ」

ブラッドレーは窮屈《きゅうくつ》そうに軍服の襟《えり》を緩《ゆる》めて言葉を続ける。

「いまは殿下に接触のあった者、接触を図《はか》ろうとした者を捜《さが》して絞《しぼ》り込みをしている真っ最中」

ルイは短く溜《た》め息《いき》を吐《つ》いた。

「それ、該当者がものすごくいますよね」

ブラッドレーが肩を竦《すく》めて、きちんと撫《な》でつけられた銀髪を長い指でわしわしと掻《か》く。

「だから時間がかかってる。だが少なくとも、俺とルイになんらかの関係がある人間だろうな」

ルイとブラッドレーの視線が交錯《こうさく》する。

「それは——最初にお話を伺《うかが》ったあとで私も考えました。ブラッドレー様と親密な仲になれなんて、無名の平民である私を指名している時点でおかしいです」

ブラッドレーはゆっくりと頷《うなず》いて腕を胸の前で組んだ。

「そいつはルイのことをただ知っているだけじゃなくて、護衛が必要だと懸念《けねん》もしている」

ルイはあまり声に出したくない考えを口にした。

「あの、それってやっぱり、黒梟《クロフクロウ》が関係している可能性もまだ否定できないってことですか」

「いまのところ、俺が調査した範囲では黒梟《クロフクロウ》が関与した形跡はない。ただ隠密《おんみつ》行動は奴らのお家芸だからよ、油断はできねぇな」

ルイは苦渋の表情を浮かべ、肩を竦《すく》める。

「おかしな話ですよね。だってブラッドレー様が私の護衛についてもう一ヶ月が経《た》ちましたけど、なにもなかったですし」

ルイが期待していたのは相槌《あいづち》だったのに、ブラッドレーの答えは違った。

「いままで無事だからといって、これからもなにもないとは言い切れない」

「またそうやって、物騒なことを言わないでくださいってば」

ブラッドレーはローテーブルに肘《ひじ》をついて、向かいのルイに身体を寄せながら唸《うな》る。

「だから気を抜くなって話だろう。あんたの安全が確保できるまで、俺は護衛を辞める気はねぇ。これからも、あんたは俺が全力で守る」

ルイはブラッドレーの迫力に気圧《けお》されて、「よろしくお願いします」と答えるのが精いっぱいだった。

なにせ、真顔で殺し文句のような言葉を告《つ》げられたのだから、ドキッとするなという方が無理だ。

突然取り乱したルイを変に思ったのか、ブラッドレーが不審そうに訊《たず》ねる。

「どうした、顔が赤いぞ」

「み、見ないでください」

ルイは熱く火照《ほて》った顔をパタパタと両手で扇《あお》ぐ。

その様子を見ていたブラッドレーが少し黙って、それから口を開いた。

「さっきの言葉、ちょっと訂正しねぇ？」

扇いでいた手を止め、ルイは訊《き》き返す。

「どの言葉ですか」

ブラッドレーは太腿《ふともも》の上に肘を置き、指を組み合わせて言った。

「あんた、なにもなかったって言ったけど、あったよな」

ルイは眉根を寄せ、この一ヶ月の記憶を思い出してみる。

「特に思いつきませんけど」

すると彼は一瞬ムッとしたものの、すぐに表情を和《やわ》らげた。

「あったって。あんたにとっては、特別なことじゃないかもしれないけど」

「ええ……？」

よくわかっていないルイに、ブラッドレーが淡々と例を挙げていく。

「毎日顔を見て、挨拶《あいさつ》して、一緒に弁当を食ったり、街を歩いたり。危険な事件こそ起きなかったけど、なにもなくはないだろ？　少なくとも俺は楽しかった」

まさかありきたりの日常を特別視されるとは思っておらず、ルイは戸惑ってしまった。

口を噤《つぐ》んだ彼女の視線の先で、ブラッドレーが笑う。

「あんたと過ごした一ヶ月、俺は退屈知らずだった。あんたのことが少しわかったし、これからもっと知りたい。俺のことも知ってほしい。普段の生活とか、仕事とか。くだらないことも全部」

ルイは神妙にブラッドレーの言葉を聞いていた。

「そういうことを知ってもらうためには、直接見た方が早いだろ。だから――」

「だから今日、こちらに招待してくださったんですか？」

ルイはブラッドレーの声に被《かぶ》せて訊《き》き、ぎこちなくグラスの中身を空《から》にする。

つまり、ブラッドレーには本当に他意がないのだ。勘違いしていた自分が恥ずかしい。

「まあな」

ブラッドレーは席を立つと、ワゴンで新しいグラスを二つ用意し、それぞれ別の果汁を注《つ》ぐ。

「多少強引だったのは認めるけどよ、こういう機会でもないと騎士館になんか誘えねえし」

ブラッドレーの心情を知って唖然《あぜん》としていたルイは、次いで、ついカッとなって言った。

「それならそうと普通に誘ってくださいよ。余計な緊張をしたじゃないですか！」

ブラッドレーはいかにも不思議そうに眼を瞬《またた》く。

「余計な緊張ってなんだよ。いやそれより、普通に誘うって、どうやって？」

ルイは腹を立てながらビスケットを齧《かじ》った。

「どうもこうも『俺が普段どんな生活をしているのか見に来ないか』でいいでしょう。それで二つ返事でお邪魔しますよ。騎士様方の暮らしぶりなんて見てみたいに決まってます」

騎士館に誘われたとき、「楽しみだな」なんてブラッドレーが言ったものだから、もしかしてこれはデートなのかと一瞬でも疑った自分がバカみたいだ。

語気が荒いルイの前に、ブラッドレーが果汁のおかわりを置く。

「じゃあ……今日は見学できてよかったな？　けど、なんでルイは怒ってるんだよ」

女心の機微《きび》に疎《うと》いブラッドレーが憎たらしい。ルイは彼を睨《にら》み、つい口を滑らせてしまう。

「あなたが俺の部屋がどうとか、実家がどうとか意味深なことを言うからです！　変に勘ぐった私がバカでした！　でも誤解させるような言い回しをしたブラッドレー様も悪いです。もうっ」

半分は気恥ずかしさのあまりの八つ当たりである。

ルイは二杯目の果汁に手をつけた。

爽《さわ》やかな酸味が利《き》いている。濃厚なビスケットを食べたあとなので、口の中がスッキリした。

せっかくなので三杯目の果汁もいただく。

こちらは一瞬舌がピリッと痺《しび》れるほどすっぱく、それでいて後味は悪くない。

「……どちらも好きです」

気を取り直してそう評すると、ブラッドレーはいかにも嬉しそうに笑った。

「気に入ったなら、また作ってやるよ」

ルイの癇癪《かんしゃく》をたいして気に留《と》めていない様子の彼は、身体をグーッと伸ばす。

「『秘密の王子』の件については、新しくなにかわかったら教える」

「はい。よろしくお願いします。あ、でも――」

注意を促《うなが》そうとしたルイの声は、ブラッドレーによって遮《さえぎ》られた。

「わかってる、無茶はしねぇよ。さて、と。そろそろ昼時だな。団長とエイシャも誘って飯《めし》にしようぜ。そのあと館内を案内してやる」

ブラッドレーが立ち上がり、隣室のミュゼとエイシャを呼びに行く。

エイシャは話が終わるのを待ちかねていたようで、ルイの顔を見るなり小走りに駆けてきた。

「どうだった。少しは副団長殿と仲よくなれた？」

「こら、変な言い方しないの。色々と話はできたから、よかったよ」

「そっか。有意義な時間を過ごせたみたいだね。ところで、なにかされた？」

ルイが答えるより早く、ブラッドレーが眼を吊り上げて身の潔白《けっぱく》を叫ぶ。

「してないっての！」

「なんだ、残念」

「は？　なんだって」

「な、なんでもありませんから！　エイシャったら、ふざけないで」

ルイはまだ物言いたげなエイシャに睨《にら》みを利かせてから、話題を逸《そ》らすべく言う。

「エイシャこそ、ミュゼ様と一緒でどうだった？」

すると、エイシャの口から予想外の言葉が返ってきた。

「ずっと盤上遊戯《バックギャモン》してた。四ゲームして、二勝二敗。残念ながら引き分け」

残念ながら、と言う割に表情は明るい。

ルイは自分の耳が信じられず、驚いた顔で呟《つぶや》いた。

「エイシャが盤上遊戯《バックギャモン》で負けた？」

ルイとエイシャの会話を近くで聞いていたブラッドレーも、唖然《あぜん》としてミュゼを見る。

「団長が盤上遊戯で負けたって？」

ミュゼが苦笑いを浮かべて答えた。

「エイシャ殿が想像以上に手強《てごわ》くて」

直後、エイシャとミュゼは向かい合い、火花を散らした。

「次こそ私が勝ちますよ」

「何度でもお相手いたしましょう」

ルイはブラッドレーの軍服の裾《すそ》をちょっと摘《つ》まんで引っ張り、ヒソヒソと囁《ささや》く。

「ミュゼ様、すごく強いんですね。盤上遊戯でエイシャが負けたなんて聞いたことないです」

ブラッドレーはルイの方を見て声を落とし、ボソボソと言った。

「エイシャも怪物だな。団長に盤上遊戯で勝負を挑む命知らずは騎士団にはいないぞ」

「二人とも頭がいいんですね」

「運も強いだろ。あれは運と実力が揃ってないと勝てねぇし」

エイシャがミュゼを遠ざけていた理由は、同族嫌悪だったのかもしれない。

そんな考えに耽《ふけ》っていたところ、不意に肩を抱かれる。

手の主はブラッドレーで、ルイが反射的に逃れようとするとグッと引き止められた。

「食堂に行くぞ。ちなみに筋肉男の巣窟《そうくつ》だ、覚悟しとけ。おまけに独り者が大多数だから、嫁として狙われたくなければルイとエイシャは俺と団長から離れるなよ。特にルイ、あんたの居場所は俺のすぐ横だ。いいな」

ルイがコクコクと、ブラッドレーは「よし」と掌《てのひら》に力を込めた。

食堂に行く途中、ルイの手作り菓子を抱えたブラッドレーが弾んだ声で彼女に声をかける。

「今日はなに食おうかなー。ルイは肉と魚だったら、どっちが好きだ？」

「野菜は選択肢に入らないんですか？」

「そりゃ野菜も重要だけど、筋肉を増やすならまず肉と魚だろ。大豆とか卵や乳製品も効くらしいが、モリモリ食うなら絶対に肉か魚だ。ちなみに俺は肉派」

ミュゼが横から口を挟む。

「私は魚派」

エイシャも話に乗っかる。

「私は酒派」

「お酒は食べ物じゃないでしょ！」

ルイが言下に厳しいツッコミを入れてすぐ、四人で声を立てて笑った。

これもおうちデート？　～その後～


食堂での昼食後、ブラッドレーはルイたちに館内を案内した。

鍛錬場《たんれんじょう》では騎馬での実戦訓練を見学し、運動場では走り込みの様子を眺める。

厩舎《きゅうしゃ》や貴重な武器・防具を展示した保管庫にも足を伸ばし、最後に執務室《しつむしつ》を見てもらった。

一通り見終わった頃には、空は橙色《だいだいいろ》から深い藍色《あいいろ》に変化し、美しい模様を描いていた。

ルイたちを夕食に誘ったものの丁重に辞退されたため、やむなく自宅へ送り届けて夜警の任をサイファァと部下に託《たく》す。

ブラッドレーはそれから市街の食堂で夕食を済ませて、帰途についた。

そのまま執務室で報告を聞き、業務日報に眼を通す。未処理の書類のうち緊急度と重要度から優先順位をつけ、急ぎのものを先に決裁する。

そうして黙々と手を動かし、ようやく事務仕事を終え自室に戻った。従騎士に沐浴《もくよく》の準備をしてもらい、髪を洗って身体を拭く。さっぱりしたところで部屋を訪れたミュゼに、騎士館内の酒場に誘われた。

その道中、人気《ひとけ》のない回廊を歩きながら、ミュゼが声をひそめて言った。

「黒梟《クロフクロウ》の追う密偵《みってい》がなにを調べていたか、わかったよ」

ブラッドレーは鋭い声で問い返す。

「なんだった」

「鉱石。平たく言えば、鉄」

「鉄か。チッ。まずいな。どこまで調べ上げているんだ？」

「まだそこまでは。ただ黒梟も密偵の潜伏先を六区と睨《にら》んで、重点的に洗っているらしい」

「目当てが鉄なら、七区も視野に入れて捜索《そうさく》するぞ」

ブラッドレーがそう言うと、ミュゼは眉をひそめて訊《き》き返した。

「七区も？　どうして」

「市場がある。俺が密偵なら産出場所を調べるために、鉱石商を直接狙う」

銅や青銅に比べて強度が高い鉄は、武器の作成には欠かせない鉱物だ。

アーガマイザー国は鉄の産出量が多く、精製技術も抜きんでている。どちらも不足している他国にとっては、情報は盗んででも手に入れたいだろう。

鉄は国の専売制が適用されているため、国に認可された鉱石商のみが売買を認められる。また、その産出場所は徹底《てってい》的に秘密にされていた。

他国の密偵が鉄の産出場所を特定したいのならば、情報を握る鉱石商の身が危《あや》ういはずだ。

ブラッドレーはミュゼに進言した。

「奴が捕まるまで、騎士団でも鉱石商の警護に団員をまわすべきだ」

「わかった。早急に手配しよう」

「それと引き続き、ルイの周辺に黒梟の飛ぶ気配がないかどうかも見張ってくれ」

「はいはい、了解したよ」

「勅命《ちょくめい》の下りた時期が奴の現れた時期と重なることが、どうも気にかかる。この一件がルイと関係あるかどうかはわからねぇけど、わからなくても、ルイを守りたい。絶対にだ」

「絶対に、ね。君の気持ちはわかった。その旨も含めて厳命するよ。私に任せなさい」

ミュゼはそう請《う》け合ってから、おもむろに話題を変えた。

「それはそうと、初デート成功おめでとう」

動揺したブラッドレーはなにもないところで躓《つまず》き、危《あや》うくこけそうになる。

「デートぉ⁉」

「そうだよ。一応、騎士館が君の現住所だし、所謂《いわゆる》、おうちデートってやつだね。二人きりでもなくて大所帯な上、雰囲気《ムード》もなかったけど。男女が日時を決めて会ったんだ、立派なデートさ」

「ちょ、ちょっと待て、団長。今日のこれ、デートだったのか」

ブラッドレーが立ち止まったので、ミュゼも足を止めた。

「なにを今更。君だってそのつもりだったんじゃないの？」

ブラッドレーはその場に凝然《ぎょうぜん》と立ち尽くして首を横に振る。

「……デートとは思わなかった。『秘密の王子』の調査状況を伝えるついでに、どうせ会うなら飯《めし》でも一緒に食って、俺の普段の生活を見てもらおうと思っただけだ。そうか、デートだったのか……」

ブラッドレーは我に返ると、その場で頭を抱えた。

「俺、バカじゃねぇのか。団長がデートって思うくらいなら、ルイもそう思うよな？だから最初、俺の部屋でいいかって訊《き》いたとき、ルイが妙な顔したのか。あー……クソッ。失敗した」

「……君、それ、誤解を招くとわかっていて、わざとそういう言い回しをしたんじゃないの？　私はてっきり、ルイ殿にちょっとした揺さぶりをかけるためだとばかり思っていたけど」

「俺がそんな高度な技を使えるか」

ブラッドレーが即座に否定すると、ミュゼは可哀想なものを見る眼で見つめてきた。

「だったら君の態度はよくないね。その気もないのに誘惑をした男ってことになる」

ミュゼの口から有罪判定を受けて、ブラッドレーは更に落ち込んでしまう。

「……名誉挽回《めいよばんかい》しねぇと。俺、どうすればいい？」

「そうだね。ここはやっぱり改めて正式なデートを申し込んで、正直に謝るのが最善かな」

「そうか……そうだな。誠実に対処するしかねぇよな。わかった。ありがとう、団長」

「私も陰ながら応援するよ。それと、帰り際のルイ殿の楽しげな様子を見る限りでは、君に悪印象を持った感じはしなかった。だからまあ、あまり悪い方に考えないように。いいね」

「善処する」

だが一旦どん底まで沈んだ気は容易には浮上しない。

「団長、いまものすごく飲みたい気分だ。付き合ってくれ」

「いいよ。もとからそのつもりだったし。じゃあ行こうか」

ブラッドレーとミュゼが酒場の扉を押し開けると、ムッとした熱気と酒気が鼻を突く。

もうかなり遅い時間だったので酒場も空《す》いているだろうと思いきや、どういうわけか盛況だった。

ブラッドレーはあまりの喧《やかま》しさに閉口し、酒だけ調達して部屋飲みにしようかと考える。その矢先、聞き流すことのできない会話が耳に飛び込んできた。

「それにしても、意外だったわー。まさか副団長が真面目そうな可愛い子ちゃんを選ぶとはねー」

「だよなあ。絶対に妖艶《ようえん》な美女にコロッと参って、結局騙《だま》されるってオチだと思ってたわ」

「いやいや、我らが冷徹可憐副団長は意外と一途に女に尽くすタイプと俺はみるね」

「それ言えてる。うちの副団長、面《つら》の皮は厚いのに結構初心《うぶ》なところあるからなー」

「それを言うなら団長だって、一見遊んでるふうなのに、そのくせ身持ちは固そうだ」

「いやあ、団長の場合は好きな子を苛《いじ》めて嫌われちゃうってタイプじゃね？」

そんな会話をしていた四人から、どっと笑いが起こる。

ブラッドレーとミュゼは彼らの背後に立って退路を断ち、凄《すご》みを帯びた声で言う。

「……誰が尽くすタイプで初心だって？」

「……私が、なんだって？　怒らないからもう一度言ってごらん」

賑《にぎ》やかな酒場の空気に、ビシッと亀裂《きれつ》が入る。一瞬にして硬直した団員たちが、ギギギギ、と錆《さ》びついたブリキの人形のようにゆっくりと後ろを振り返り、絶叫した。

「げえええええっ。団長と、副団長が、なんっでここにぃー⁉」

「ひいいいいいっ。い、い、い、いまのはぜーんぶ、嘘っす！　冗談ですからあああ」

ブラッドレーは脱兎《だっと》の如く逃げ出そうとした二人を、素早くアイアンクローで捕獲する。一方、ミュゼは椅子に座ったまま怯《おび》えてブルブル震える二人の肩に、優しく手を置いた。

酒場全体が凍り付く中、ブラッドレーとミュゼは作り笑いを浮かべて言った。

「おまえらが普段俺たちをどういう眼で見てるのか、よぉーくわかった」

「そうだね。なかなか興味深い分析だったかな」

「だがまあ、酒の席での戯言《たわごと》をとやかく言うのは野暮《やぼ》だし」

「笑って聞き流す度量はあるつもりだよ」

団員たちがホッと胸を撫《な》で下ろしたのも束《つか》の間《ま》、ブラッドレーが言葉を続けた。

「とはいえ、全部聞かなかったふりってのも味気ねぇよなあ？」

ブラッドレーは中央テーブルの空《あ》いている席にどっかりと腰を下ろす。

ミュゼは、その隣のテーブルの椅子を手前にスッと引いて優雅に座った。

「マスター、酒をくれ！」

大声で言ったブラッドレーは団員たちを見回し、ドス黒い笑みを浮かべる。

「喜べー、今日は俺と団長の全おごりだぞー。ただーし、一杯につき一問、各自質問に答えてもらおう。答えられなかった奴はその場でスクワット五〇回な」

「だったら、私の方は腕立て伏せ五〇回にしようか。さ、来なさい」

団員の一人、空気を読まないトアがおずおずと挙手する。

「あ、あのう、拒否権は……？」

ブラッドレーとミュゼは襟元《えりもと》を寛《くつろ》げつつ、「ない」と言い切った。

気の利《き》く酒場のマスターは、大量の酒をブラッドレーとミュゼのもとに運んだあと、酒場の外看板を閉店の表示にし、扉に錠《じょう》をかける。

ブラッドレーは二つのグラスに酒を注《つ》ぎ、一つを向かいの席にドンと置いた。

「さあ飲むぞ！　第一問、騎士団の初代団長の家族構成を言え」

「げぇっ。名前ならまだしも、家族構成までは知りませんよお」

「失格！　スクワット五〇！　次」

ミュゼも同じく酒を用意し、チョイチョイと招くみたいに指を折り曲げながら言った。

「さ、こっちも始めようか。第一問、建国の礎《いしずえ》となった五人の英雄の名前を三〇秒以内に答えよ」

「いきなり難問っすか⁉」

「答えられないなら、腕立て伏せ五〇回。次、おいで」

やがて、夜の酒場が一転して修行の場になり、そこら中でスクワットと腕立て伏せが開始される。

「ひーっ。また筋肉が増えるぅ」

「うえぇ。また腹筋が割れるぅ」

和気あいあいとは程遠い騒々しさだったが、それなりに盛り上がりを見せたブラッドレーとミュゼ全おごりの宴会（？）は、東の空が白《しら》み始めるまで続いた。

三女神祭《さんめがみさい》、準備中

騎士館への訪問からしばらく経《た》ったある日の午後。ルイは二件の仕事のため、ブラッドレーとミュゼの二人を伴《ともな》い外出した。

一件目は買い物で、七区の市場を目指す。

ブラッドレーとミュゼと行動を共にするようになって、早一ヶ月半。

ルイの担当区である七区と近辺では、騎士二人と同伴する彼女の姿が既知《きち》のものになってきた。そのおかげで、最初の頃みたいにひどい人だかりができることはない。

道すがら、ルイの左隣を歩くブラッドレーが市街を眺めながら言った。

「祭りの準備が始まると街が活気づいていいよな」

ルイは笑って頷《うなず》く。

「はい。皆、最初は張り切っていますからね」

国を挙げて祝う三女神祭が二週間後に迫っていた。

いまはまだ浮かれているが、当日が近づきいよいよ本格的な準備で忙しさがピークに達する頃には、男も女も殺気立ってくる。

アーガマイザー国は愛と豊穣《ほうじょう》と戦いの三女神を敬《うやま》い、教えに従う、三女神信仰の国である。

一柱目は愛の女神マージ。心臓と真心を意味するハート形が象徴。

二柱目は豊穣の女神ルイルーイン。五弁の花と太陽を意味する円が象徴。

最後は戦いの女神ディアルタ。剣と弓が象徴。

特色は、三女神を重んじつつも三女神すべてに奉仕する必要はなく、自分の信じる女神のみを崇拝《すうはい》してもいいことだ。

ルイの背後を歩いているミュゼが、軽い調子で訊《たず》ねてきた。

「ルイ殿はどの女神を敬っているの？」

ルイは一瞬答えるのを躊躇《ためら》ったが、隠しても仕方ないとすぐに諦めた。

「私の実家が農家なので、豊穣の女神です」

どこに気を惹《ひ》かれたのか、ブラッドレーが銀色の瞳を興味深そうに輝かせる。

「ルイルーインか。あれ、待てよ。あんたの名前って」

やはり気づかれた。ルイは言われる前に自分で説明してしまう。

「豊穣の女神の恩恵にあやかろうと父がつけたそうです」

ここまでならよかった。内心で「気づかないでー」と祈るような気持ちでいたルイに、ブラッドレーは「へぇ、そうか」と歯切れよく相槌《あいづち》を打つ。

ふと、彼が首に手をあてこちらを見たので、ルイはギクリとした。

「ニコがあんたをルイルイって呼ぶのって、ルイルーインの愛称を重ねて呼んでいるのか?」

「うっ……」

図星を指されてルイは赤くなった。恥ずかしくて消えてしまいたい。だいたいニコが悪いのだ。ルイルイと呼ぶのはやめてといくら頼んでも、一向に聞き入れてくれないのだから。

ブラッドレーの視線を痛いほど感じたルイは、羞恥《しゅうち》のため彼の顔を見られず、俯《うつむ》く。

「……身の程知らずとはわかっています。でもニコちゃんが私の呼び名にぴったりだって言って、ずっと変えてくれないから」

肩身の狭い思いをしながら、ルイは訥々《とつとつ》と説明した。

「初めのうちは嫌でしたけど、呼ばれているうちに段々と慣れてしまって……慣れって怖いですね。いつのまにかあまり気にならなくなっていました。すみません」

恥ずかしさのあまり、なんとなく謝罪の言葉も添えてしまう。

するとブラッドレーから予想もしない反応が返ってきた。

「俺もルイルイって呼ぶかな。いいか？」

ルイは勢いよく顔を上げ、反射的にブラッドレーから飛び離れて叫ぶ。

「だめです！　いいわけありません！　私は嫌なんですってば」

声が大きかったせいで、道行く人々が何事かと振り返る。

ルイは慌てて声を小さくし、上目遣いでブラッドレーを睨《にら》んだ。

「じょ、冗談も大概にしてください。言っておきますけど、ブラッドレー様にルイルイなんて呼ばれても絶対に返事をしませんから。もう行きますよ、今日は忙しいんです」

そう言ってそそくさと歩き始めると、ブラッドレーは影のように後を追ってきた。

「ニコにだけ愛称を呼ばせるなんて、狡《ずる》くないか」

「狡くありません」

「俺もあんたのこと、特別な名前で呼びたい」

「嫌です。普通にルイでいいです。愛称とか、こだわる意味がわかりません」

「俺が呼びたいんだって。その方が、仲よさげだろ」

横を歩くブラッドレーが、不意に顔を覗《のぞ》き込む。

ルイはドキッとした。おねだりをしているブラッドレーは、飼い主にじゃれつく子犬みたいな無邪気さがあり、キラキラした眼で見つめられると、うっかり降参しそうになってしまう。

ルイはブラッドレーから眼を逸《そ》らした。女は美しいものに弱い。直視したら負けだ。

「か、顔で攻めるなんて、そ、そっちこそ狡《ずる》いです」

ルイが詰《なじ》ると、ブラッドレーはキョトンとした。

「は？　いや別に顔で攻めてるつもりはねぇけど……だってあんた、面食いじゃないだろ」

「め、面食いじゃなくったって、普通の女性は可愛いものや綺麗なものに弱いんです」

ちょっとむきになって反論すると、ブラッドレーはニヤリとした。

「ほー。つまりなにか。あんた、俺の顔、好みなわけ？」

ルイは反射的に首を横に振る。だがブラッドレーは、照れ隠しの意味に受け取ったようだ。

「そういえば、あんた俺の笑った顔はいいとかなんとか言ってたもんな。よしよし」

ブラッドレーが悪巧《わるだく》みを思いついたような顔つきになる。

それを見たルイは、焦って一歩飛び退《の》いた。

「な、な、なにが『よしよし』なんですか⁉　変なこと考えないでくださいよ⁉」

「変なことは考えてない。ただ、せっかくだからこの顔を有効活用しようとは考えてる」

「それが変なことなんです！　もう、私のバカ。顔がどうなんて余計なこと言わなきゃよかった」

それでもルイは、その後のやり取りで、ブラッドレーから愛称呼びされるという事態を避《さ》けることに成功した。

ルイとの攻防に敗れた彼は「ちぇっ」と口を尖《とが》らせて拗《す》ねた顔をする。

すると、ミュゼが「まあまあ」と二人を執《と》り成し、話題を祭りに戻した。

「じゃあルイ殿の三女神祭《さんめがみさい》の衣装は五弁の花と円なわけだ。もう完成してるの？」

「ほぼできてます。仕事があるので、早めに作っておかないと自分の衣装にまで手が回らなくなりますから」

三女神祭は女性が主役のお祭りなので、男性は白い衣装であればなにを着てもいい。

だが女性は違う。衣装は基本的に自分で作らなければならない。それも既婚者を除いて、未婚の女性は毎年新調するのが習わしだ。

信仰する女神の象徴を刺繍《ししゅう》した手製の白い衣装を着て、感謝し、祈り、歌い、踊り、食べて飲む。

刺繍は、丁寧で細かいほど徳が積まれるという風潮があるため、手間がかかって大変なのだ。

それでも女性たちが頑張るのには、理由がある。

話の途中で、ブラッドレーが急にそわそわし始めた。なにか物言いたげだ。

「なんですか?」

じれったくなって訊《き》くと、ブラッドレーがルイをひたと見据《みす》えて言う。

「祭りの夜だけど、あんたは誰と過ごすか、もう決めたのか?」

ルイは肩を竦《すく》めて率直に答えた。

「決めるもなにも、当日になってみないとわかりません」

三女神祭《さんめがみさい》は国民全体の祭りだが、一方で未婚の男女の出会いの場という側面を持っている。

山場は、日が沈み夜に変わる時間帯。未婚の女性が全員一ヶ所に集まり、未婚の男性は日が沈む瞬間の合図を待つ。そして合図が鳴ったら、目当ての女性のもとに一斉に走り出す。女性のもとに一番乗りした勝者だけが、女性にダンスを申し込める。これがきっかけで交際が始まったり、結婚に至ったりするので、女性も男性も本当に真剣だ。

その会場となるのは、毎年九区の公共広場である。広場は夜通し開放され、歌と踊りと音楽を夜明けまでめいっぱい楽しむことができるのだ。

ブラッドレーはルイの返答が気に入らなかったようで、執拗《しつよう》に食い下がってきた。

「去年は、どうしてたんだ？」

「去年も一昨年《おととし》も——というより、記憶にある限りずっとニコちゃんと踊ってます」

今度はブラッドレーが甲走った声を出す。

「はあ⁉　なんで⁉」

ルイは彼の剣幕《けんまく》にたじろいだ。

ブラッドレーは、時折こんな具合に突然取り乱すことがある。

初めは怖かったが、最近は怒っているのではなく苛《いら》ついているのだとわかって、そこまで怖くなくなってきた。

ルイは隠すつもりもなかったので、ありのままを答える。

「なんでって……だって気がつくと私のもとに一番乗りで来ているのは、いつもニコちゃんなんです。たぶんですけど、保護者かなにかのつもりなんだと思います」

不思議とそうなのだ。人より鈍《にぶ》いあのニコが、三女神祭の夜の恒例行事のときだけは、誰よりも早くルイの前に現れる。そしてあたりまえのように手を差し出してダンスに誘うのだ。

途端にブラッドレーの顔つきが険《けわ》しくなり、不満そうな眼がルイを射抜《いぬ》く。

「狡《ずる》い……」

「な、なにがですか」

ルイが恐々《きょうきょう》問い返すと、ブラッドレーの銀色の瞳に切なげな光が浮かぶ。

「なんでもっと早く会えなかったんだ」

彼が後悔のこもった声で呟《つぶや》く。

ルイはその物寂しげな顔に同情を誘われ、ついつい訊《き》いた。

「誰とですか？」

すると次の瞬間、ブラッドレーは眼を剥《む》いて凄《すご》んだ。

「あんただよ！　他に誰がいる」

「え、私⁉」

ルイが素で驚いたところ、ブラッドレーはガクッと肩を落として一気に脱力した。

「なんでこの流れでわからないんだよ……あんた、鈍《にぶ》い。鈍すぎる」

彼の傍《そば》ではミュゼが「あはははは」と遠慮なく笑い転げている。

ルイは軽く動転して言った。

「だ、だって、いきなりそんなこと言われてもわかりませんよ。三女神祭《さんめがみさい》のダンスの相手のことから話が飛んで、あんな独り言のような呟きを聞かされても意味不明です」

弁明している途中、ふとブラッドレーの隠れた気持ちに気づく。

もっと早く会いたかったと思ってもらえるほど、好意を向けられているのだ。

そしてそれはルイも同じだった。この気持ちをなんと呼ぶのかは自分でもわかっていないが、ブラッドレーの人柄は好ましいと思っている。彼女はちょっと考えて付け足した。

「……でも、無事会えたから。よ、よかったですね？」

ブラッドレーとの出会いは偶然なものの、再会は勅命《ちょくめい》による必然。

未だに勅命の下りた理由は謎だけど、不思議な縁があってのことだ。

そう考えつつ、ルイはおずおずと言った。

「最初の頃はともかく……いまはブラッドレー様と知り合えてよかったと思っていますよ？」

ルイが言葉を飾らずに気持ちを伝えると、途端にブラッドレーは機嫌を持ち直す。

「おう。俺も、あんたと知り合えてよかった。……そうだよな、まだ遅くねぇよな」

「えっ……と、なにが遅くないんです？」

ブラッドレーは頭の後ろで腕を組み、変な負けん気をぶつけてくる。

「あんたが独り身だから、遅くない。俺だけがやきもきしてるのは悔しいが、いまに見てろよ？　きっとあんたにも、もっと早く俺と出会いたかったって言わせてやるから」

どうやらブラッドレーは、彼の方がルイに寄せる気持ちが過多だと思っているらしい。

ルイはポツリと呟《つぶや》いた。

「……そんなことないのに」

だが声は小さくて、ブラッドレーは聞き取れなかったようだ。

「なにか言ったか」

「なんでもありません」

ルイは嘯《うそぶ》いた。いま打ち明けなくても、この先自然と態度でわかるだろう。そのくらい、ルイだってブラッドレーに好意を抱くようになっている。

ルイはふと時計を見て「わ」と眼を丸くした。少しゆっくり歩きすぎたらしい。

「やだ、もうこんな時間。すみません、ちょっと急ぎます」

それから市場に足を運び、店々を回って注文表にあったものを一通り買い揃えた。

「持ってやる」

「重いですよ」

「だからだろ。いいから貸せ」

つっけんどんに言ったブラッドレーが、ルイの腕から品物をすべて取り上げた。

「まだ買うのか」

「これで全部です。あの」

思ったことを言いそうになり、ルイは中途で言葉を呑んだ。両手の塞《ふさ》がったブラッドレーが怪訝《けげん》そうに首を傾《かし》げる。

「なんだよ」

「いえ、いまのブラッドレー様は格好よかったなって思って」

重いから持ってやるなんて、頼もしい。

ルイは言ってしまってから恥ずかしい発言だったかも、と気づいた。

だがブラッドレーはこちらに背を向けて、「行くぞ」と素っ気ない。

拍子抜けしたルイだったが、なにげなくブラッドレーの耳を見ると真っ赤になっていた。

照れてるんだ、と気づいた途端、いけないと思いつつ笑ってしまう。

「荷物持ち、ありがとうございます」

「おう。買い物くらい、いつでも言え。付き合ってやるから」

その後、ブラッドレーは依頼人の自宅まで終始無言だった。

二つ目の用件は薬の代理調達。

足が不自由な一人暮らしの老婦人の代わりに病院で常備薬を受け取り、家まで届ける。

依頼人の家は、派出所にまっすぐ続く十字路の通りに面していた。

「こんにちは、トゥニ様。便利課第七支部ルイ・ジェニックです。薬をお届けに伺《うかが》いました。足のお加減はいかがですか？」

依頼人の家の扉を叩いたルイは丁寧にお辞儀《じぎ》して、快活に挨拶《あいさつ》した。

「お医者様から預かってきた常備薬です。これがお釣り。念のため袋の中身とお釣りの金額を確認してくださいますか」

扉口に杖をついて現れたのは、白髪の老婦人だ。

トゥニは震える指先で紙袋をちょっと開けて中を見ると、朗《ほが》らかに笑った。

「いつものお薬で間違いないわ。本当にありがとうね」

ルイは受領証に実名印を捺《お》してもらい、トゥニへ微笑《ほほえ》み返す。

「はい。じゃあまた二週間後にお邪魔します。もし他にも用事があれば、いつでも呼んでください。近所の子供たちに伝言を頼めば、うちの課員が誰か来ますので」

「ありがとう。いつもごめんなさいねぇ、若い人に迷惑をかけて申し訳ないわ」

「これが仕事ですから、お気になさらず。ご利用ありがとうございました。では失礼します」

ルイはにこやかなもののあっさりと言って会釈《えしゃく》し、ゆっくり踵《きびす》を返した。

近くで会話を聞いていたブラッドレーが、不快感を滲《にじ》ませた声でルイを引き止める。

「いまのはちょっと、言い方が事務的すぎねぇか」

「え？」

「いくら本当に仕事でも、面と向かって『仕事ですから』なんて言うことないだろう。相手は高齢者だぞ。もっと敬意を払わねぇと」

ルイの胸がズキッと痛む。

自分でも気にしていて、それでもどうにもできずにいる点をズバリと突かれてしまった。

ルイはブラッドレーを見た。彼の視線は、いつになく厳しい。

「……そうですね。でも、事務的でいいんです。仕事だとはっきり言った方が、ご年配の方々には心の重荷にならないみたいなので」

ルイが弁明すると、ブラッドレーは器用に片方の眉だけ持ち上げて言った。

「相手の心の負担を軽くするために、敢《あ》えて事務的に対応しているって？」

「はい。それに、これでもちゃんと敬意を払っています」

「敬意は払っていても、納得はしてないだろう」

「えっ……」

虚《きょ》を衝《つ》かれたルイは、戸惑ってブラッドレーを見つめ返した。

ブラッドレーは、それみろと言わんばかりの顔で続ける。

「あんた、口では事務的でいいって言いながら、本心では嫌がってる。本当はもっと親身になってやりたいし、人の役に立ちたい。心からそう思ってる。違うか？」

「それは……」

ルイは口ごもった。痛いところを突かれたことで、気持ちが掻《か》き乱されている。

ブラッドレーのまっすぐな視線に耐えられず、顔を伏せた。

ルイも、この職に就いたばかりの頃は一途に頑張っていたのだ。たとえ有料のサービスとはいえ、心がこもっていないと本物のサービスとは言えないと、そう信じていたから。

でも仕事を積み重ねていくうちに、真心を尽くせば尽くすほど、相手に敬遠されることが増えた。それどころか、善意が重いと言われ、相手との齟齬《そご》が目につくようになってしまう。

ルイは理想と現実の間で板挟みになりながら働いて、考えた。

そして数年の経験から導き出した答えは、あまり人に近づきすぎないことだった。

ルイはブラッドレーから眼を逸《そ》らしたまま言う。

「仕方ないと割り切るしかないんです。いくら迷惑じゃないって言っても信じてくれませんから。たとえこっちが好意で動いても、相手方はそうは思ってくれないんです」

過去にあった苦い経験が次々と思い起こされる。

ルイは奥歯を食いしばり、少し間を置いて続ける。

「でしゃばりすぎ、と罵《ののし》られたこともあります。身内でもないのに、とか。そんなに親身になられても困る、とか。だったらもう、親切が押し売りにならないようにするしかないじゃないですか」

ルイは自嘲気味に笑って告《つ》げた。

「そうやってある程度の距離をもって接した方が、相手方も用事を頼みやすいようです」

「で、あんたはその割り切った仕事で満足してるのかよ?」

ブラッドレーに詰問《きつもん》され、ルイは苦々しい表情で口を横に引き結ぶ。

そこで、背後を歩くミュゼから制止の声が上がった。

「ブラッドレー、そんなふうにルイ殿を困らせるものじゃないよ。仕事なんだから、本意じゃなくてもそうせざるを得ないこともあるだろう」

「ミュゼ様」

ルイは後ろを振り返って、ミュゼを見た。

すると、彼もルイを見つめ返して言う。

「少なくとも、私は理解できるよ。お年寄りって年寄り扱いされるのを嫌がるし、必要以上に親切にされると自分が他人に迷惑をかけているって思い込む。なによりも、誰かの力を借りなければやっていけないという事実が我慢ならないんだよね」

「そうなんです。ちっとも迷惑なんかじゃないし、むしろ遠慮なく頼ってほしいくらいなのに。でも、人になにかをしてもらうことを苦痛に思う相手に、口でなにを言ってもだめなんですよね。もっと自然な形で寄り添えればいいんですけど、他人だとそれもなかなか難しいです」

ミュゼが頷《うなず》き、更に同意を示す。

「なるほど。しかし君をはじめ街の人たちが大なり小なりそんな気持ちを持っていれば、相互扶助《ふじょ》の関係を築くのもそれほど難しくはなさそうだけど」

ミュゼのいかにも騎士らしい真面目な意見に、ルイは微苦笑《びくしょう》して答えた。

「難しいですよ？　こちらの善意が善意だと思われないことも、ままありますから」

ミュゼは意表を突かれたようで、彼にしては珍しく素の動揺を覗《のぞ》かせた。

一瞬、気まずい沈黙が落ちる。

「すみません、ちょっと感じが悪い言い方でした」

後悔したルイが謝罪すると、ミュゼも我に返って詫《わ》びた。

「いや私こそ。現場をよく知りもしないくせに、一般論を軽々しく口にするべきではなかった。申し訳ない」

「謝らないでください。もとはといえば私が仕事の愚痴《ぐち》をこぼしたのがいけないんですから」

　情けないし、恥ずかしい。

　ブラッドレーに痛いところを突かれて心が乱れたせいだ。もう何年も本心をごまかしながら仕事を続けて、仕方ないと割り切ることを決めたのは他でもない自分なのに。

　それでもまだ心のどこかで、こんな仕事のやり方は寂しいと嘆《なげ》く自分がいる。

「ルイ」

　それまでルイとミュゼのやり取りを聞いていたブラッドレーが、おもむろに言った。

「俺は団長の言ったことは正論だと思う」

「ブラッドレー」

　ミュゼが強い口調でブラッドレーを遮《さえぎ》ろうとしたが、彼は言葉を続ける。

「確かに、善意を善意と認めてもらえないこともあるかもしれない。下手したら悪意と勘違いされるかもしれない。たぶん、あんたは何度もそういう目に遭《あ》ってきたんだろう」

　その通りだが肯定はできず、ルイは無言を通す。ブラッドレーはそんなルイを見て痛ましそうな顔をし、真剣な口調で続ける。

「だけど、気持ちを伝えることを諦めなければいつか通じる。そうすれば他人同士でも、もっと助けやすくなる。だからあんたも『信じてくれないから』なんて無理に割り切ろうとしないで、信じてもらえるまで頑張ってみろよ。俺も応援するから」

ブラッドレーの叱咤激励《しったげきれい》に、ルイは眉根を寄せた。

「気持ちを伝えることを諦めない……ですか?」

ルイが弱い声で訊《たず》ねると、ブラッドレーははっきり頷《うなず》く。

「そうだ。諦めたら通じるものも通じない。俺は、物も人も、なんであれ諦めるのは好きじゃねぇ」

強気でまっすぐなブラッドレーらしい、とルイはちょっぴり羨《うらや》ましく思った。

ルイ自身は経験からそれほど楽観的にはなれない。

けれども、言下に否定もできなかった。

なぜならたった一人だけ、ブラッドレーの理想を現実のものにしている人がいる。

ルイの脳裏《のうり》に浮かんだのは、柔らかい黒髪に人懐《なつ》こい黒い瞳の、ちょっと頼りない青年。

「あ」

ルイがニコのことを考えたちょうどそのときだ。

十字路の道の先で、転んだ子供を助け起こすニコの姿を見つけた。彼はグズグズと泣く子供の傍《そば》に膝をついて視線を合わせ、頭を撫《な》でながらなにか話しかけている。

やがて子供は泣きやみ、あどけなく笑うと元気よく走っていった。ニコもルイに気づいた。彼は嬉しそうな笑みを浮かべて、アヒルのガーガー号と先を競う勢いでこちらに走ってくる。

「ルイルイー」

ルイは口元に手をあて、大きな声でニコに注意を促《うなが》した。

「ニコちゃん、走らないでー！　危ないから！」

子供への注意のようだが、彼にはこれくらい必要なのだ。警告した端からニコは体勢を崩してつんのめる。だがかろうじて踏み留《とど》まり、転倒は免《まぬが》れた。

ルイはニコの悪意など欠片《かけら》もなさそうな笑顔を眼にして、思いを巡《めぐ》らせる。

彼は誰にでも分《わ》け隔《へだ》てなく話しかけ、困っていれば手を差し伸べる人だ。見返りを求めることなく、ただ助ける。寂しい人に寄り添い、悲しい人を労《いた》わり、苦しい人にはどうしてほしいか訊ねる。

簡単にできそうで、実際にはできないことをあたりまえにしていた。

「同じようにはできなくても、努力はできるかな……」

きっと長い時間がかかるし、一度は挫折《ざせつ》した道を再び進むなら、同じ壁にぶつかるだろう。そしてまた思い悩むに違いない。問題は、克服《こくふく》できるかどうか。

ルイの複雑な心中を見透《みす》かしたように、ブラッドレーが口を挟む。

「まず諦めないでやってみろよ。挫《くじ》けそうになったら俺が背中を押してやるから。な？」

なんとも軽い調子で鼓舞《こぶ》され、ルイは気づけばコクリと頷《うなず》いていた。

「はい」

「おう、頑張れ」

ブラッドレーがとびきり甘く笑う。

不意打ちの笑顔に、ルイはうっかり心臓を掴《つか》まれた。陽に透ける銀色の髪も、細められた銀色の瞳も、整った繊細な顔立ちに調和して彼をいっそう美しく見せている。

しかし、ブラッドレーは見た目もさることながら、中身もいい。

ルイはブラッドレーに対し、ひそかに尊敬の念を抱いていた。

彼は言いにくいことでも、自分の意見をはっきり口にする。

相手の主張とぶつかっても、自分が正しいと思えば曲げないし、引かない。

その上で、こうして真剣に他人のことも叱咤激励《しったげきれい》する。これも簡単にできそうで、なかなかできないことだ。

ブラッドレーの言葉を思い返し、ルイは胸が熱くなった。彼が背中を押してくれると言うなら頑張ってみよう、と決意する。

ずっと、割り切ったつもりで割り切れずにいて、悩んできたのだ。だけど、どちらにしても同じだけ辛いなら、自分が望む方で努力した方がいい。ブラッドレーの言うように足掻《あが》き、強い気持ちで諦めなければいいのだ。

一旦決意すると、清々《すがすが》しい心地になった。

ルイは感謝の気持ちを込めて、ブラッドレーに頭を下げる。

「ありがとうございます」

「は？　俺、礼を言われるようなことはしてねぇぞ」

ブラッドレーは眼をぱちくりしている。

ルイは、取り繕《つくろ》わないところが魅力的だなと思って笑った。

そこへニコが到着して、全開の笑顔でルイに抱きつく。

「ルイルイ、みーつけた。どうしたの、こんなところで？」

「依頼を終わらせて派出所に戻る途中よ。ニコちゃんは？」

「僕はお散歩中。あれ、ルイルイなにかあった？」

ニコの澄《す》んだ黒い瞳が、至近距離からルイの眼を覗《のぞ》き込む。

「眼がキラキラ輝いてる。なんだか嬉しそうだね」

「わかる？」

「うん」

ルイは笑ってニコに答えた。

「ちょっとね、初心《しょしん》に返ってみようと思って」

「よくわからないけど、それが嬉しいこと？」

「そんな気持ちになれたことが嬉しいかな」

ニコはルイの瞳を覗き込んだまま、のんびりとした口調で言う。

「なんでもいいや。ルイルイが嬉しいなら僕も嬉しい」

ルイがニコ独特のほのぼのとした空気に癒《いや》されていると、いきなり後ろに引っ張られ、ニコと引き離される。

「人前で堂々とイチャつくな。毎度毎度、臆面《おくめん》もなくベタベタしやがって。俺へのあてつけか？」

ニコは足元でチョロチョロ動くガーガー号の手綱《たづな》を引いたり緩《ゆる》めたりしながら、指で頬《ほお》を掻《か》く。

ブラッドレーの肩甲骨《けんこうこつ》の辺りがピクッと動き、全身から黒い闘志が膨れ上がった。

「否定なし、と。よぉーし、俺に喧嘩《けんか》を売るとはいい度胸だ。買ってやる」

「ちょっ……」

ルイが止めるより早く、ミュゼがブラッドレーとニコの間に強引に割って入る。

「はい、待った。民を守る立場の君が揉《も》め事を起こしてどうするの」

ルイも前に出てニコを庇《かば》った。

「そうですよ。それにニコちゃんは鈍《にぶ》いし弱いし体力もありませんし、喧嘩なんてできません」

足止めを食っているのに飽きたのか、アヒルのガーガー号が羽をばたつかせて大きく鳴く。

「ングワッ」

ニコはといえば、人畜無害《じんちくむがい》な顔でブラッドレーの次の行動を待っている。

気を揉むルイの前でブラッドレーはつまらなそうに嘆息《たんそく》し、彼女の肩を引き寄せた。

「バーカ、俺が素人《しろうと》相手に喧嘩なんかするか。あんたも本気にとるなよ」

「え、冗談だったんですか」

驚いて眼を見開くルイに、ミュゼが小声で囁《ささや》く。

「いや、あれ本物の殺気だから」

「団長」

余計なことは言うな、とブラッドレーは鋭い眼でミュゼに圧力をかける。

それからルイの肩を抱き寄せたまま、「おい、ニコ」と呼びかけた。

「先に言っておく。来《きた》る三女神祭《さんめがみさい》の夜、ルイと踊るのはこの俺だ」

ニコは眼をぱちくりさせると、慌てる様子もなくルイを見る。

「ルイちゃん、それ本当?」

「ううん、初耳」

ルイが正直に答えたところ、ブラッドレーは眼を細め、自信ありげに口角を上げた。

「俺が一番乗りで申し込めば文句ないだろう」

「えと……どうでしょう? なにぶんニコちゃん以外の人に申し込まれたことがないので」

とはいえ、慣習なので否応もない。

女性は最初にダンスを申し込まれた相手と踊るのが筋だ。それが知人だろうと他人だろうと関係なく、もちろんブラッドレーも例外じゃない。

「とにかく、俺はあんたと踊りたい。だから誘いに走る。あんたもそのつもりでいろよ」

ルイは強引な誘いに戸惑い、ブラッドレーとニコを交互に見た。

直後、ブラッドレーの手が顎《あご》に伸びて、強制的に彼の方へ顔を向けさせられる。

「返事は」

承諾を迫るブラッドレーの顔がものすごく近い。

この体勢では、頬《ほお》を傾けてほんの少し距離を縮めるだけで唇が触れてしまう。

それだけではない。この密着度でじっと眼を凝視《ぎょうし》され、銀色の瞳から眼が離せなくなる。

あっという間に、正常な思考回路が奪われた。頭が熱で茹《う》だってしまい、思わず頷《うなず》く。

すると、ブラッドレーがルイの顎にかけていた手を外し、ニコに向けて言う。

「と、いうわけだ。いいよな、ニコ」

ニコはいつものとぼけた顔ながら、少し心配そうな声で答えた。

「ルイルイが副団長さんと踊りたいなら、僕は別に構わないけど」

私は構う、とルイは内心叫ぶ。

ダンスに関しては慣習に則《のっと》るだけだ。ブラッドレーがルイのもとに一番乗りできねば意味がない。

それなのにこの口約束は、ちょっと強引すぎる。

とはいえ、ルイは決して嫌ではなかった。だいたい、あんな熱っぽい迫り方をされては、まず断れない。卑怯《ひきょう》だと思うのに、ドキドキが止まらなかった。ブラッドレーの指が触れた部分がまだ熱を持っている。

結局、抗議なんてできる状態ではなくて、このあとルイはブラッドレーの顔が見られなかった。

それから一週間と少しが経《た》ち、三女神祭《さんめがみさい》が三日後に迫っていた。

クレイ市街のどこもかしこも、誰も彼もが祭りの準備に追われ、忙しくしている。

一区と二区の神殿地区は、大掛かりな祈祷会《きとうかい》を控え、神官総出で当日の儀式の手順の確認、聖典の朗読と聖歌の練習などに奔走中《ほんそうちゅう》だ。

三区と四区の娯楽地区は、円形劇場で三女神祭の誕生劇を上演するため、リハーサルをしている。

五区と六区の農業・工業区は、公衆大浴場を一日無料開放する。周辺一帯には大道芸や賭博《とばく》の小屋、見世物小屋が設営され、他にも骨董市《こっとういち》の準備をする人間でごった返していた。

七区と八区の大商業区は最大の稼《かせ》ぎ時とあって、物も人も溢《あふ》れ、道路は馬車や荷車の行列で大渋滞中である。

九区の公共広場は、祭典の中心会場だ。中央に三女神の石像を置き、像を囲むように即席の舞台が完成していた。いまは大量の花を飾っている最中だ。

そして一〇区、城塞《じょうさい》内部ではすべての庁舎の人間が休日返上で働いていた。祭りの警護を担《にな》う騎士団も例外ではない。不測の事態が起こったときの対処法を練《ね》り、スリや酔っ払い、その他の軽犯罪や空《あ》き巣、強盗、密偵《みってい》などに眼を光らせていた。市民には注意を呼びかけ、日夜市街を巡回し安全確保に神経を尖《とが》らせている。

そして便利課第七支部も、修羅場《しゅらば》と化していた。

祭りの準備の応援を乞《こ》う依頼が引きも切らず、男性課員は力仕事に駆り出される。女性課員は子供の面倒やお年寄りの世話など、育児と家事の応援に呼ばれる。居残り組は受付のエイシャを含めて全員黙々と、衣装の刺繍《ししゅう》に追われていた。

本日派出所に残っているのは、ルイ、ダフネ、エイシャの三人だ。そして、ルイの護衛であるブラッドレーとミュゼもいる。

彼女たちは朝からずっと、一階事務所にて針と糸を手に下を向いて作業している。

眼を真っ赤に血走らせたダフネが、課内で最速の手際を披露《ひろう》しながら、ブツブツ言う。

「毎年毎年、思うわけよ。凝《こ》った衣装が着たいなら、なんでもっと早くから準備を進めないの」

朝から何度も大欠伸《あくび》を繰り返すエイシャは、眠気と闘いつつ器用に手を動かして同意する。

「まったくだね。私に可愛い姿を見てもらいたいと言うくせに、どうして当人に縫《ぬ》わせるかね」

ルイも、もう何着目だか数えるのも億劫《おっくう》なくらいの量の衣装に針を刺している。

これらは毎年恒例、「衣装は縫ったけど刺繍《ししゅう》を少し手伝ってください」と持ち込まれた依頼品だ。

普通は自分で無理ならば母親や身内、親戚、友達に助けてもらう。それでも間に合わない人々が、最後に駆け込むのが便利課だ。おかげでこの時期はいつも、刺繍一辺倒の徹夜作業に追い込まれる。

意識が飛びそうになるのを堪《こら》えながらルイは言った。

「皆、幸せになりたいんじゃないかな」

すると、三人の中では唯一の既婚者であるダフネが真剣に頷《うなず》き、糸を引っ張る。

「幸せへの近道はねぇ、妻と子のためによく働いてよく稼《かせ》ぐ、いい男を掴《つか》まえるのが一番よぉ」

「たとえば、ダフネさんの旦那様みたいな?」

どっさり…

エイシャのおだてに、ダフネがのけ反《ぞ》って豪快に笑う。だが手は一時も休めない。

エイシャが機械的に針を進めつつ、「ところで」とルイを見る。

「ルイさんは三女神祭《さんめがみさい》はどうするの？」

ルイは猛烈な睡魔で鈍《にぶ》くなっている頭を働かせる。

祭り当日の護衛についてはなにも聞かされていないので、ここは無難に答えておく。

「たぶん、例年と同じかな。特に約束はしてないけど、ニコちゃんと色々回ると思う」

それが許されれば、ではあるが。

黒梟《クロフクロウ》が関わっているかもしれない勅命《ちょくめい》の一件が、ルイの頭を過《よ》ぎる。アヒル騒動の犯人もまだ捕まっていない。『秘密の王子』の正体も不明のままだ。不安要素が多すぎる。

だが幸いにも、これまでのところなにも起きていない。だから、用心することを約束すれば、祭り見物を認めてもらえるかも、と前向きに考える。

ただブラッドレーに護衛をしてもらうことは無理かもしれない。

祭りの警備を担当するのは騎士団だ。団長のミュゼや副団長のブラッドレーは指揮があり、席を外すのは難しいだろう。

でも、もしブラッドレーが護衛を外れないなら、祭りを一緒に見て回れる。

そうなれば夜のダンスも、本当に彼と踊れるかもしれない。先日はひたすら戸惑っていたけれど、ルイだって少しは期待していたのだ。

ルイがグルグル考えていると、エイシャが突拍子もない提案をした。

「予定が決まってないならさ、副団長殿とデートなんてどう？」

ルイの返事を待たずに、エイシャは事務所の机で報告書を黙読するブラッドレーへ話しかける。

「副団長殿！　お訊《たず》ねしますが、三女神祭の日に予定はありますか」

エイシャの呼びかけに、ブラッドレーと、彼の対面の席に座っていたミュゼが顔を上げた。二人とも眼の下に濃い隈《くま》をつくっている。

少し前にミュゼから話を聞いたところ、日中はルイの護衛、夜間は祭り全体の警備体制を調整しているため、二人とも満足に休めていないらしい。

寝不足のためか、普段より愛想《あいそ》のない声でブラッドレーが答える。

「団長は祭典の警備責任者。俺は補佐。立場上、休めねぇ。だが巡回はしないから、緊急要請があったときのみ警備本部に駆けつける段取りで話を詰めた。当日もルイの護衛は外れねぇよ」

ルイは最後の一言が気にかかって訊く。

「お祭りなのに、警備責任者のミュゼ様と補佐のブラッレー様が本部に不在で、大丈夫ですか」

「あんたが気にすることじゃない」

「そんな。き、気にしますよ」

十中八九、『秘密の王子』による勅命書《ちょくめいしょ》が、ブラッドレーとミュゼを拘束《こうそく》している。

こんな特殊な事情でもなければ、騎士団の団長と副団長が祭典の警備の指揮を執《と》らずにいていいわけがない。そう考えるとなんだか申し訳ない気持ちになる。

「……私のためにご迷惑をおかけして、すみません」

ルイの謝罪を、ブラッドレーは一蹴《いっしゅう》した。

「大丈夫だって。俺たちの代わりにサイファが指揮を執るし、他の団員も優秀だ。任せておけよ」

これを聞き、エイシャはいかにも名案が浮かんだ、という調子で口を挟む。

「だったら、ルイさんをデートに誘ったらいかがです？」

眠気が一気に吹っ飛び、ルイは動揺して叫んだ。

「エイシャ⁉　ちょ、なに言ってるのよ。この忙しいときに変な話を持ちかけないで」

ルイが慌てて隣に座るエイシャの口を塞《ふさ》ごうと身を乗り出すも、逆に手を掴《つか》まれてしまう。

「別に変な話じゃない。ルイさんと副団長殿がどのみち一緒に行動するなら、護衛を兼ねたデートに変更しても任務に支障はないんじゃないか、って提案だよ」

ルイは身動《みじろ》ぎして手を振りほどき、エイシャを睨《にら》んだ。

「護衛をわざわざデートに変更する意味なんてないでしょ」

「おおありだね。護衛は楽しくないけど、デートは楽しめる」

ルイがもっともらしく言うエイシャを止めようとしたそのとき、ブラッドレーが口を開いた。

「デートか。いいな、それ」

エイシャが、目論見《もくろみ》が上手くいったと言わんばかりにニヤリと笑う。

「ほーら、副団長殿は乗り気だ」

「ブラッドレー様⁉」

ルイは素《す》っ頓狂《とんきょう》な声を上げた。まさかブラッドレーが賛同するとは思わなかったのだ。

ブラッドレーはミュゼに顔を寄せ、小声でなにか囁《ささや》いたあとで言葉を続けた。

「ちょっと考えていることがあって、デートって形をとれると助かるんだよな……仕事と護衛任務を兼ねたデートになるけどよ。あんたが嫌でなかったら、俺に一日付き合ってくれねぇ？」

話がトントン拍子に進み、頭がついていかない。

ルイが呆《ほう》けていると、横からエイシャに肘鉄《ひじてつ》された。

「はいはい、いつまでもボーッとしない。ルイさん、副団長殿が返事を待ってるよ」

そう言いつつ、エイシャはルイに軽く笑いかける。

「あのさ、あまり難しく考えなくてもいいんじゃない？　誘われたから、誘いを受けた。年に一度のお祭りだし、楽しんだ者勝ちだと思うけどね」

「そ、そうかな？」

「そうだよ。いい女はいい男に誘われる宿命さ。ほら、可愛く笑って『はい』って言いなよ」

エイシャに背中を押されたことで、心が決まる。

デート。

その甘い響きに胸がときめく。確かに護衛とは違い、心中で呟《つぶや》くだけで気分が盛り上がる。

さっきまでは、ブラッドレーに護衛についてもらって、一緒にお祭りを回れたらいいとひそかに願っていただけなのに。いまはお祭りへの期待感で胸が膨らみ、いっそう、当日が楽しみになっている。

「あの、お誘い、ありがとうございます。デート、行きたいです」

ルイはブラッドレーを見つめてははにかみ、笑顔で申し込みを受けた。

「おう、楽しみだな」

ブラッドレーも嬉しそうに笑う。直後、ミュゼが挙手して言った。

「水を差すようで申し訳ないけど、そのデート、私も同行させてもらうよ」

途端にブラッドレーは顔を顰《しか》める。

「団長、少しくらいは気を利《き》かせろよ」

ミュゼはブラッドレーに笑顔で言い返す。

「仕事と任務が最優先。その条件だからデートを許可したんだが？　単独行動は規律違反。あとで困るのは我々自身だろう」

暗に、瘤《こぶ》付きが嫌ならデートは諦めろと言われて、ブラッドレーは渋々引き下がる。

すると、ミュゼは「しかし」と語調を柔らかくして続けた。

「デートで女性一人に男が二人というのも、少々不格好だ。提案ですが、もしご都合がよろしければ、エイシャ殿もご一緒しませんか」

いきなり指名され、エイシャがピクリと反応した。

「私も、ですか」

ここで成り行きを静観していたダフネが、賛成の声を上げる。

「あらいいじゃない。行って楽しんできなさいよ！　せっかくいい女がいい男に誘われたんだから、断るなんて野暮《やぼ》はするものじゃないわよ、エイシャ？」

ダフネの強い後押しもあり、こうして四人での三女神祭《さんめがみさい》デートが約束された。

三女神祭、当日の出来事

三女神祭当日の朝、ルイはじっくりと身支度《みじたく》を整えていた。

ルイがこの日のために用意した白い衣装は、袖《そで》が七分丈の細身の上衣《じょうい》と、たっぷりと布を使った踵《かかと》まで届くスカートに、腰から肩にかけてストールを巻いたもの。全体に豊穣《ほうじょう》の女神ルイルーインの象徴である五弁の花と円をモチーフにした金色の刺繍《ししゅう》を施《ほどこ》して、華やかに美しく仕立てた。

髪は高くまとめて結い上げ、白い花飾りを挿《さ》している。化粧したあと、額《ひたい》飾りと耳飾りをつけた。

ルイは鏡の中の自分を見て、言い聞かせる。

今日はお祭りだ。今日だけは、黒梟《クロフクロウ》のことも『秘密の王子』のことも、事件の犯人のことも忘れて楽しもう。以前ブラッドレーに言われたように、最低限の警戒は怠《おこた》らず、かつ神経質にならない。

そのとき、部屋にノックが響く。

「どうぞー」

ルイが返事した傍《そば》から扉が開いて、普段着姿でボサボサ頭のニコが入ってくる。

「うわぁ、ルイちゃん綺麗だねー」

「似合う？」

「似合う、似合う」

手放しで褒《ほ》められてホッとする。身内の贔屓目《ひいきめ》だろうと全然構わない。

すると、ニコが後ろ手に隠し持っていた細長い木箱の蓋《ふた》を開け、中を見せてくれる。

「はい、僕からの贈り物。つけてあげるね。椅子に座って？」

ルイは、木箱に入っていた豪華な金細工の首飾りを見てびっくりした。

「綺麗な緑色の宝石……ニコちゃん、これすごく高価じゃない？」

椅子に座らされてすぐ、ニコが背後に回って首飾りの金具を留《と》めてくれる。

「んー？　どうだったかなあ。値段のことは気にしなかった。石の色がちょうどルイちゃんの瞳の色と同じで、似合うと思ったんだ。それと、緑色の石は災《わざわ》いを遠ざける力があるんだって。だからルイちゃんに持っていてほしくて。さ、できたよ」

ルイは胸元を見つめ、鏡の中の自分を眺めた。ドレスと宝石が完璧に調和している。

「ありがとう、ニコちゃん」

「どういたしまして。そろそろ副団長さんが迎えに来る頃――あ、噂《うわさ》をすれば、来たみたい」

開け放した扉から、階下で呼び鈴が鳴った音が微《かす》かに聞こえた。

ルイは財布と小物が衣装の内ポケットに入っていることを確認して、ニコに手を引かれ、部屋を出る。

そして、ニコのエスコートで屋敷の階段をゆっくりと下りた。エントランスホールに続く幅の広い階段は黒大理石造りで、深緑の絨毯《じゅうたん》が敷《し》かれ、緩《ゆる》やかな弧を描いている。

ルイは一人屋敷に残るニコの胸中を思いやって訊《たず》ねた。

「ニコちゃん、一人で寂しくない？」

「平気、平気。二度寝して、起きたら僕も出かけるから」

「え、どこに？」

「ちょっとね、人捜《さが》し。遅くなるから僕を待たないで寝ててね。アビーは先に帰すし、家政婦さんも夜には帰宅するから心配ないとは思うけど、戸締りだけは気をつけて」

ニコは家主らしく注意するが、ルイにしてみれば彼の方が心配だ。

「人捜しなんて、また誰かに頼まれたの？　急ぎなら私も手伝うよ」

「ありがとう。でも大丈夫。僕が人捜し得意なの知ってるでしょ？」

「知ってても心配なの。お願いだから走って怪我《けが》したり、階段から落ちたりしないでね。もしこの前みたいに頭を打ったら、動かないで人を呼んで。すぐ病院にかかってね。私もすぐ駆けつけるから」

ルイが真剣な顔で言っても、ニコは「あれは失敗だったなぁ」と呑気《のんき》に頭を掻《か》くばかり。

やがて、エントランスホールに着く。

二階まで吹き抜けの天井は六本の太い円柱に支えられ、クリスタル製のシャンデリアが下がっている。床は磨《みが》き抜かれた黒大理石で、美術品の類《たぐい》が一切ない、簡潔な空間が広がっていた。

そこでは、ブラッドレーが執事姿のアビーと雑談している。ブラッドレーはルイの声を聞きつけると、身体ごと振り返った。

「おは――」

ブラッドレーはルイを眼にした途端、ポカンと口を開いたため、挨拶《あいさつ》がブツリと切れる。

また、ルイも大きく息を呑んだ。

今日のブラッドレーは正規の軍帽を被《かぶ》り、銀髪を隠していた。着用している式典用の軍服は平素と同じ群青色《ぐんじょういろ》でも、肩章や腕章、階級章が派手で、襟《えり》や袖口《そでぐち》にも装飾が施《ほどこ》されとても輝かしい。ブラッドレーによく似合っていた。

「すごく素敵です。眩《まぶ》しいくらい」

ルイの言葉に、ブラッドレーがハッとして返す。

「眩しいのはあんただよ。綺麗だ。その衣装、最高に似合ってる」

「あ、ありがとうございます」

ルイが照れて赤くなると、ブラッドレーは満足げに笑い、手に持っていた小さな花束を突き出す。

「挨拶代わりに」

「本当にデートっぽいですね」

ルイが照れ隠しにそう言ったら、ブラッドレーは速攻で突っ込んだ。

「デートなんだよ！　ったく、決まらねぇなぁ。ま、いいや。ほら行くぞ」

ルイはもらった花束をアビーに預けた。

エスコート用に差し出されたブラッドレーの腕を取ろうかどうしようか迷っていると、問答無用《もんどうむよう》で手を掴《つか》まれて添えさせられる。

「じゃあニコ、ルイを借りるな」

ニコが頷《うなず》く。それから気懸《きが》かりそうに一声かけた。

「うん。あ、副団長さん。夜だけど、暗いし危ないから、ルイルイを見失わないでね」

「ああ、任せておけって。絶対に俺が一番乗りしてルイをダンスに誘う」

ブラッドレーの自信満々の答えを聞いて、ニコがひらひらと手を振る。

「いってらっしゃーい」

ニコを置いていくことを少し申し訳なく思いつつ手を振り返し、ルイは外に出た。

玄関口では、式典用の軍服姿のミュゼと、前開きで丈長の白い上衣《じょうい》に、ゆったりとした薄布のズボンを合わせ、細いウエストを締めたエイシャが立っていた。

ルイとブラッドレーを見て、ミュゼが騎士の礼を取る。

「三女神祭《さんめがみさい》に相応《ふさわ》しい朝だね。おはよう、ルイ殿」

続けて、中性的な美貌《びぼう》に拍車をかけるような凛々《りり》しい動作でエイシャが浅く腰を折る。

「おはようございます、ルイさん。昨日はよく眠れた?」

ルイは二人に笑顔で朝の挨拶《あいさつ》を返してから、ミュゼに言った。

「ブラッドレー様の傍《そば》にミュゼ様が見当たらなかったので、なにかあったのかと思いました」

「それは、ブラッドレーがどうしても一人であなたを迎えに行くと言い張ったので、仕方なく。もっともエイシャ殿とおしゃべりできたので退屈はしなかったけど」

「おしゃべり?」

ルイが意外に思ってエイシャを見れば、彼女はとぼけた表情で手を広げた。

「暇だったから、盤上遊戯談議《バックギャモン》を少し。それよりその衣装、ルイさんにぴったりだ」

「ありがとう。エイシャは……なんか、男装の麗人って感じで素敵」

ルイとエイシャが褒《ほ》め合っていると、ミュゼがエイシャをつくづくと眺めて言った。

「ハート形、五弁の花、円、剣、弓。これらの象徴を衣装に凝《こ》らしているということは、エイシャ殿は三女神すべてを崇拝《すうはい》されているのですね」

ミュゼの指摘にエイシャは一瞬表情を失《な》くしたが、すぐに持ち直して答えた。

「家が古い家系なもので。それがなにか？」

「いえ？　よくお似合いですよ。さ、では行きましょうか」

「ちょっと待て。勝手に仕切るなよ。今日は俺とルイのデートなんだから、団長は邪魔するな」

「はいはい。それじゃあ私はエイシャ殿と親交を深めるとしようかな」

ミュゼはニコリと笑ってエイシャを見る。エイシャもニコリと笑い返す。

「あいにく私は、団長殿とお近づきになるつもりは毛頭《もうとう》ありませんがね」

ルイは慌てて二人を引き離した。せっかくのお祭りに喧嘩《けんか》などしたら台無しだ。

「さあて、じゃあ行くかー」

ブラッドレーが機嫌よく言う。

上々の天気の下《もと》、お祭りデートが始まった。


年に一度の三女神祭《さんめがみさい》とあって、商売人を除くほとんどの人が仕事を休みにし、大人も子供もこぞって街に繰り出しているらしい。

市街は、驚くほど大勢の人で溢《あふ》れていた。

老若男女《ろうにゃくなんにょ》問わず白い服を着ているため、身なりで人の区別がつきにくく、一度見失ったら再会するまで相当の時間を必要としそうだ。

「で、どこに行きたい?」

「大神殿に行きたいです」

まず三女神に感謝の祈りを捧《ささ》げないといけない。

ルイがそう言うと、ブラッドレーは十字路を北に向かった。

「じゃあ大神殿経由で右回りに歩くか。人が多いからはぐれるなよ」

「はい」

「不安だったら手を繋《つな》ぐけど」

「いえ、大丈夫です」

ルイが断り、ブラッドレーが「チッ」と舌打ちすれば、背後でミュゼとエイシャが失笑する気配が伝わってきた。

ルイは視線を動かして、やや高い位置にあるブラッドレーの横顔を盗み見る。

手など繋がなくても、ブラッドレーに匹敵するほどの美形は滅多《めった》にいないし、白い衣装の群衆の中で群青色《ぐんじょういろ》の軍服は恐ろしく目立つ。見失うことなんて、まず考えられない。

そのブラッドレーから、自分は好意を寄せられ、大事に扱われている。

しかも、デートに誘ってもらえるくらい、お互いの距離が縮まった。この感情の正体はまだ不明のままだけれど、そのことは素直に嬉しい。

このままもっと親しくなれればいいな、とこっそり願う。

浮かれた気分で歩きつつ、ふと気づく。周囲からチラチラと見られている。注目されているのはブラッドレーだ。だが、彼はまったく気がついていない様子。

ルイはブラッドレーの見た目についての自覚の足りなさに、深く溜《た》め息《いき》を吐《つ》いた。

「……ブラッドレー様って、自分がどれだけ人目を惹《ひ》く存在なのか、全然わかっていませんよね」

ブラッドレーはブラッドレーで思うところがあったのか、心外そうに言い返す。

「……あんたこそ、なんでそんなに手強《てごわ》いんだよ。もうちょっとくらい脇が甘くてもいいのに」

　すると、二人の掛け合いを後ろで聞いていたミュゼとエイシャが同時に言った。

「どっちもどっちかな」

「どっちもどっちだね」

　誰ともなく顔を見合わせて、四人で噴き出して笑う。

　それからは離れ離れにならないよう、互いの肩がくっつく近さで人波を縫《ぬ》って進んだ。

　十字路をまっすぐいった先の七区から八区の境界手前付近で、ルイは足を止める。

　便利課の常連で、足の悪い老婦人のトゥニがいた。

　彼女は自宅の玄関前に椅子を出して座っている。壁には杖が立てかけられてあり、トゥニの膝の上には白い花籠《はなかご》が載っていた。

「こんにちは」

　ルイが挨拶《あいさつ》すると、遠くを見つめていたトゥニは眼の焦点をゆっくりルイに合わせた。

「あら。ええと……」

　後が続かず口ごもったトゥニは、ややあって、思いついたように微笑《ほほえ》む。

「そうそう、たまにお薬を届けてくださるお嬢さん。こんにちは」

「覚えていてくださって嬉しいです。ルイ・ジェニックです。どうぞルイと呼んでください」

「ルイさんね」

「今日はここでなにをなさってるんですか」

「豊穣《ほうじょう》の女神にお祈りをするために、大神殿の鐘が鳴るのを待っているの」

おっとり言って、トゥニは不自由な足を撫《な》でた。

「私はこの足だから神殿までは行けませんけどねぇ、せめて陽の光を浴びながらお祈りしたくて」

ルイは自然と道路に膝をつき、トゥニを見上げて問いかける。

「なにかお手伝いできることはありませんか？」

トゥニが透《す》けるような淡い微笑みを浮かべた。

「お仕事でもないのですもの、あなたの優しいお気持ちだけで十分ですよ」

「いいえ、本当に。私にできることがあれば言ってください」

これだけ大勢の人がいる中で、一人ポツンと座るトゥニは孤独に見えた。

ルイはとても放ってはおけず、トゥニのためになにかしたい、と無性《むしょう》に思ったのだ。

「でもねぇ、人様にご迷惑をかけては申し訳ないわ。やっぱりお気持ちだけいただいておくわね」

トゥニは微笑《ほほえ》みながらも固辞《こじ》する。

ルイは早くも挫《くじ》けそうになった。人に拒《こば》まれるのは怖いし、辛い。歩み寄ろうとしても、相手が退《ひ》くのでは距離は変わらないままだ。かと言って、ごり押しして上手くいくとも思えない。

ルイが迷っていると、背中をトン、と小突《こづ》かれる。肩越しに振り返れば、ブラッドレーが背後にいた。銀色の眼が、諦めるなと言わんばかりに強く輝いている。

無言の励ましに、気持ちが奮《ふる》い立つ。ルイはトゥニに視線を戻して考えた。

そのとき、ルイの脳裏《のうり》に彼女の目標——ニコのことが浮かぶ。

——ニコちゃんなら、どうする？

ルイは、ニコだったらどんなふうに行動するか、心に思い描いた。そして、再び声をかける。

「私の信仰する女神もルイルーインです」

衣装の袖《そで》を持ち上げて、トゥニに五弁の花と円の意匠《いしょう》を見せる。

それからルイはトゥニの細い手にそっと触れて微笑みを返した。

「私がお役に立てることはありますか？　トゥニ様のためになにか、できませんか……？」

子供のように澄《す》んだ眼がルイを見つめる。

トゥニはしばらく沈黙していたが、ややあっておずおずと口を開いた。

「花を……この花を一輪、私の代わりに献花台へ捧《ささ》げてきてもらえるかしら……?」

「喜んで」

花籠《はなかご》から差し出された五弁の白い花を、ルイは受け取った。

「ありがとうね」

トゥニが嬉しそうに笑う。

「行ってまいります」

ルイも笑って答えた。

会釈《えしゃく》して立ち上がったルイを、トゥニは親しげに手を振りながら見送ってくれる。

踵《きびす》を返したルイの眼に嬉し涙が溢《あふ》れた。堪《こら》えようもなくあとから湧《わ》くそれが、頬《ほお》を濡《ぬ》らす。

「あんたの気持ち、ちゃんと通じたな」

さりげなく横に並んだブラッドレーに肩を抱かれる。彼は大きな手でルイの小さな勇気を称《たた》えるように軽く肩をはたき、逆の手に握ったハンカチで彼女の目元を拭《ぬぐ》った。

「よかったな」

まっすぐに向けられたブラッドレーの笑顔がとても眩《まぶ》しい。

あのときブラッドレーが諦めるなと言ってくれなければ、トゥニから花を預かることもなく、こんな温かい気持ちに満たされることもなかった。

――諦めないでよかった。

まず一歩。先は長いし、まだまだこれからだけど、ともかく一歩前進だ。

「ありがとうございました」

ルイはブラッドレーに心から礼を言った。

そして彼の手からハンカチを借りて、自分の手で顔を拭く。

「これからも頑張れ。応援する。それと……あんたさ、泣き顔も可愛いわ」

ブラッドレーの口説《くど》くような物言いに、適当な答えを探しあぐねてしまう。ルイは真っ赤になりながら照れ隠しを兼ねて言った。

「……こういうときは、見て見ぬふりをしてください」

人前で泣いた上に涙を拭《ぬぐ》われるなんて、恥ずかしすぎる。

でも、とルイはブラッドレーをチラッと盗み見した。

ルイが嬉し泣きしたのを見ても、ブラッドレーは茶化さなかった。その上、トゥニに気持ちが通じたことを、まるで自分のことのように喜んでくれた。それがとても胸に響く。

そのためか、泣き顔を見られても不思議と嫌な気分じゃない。

むしろ、この場に居合わせてくれたことに感謝したい気持ちだ。

ルイは左隣を歩くブラッドレーにほんのちょっとだけ近寄って、距離を縮めた。

四人は八区から二区へ、ハルテシュ川にかかる石造りの橋を渡る。橋は円形アーチで馬車や荷車も楽々と行き来できる強度があり、欄干《らんかん》は安全を確保するため大人の胸ぐらいの高さがあった。

今日は馬車、荷車共に車両の通行を禁止され、歩行者専用として開放されている。

唯一の例外は騎乗した騎士だ。巡回中の団員二人がルイたちの横を通り過ぎる際、ブラッドレーとミュゼに向かい鞍上《あんじょう》から胸に手をあて、一礼した。

ブラッドレーとミュゼも無言で返礼する。

市民の中には、式典用の軍服を着た精悍《せいかん》な団員を称《たた》えたり、見とれたり、声援を送ったりする者が多々いた。特に若い女性や子供の関心は高く、あちこちで甲高い歓声が上がっている。

ルイも例外ではなく、毅然《きぜん》とした団員の後ろ姿に惚《ほ》れ惚《ぼ》れして言った。

「格好いいですね」

すぐさまブラッドレーに横目で睨《にら》まれる。

「あんたの隣にも格好いいのがいるだろう」

「ブラッドレー様は格好いいと言うよりも、どちらかと言えばき――」

「綺麗とか可愛いとか、可憐とか言ったら公開処刑」

「な、なにをするつもりですか」

「言うわけねぇだろ、バーカ」

くつくつと悪い顔で笑われて、額《ひたい》を指でつつかれる。

ルイはブラッドレーを押し退《の》けようとして人にぶつかり、逆に手を引かれてしまった。

そのまま遅々《ちち》とした人の流れに乗って二区に入り、大神殿前広場に着いたときには正午も間近だった。

ルイは花売りの少女から花を買い、その足で献花台へ向かう。

献花台は奉じられたたくさんの白い花で埋《う》もれていた。ルイも買ったばかりの花を添える。続けてトゥニの淡い微笑《ほほえ》みを思い起こしながら、託《たく》された一輪の花を両手で捧《ささ》げた。

正午になり、大鐘楼《だいしょうろう》の鐘が厳《おごそ》かに鳴り響く。すると白亜《はくあ》の大神殿の大扉が開き、白と金の祭服を纏《まと》った大司祭を先頭に、仰々《ぎょうぎょう》しい面持ちの大神官たちが列を作って出てくる。

広場に集まった人々のざわめきが徐々に静まると、大神殿の正面に設《もう》けられた説教壇に立つ大司祭が、聖典を広げて祈祷会《きとうかい》を始めた。

「この世で最も美しく清らかな愛の女神マージ、豊かな実りと豊かな心をもたらす豊《ほう》穣《じょう》の女神ルイルーイン、誇り高く強き戦いの女神ディアルタ、我ら人間の試練と苦難に祝福を与え永遠に慰《なぐさ》める三女神よ、今日のよき日に心からの感謝と祈りを捧げることを許し給《たま》え」

聖句の朗誦《ろうしょう》、大司祭の聖典朗読、聖歌隊による合唱のあと、大司祭が水盤《すいばん》の水に指を浸《ひた》し三女神それぞれの象徴を描く。その聖水を大神官たちが信徒に振り撒《ま》き、一年の穢《けが》れを祓《はら》うのだ。

ルイたちも頭《こうべ》を垂《た》れて祈りを捧げた。

祈祷会は一時間ほどで終わり、信徒たちが散会する。

すぐにブラッドレーが全員を見回しながら言う。

「腹減ったから飯《めし》でも食いに行かねぇか」

一番先に答えたのはエイシャで、隣の四区の方角を親指で示す。

「賛成。ルイさん、屋台の物色に行こう」

早速食い気に走るブラッドレーとエイシャは、意外に気が合うのかもしれない。

「いいよ。ミュゼ様も、屋台の食事で構いませんか？」

ミュゼも不満はないようで、微笑《ほほえ》んで鷹揚《おうよう》に頷《うなず》く。

「私はなんでも。ただ、できれば毒見役を引き受けさせてもらえないかな。ブラッドレーはこれでも騎士団の要《かなめ》なもので、腹痛で倒れられたら困る。もちろん、あなた方もね」

団長のミュゼが毒見ということに疑問を覚えたけれど、彼は訓練を受けているとかで誰の異存もなかった。なので、そのまま隣接する四区の娯楽地区へ直進する。

二区の敬虔《けいけん》な祈りに満ちた空気とはまた違い、四区は観劇のために集まった人々で華やいでいた。

円形劇場手前の広場にはテーブル席を併設した屋台が立ち並び、食事や酒が楽しめるよう準備されている。屋台巡《めぐ》りは楽しく、主《おも》にブラッドレーとエイシャが生き生きとしていた。

「おっ、羊の炙《あぶ》り肉旨そう」

「三蛇緑草酒《さんじゃりょくそうしゅ》か。薬効きついかな」

「燻製《くんせい》とモツ煮込み、両方くれ」

「一〇年ものの火酒《かしゅ》ねぇ。よし、試してみよう」

「やっぱりアヒルの唐揚げは外せねぇだろ」

「蜂卵酒《ほうらんしゅ》？　飲んだことないな」

ブラッドレーとエイシャが先陣を切って人混みの中に突進し、ミュゼが味見をする。そこで問題ないと判断が下されると、ルイがブラッドレーから託《たく》された財布で支払いをして買い付ける。その繰り返しだ。

「なんで肉とお酒ばっかりなんですか！　魚は？　野菜は？　果物は!?」

堪《たま》らずにルイが苦言を呈《てい》すると、串に刺した焼き魚と野菜の惣菜《そうざい》と、果物のサラダが加わった。

そして空《あ》きテーブルを確保し、戦利品の山を並べて屋台飯《やたいめし》と酒を堪能《たんのう》する。

ご機嫌な顔で酒を飲みながら、エイシャがふざけて言った。

「ルイさん、副団長殿に『あーん』とかしないの？　ほら、デートの定番じゃない」

ルイはギョッとして、危《あや》うく食べ物を喉《のど》に詰まらせるところだった。

「す、するわけないでしょ。恥ずかしいこと言わないで」

焦って否定すると、エイシャが口を曲げる。一旦は諦めたかに見えたが、彼女はすぐに気を取り直した。

「残念、見たかったのに。じゃあ私がしようか。はい、ルイさん、あーん」

そこでブラッドレーの制止が入る。彼は真面目な顔でスプーンを持って言った。

「待て。それがデートの定番なら、俺がやる。こうか？　ルイ、あーん」

「し、しませんってば！　って言ってる傍からどうして二人ともスプーンを私に差し出すの⁉」

そんな具合にわいわいと賑《にぎ》やかに喋《しゃべ》りながら、食事を楽しんだ。

満腹になったところでブラッドレーがテーブルに肘《ひじ》をついて身を乗り出し、ルイに訊《たず》ねた。

「次はなにしたい？」

「劇を見たい人がいれば観劇でもいいし、六区の公衆大浴場の辺りで大道芸や骨董市《こっとういち》が開かれているみたいなので、そっちも面白そうですよね。皆の希望はどうですか」

「ルイさんの好きなところでいい」

「私も、ルイ殿の選択に任せるよ」

エイシャとミュゼがそう言ってくれたので、ルイは六区をぶらつくことに決めた。

四区から六区にかけて今度は逆方向に石橋を渡る。その際、ルイは欄干《らんかん》から顔を出して川を覗《のぞ》いた。

この時期のハルテシュ川の水量としては例年並みで、水不足の心配はしなくてもよさそうだ。

「川になにかあるのかよ？　まさか、私物でも落としたか」

ルイの行動を訝《いぶか》しんだのか、ブラッドレーも川面《かわも》に視線を落とす。

「そうじゃなくて」

「ならなんだ。水不足が心配か？」

「いえ、そうでもなくて。ただ水繋《つな》がりで、雨がしばらく降ってないなと思って」

話がいきなり飛んだせいで、ブラッドレーは更に怪訝《けげん》そうな顔をした。

「……それが？」

「ニコちゃんが、火事を心配していたんです。空気が乾燥していると危ないからって」

「ニコが？　あのぼんやりがそんなことを？」

「ぼんやりって、ひどい」

「いや、あれはぼんやりだろ」

ルイは苦笑し、また歩き出しながら言う。

「うちの所長は勘が働くんです。普通の人が気づかないことでも気がつく、すごい人なんですよ」

「ニコがすごい奴かどうかはともかくとして、団長」

ブラッドレーは肩越しにミュゼを振り返った。察しのいいミュゼが頷《うなず》く。

「ん。念のため、火災発生時に備えて準備させておくよ」

なった。

「よろしくお願いします」

六区に入り公衆大浴場まで来ると、四区とはガラッと変わって俗っぽい雰囲気に

無料開放されている公衆大浴場は人の出入りが引きも切らず、周辺は多様な人間で溢《あふ》れている。大道芸に腹を抱えて笑う人や、賭博《とばく》に興じる人、競売や見世物小屋、骨董市《こっとういち》を冷やかす男女、どこもかしこも人・人・人だ。

不意に、ブラッドレーに手を繋《つな》がれた。ルイがびっくりして彼を見上げる。

「見失ったら困るからな」

「私が？」

「俺が」

いつもの軽口だと思ってルイが笑うと、握られた手に力が込められた。

ブラッドレーは笑われたのが面白くないのか、怒った眼でルイを見下ろす。

「あのなあ、これだけ大勢の人間がいて皆が白を着てるんだぞ。はぐれたら見つけるのは至難の業《わざ》だろうが。それに、近くにいた方が守りやすい。だから笑うな。で、どうしたい？」

ルイはブラッドレーの手を軽く握り返した。照れくさい反面、心強くもある。

「骨董市が見たいです」

「わかった。行くぞ」

混雑を抜けた先に、骨董雑貨の店があった。

ルイは台の上に並ぶ雑多な商品を見て回る。底に穴の開いた壺《つぼ》や用途不明の鍋の蓋《ふた》、くの字に曲がったスプーン。それに古い腕輪、片方のみの靴、謎の干物、乾燥した草の束《たば》。他にもカード、首のない人形、赤い石などどれも怪《あや》しい。それだけに面白くて興味深い。

ルイはその中の一つを指さして、店主に訊《たず》ねた。

「すみません、こちらのカードを見せていただいてもいいですか」

「どうぞ、どうぞ。それは神秘のカードと言いまして、大変古いものですよ」

「独特の絵柄ですね……全部揃ってるんですか？」

「もちろん、二十二枚すべて揃っております」

ブラッドレーがひょこっとルイの手元を覗《のぞ》き込む。

「へー。あんた、占いに興味あるのか」

ルイはカードに傷をつけないよう慎重に一枚一枚捲《めく》りながら答える。

「私じゃなくてニコちゃんが好きなんです。今朝贈り物をもらったから、なにかお返しを考えてて」

「贈り物？　ニコになにをもらったんだ」

「いまつけている首飾りです。……うん、ニコちゃん好きそう。これいただきます」

「お買い上げありがとうございます」

ルイは代金を支払い、受け取った品物を大事に上衣《じょうい》の内ポケットにしまう。

買い物を済ませて戻ると、ブラッドレーが深刻な様子で頭を押さえ俯《うつむ》いていた。

「どうしたんですか。急に具合でも悪くなりました？」

「違う。自分のマヌケぶりに嫌気がさしたんだ。そうだよな、三女神祭《さんめがみさい》なんだ。花だけじゃなくて贈り物ぐらい用意してもよかったんだよ。絶好の機会をみすみす逃すなんてバカすぎるだろ」

ルイはブツブツ呟《つぶや》くブラッドレーを心配し、背中に手をあてて擦《さす》りつつ言う。

「あの、気分が悪いなら帰って休んだ方がいいですよ。私、付き添います」

「ちょっと失礼」

そう一言断って、ミュゼはブラッドレーをルイから引き離し、彼の肩口に顔を寄せて低く囁《ささや》いた。

「そう落ち込むんじゃない。贈り物の件は後日考えればいい。ルイ殿をダンスに誘うんだろう？」

「……そうだな。下手打ったからって、落ち込んでいる暇なんてねぇよな」

「その意気だ。まもなく日没だよ。そろそろ公共広場に移動した方がいい。ルイ殿とどこで待ち合わせるか確認して、そこが見える場所に待機しないと。遅れると不利になるよ」

「わかった、急ごう。ありがとう、団長。危《あや》うく今夜を棒に振るところだった」

「どういたしまして」

ややあって戻ってきたブラッドレーは、一見した限りでは、すっかり元通りだ。

ルイは彼が体調不良を我慢しているのではないかと危惧《きぐ》し、気を揉《も》んで訊《たず》ねる。

「ブラッドレー様、身体の具合は？　なにか無理していませんか」

「別に、なんでもない」

あんなに様子がおかしかったのに、なんでもないはずがない。

「さっき頭を押さえていたでしょう？　頭痛ですか、それとも眩暈《めまい》？　熱は——」

ルイは背伸びしてブラッドレーの額《ひたい》に掌《てのひら》をあてる。そうして熱を測ろうとしたところ、手を取られた。

ブラッドレーがルイの手を握ったまま、小さく首を横に振る。

「熱はない。心配かけてごめんな。さっきは別に具合が悪くなったわけじゃなくて、つまりその、俺がニコに負けた気がして……ニコに嫉妬《しっと》して、無性《むしょう》に悔しくなって落ち込んだんだ」

思わぬブラッドレーの弱気な告白に、ルイは困惑した。

「ブラッドレー様がニコちゃんに嫉妬……？　ええと、負けたって、なにに負けたんです」

ブラッドレーが視線でルイの胸元を示して、悔しそうに言う。

「その首飾り。あんたにすごく似合うけど、それを贈ったのが俺じゃなくてニコだってのが悔しかったんだよ。今日のあんたのデート相手は俺だと思うと余計にな」

それを聞き、ルイはすぐに後悔した。確かにブラッドレーの言う通りだ。たとえ身内同然のニコからもらったものとはいえ、他の男性とのデートにつけてきたのは配慮が足りなかった。

「あの、すみません。私の気遣いが足りませんでした。もし逆の立場だったら、私も嫌な気持ちになると思います。ごめんなさい、いまからでも外しますね」

ルイがブラッドレーから手を引き抜いて首飾りを外そうとしたが、止められてしまう。

「いいって。それ、あんたによく似合ってるし。今度さ、今日のデート記念に俺もなにか贈るよ。それをルイが受け取ってくれたら、ニコとは引き分けってことにする」

「え、でも、別にそんな、おかしな対抗心を燃やさなくても」

「これは男の面子《メンツ》の問題だ。いや面子じゃねぇな、気持ちの問題だな。とにかく、くだらねぇこだわりだけど、男ってのはそういう小さいことが無視できないものなんだよ」

「そ、そういうもの、ですか……？」

変なの、と感じるのは自分が女だからか。でも、ブラッドレーがデートを記念して贈り物をくれるという気持ちは嬉しい。

そこへ、「コホン」とわざとらしい咳払《せきばら》いをしたエイシャが割って入る。

「お取り込み中のところ失礼するけど、ルイさん、時間。化粧直ししてから広場に向かうよね？　移動に時間がかかるし、もう準備した方がいいんじゃないかな」

ルイはハッとして空を仰《あお》いだ。

「わ、大変」

いつのまにか雲の量が多くなり、西の空は濃い赤色に染まっている。日没が近いのだ。

それから慌ただしく移動を開始した。

ダンス会場となる九区の公共広場は都市クレイの中央に位置していて、東西に流れるハルテシュ川により北と南に分断されている。

ルイはエイシャと共に広場の真ん中、南寄りの即席舞台の上で待機することにした。

既《すで》に居場所は、ブラッドレーに伝えてある。

舞台は板張りの簡素だが頑丈《がんじょう》な造りで、成人男性ならすぐ飛び乗れる程度の高さだ。

広場には、髪型も化粧もかなり気合が入った未婚の女性が大勢集まっている。皆、そわそわと落ちつきがない。

エイシャと並んで舞台に座っていたルイは暇を持て余し、エイシャに訊《き》く。

「エイシャは誰かと約束してるの？」

「してないよ」

「そうなんだ。だったらエイシャ目当ての人がたくさん来そうだね」

エイシャが気のない顔で肩を竦《すく》める。

「どうかなあ。来たとしても手遅れだと思うけど。毎年同じ奴が必ず、一番乗りで現れるから。ルイさんもそうだよね。いつも真っ先に所長が来る」

「でも今年は来ないよ。ブラッドレー様に任せることにしたみたい」

「へぇ？　所長、来ないのか。それはちょっと……まずいな。危険だ」

「危険？」

「危険だよ。暗がりをやみくもに突進してくる男たちを、無防備な状態で迎えるんだから。暗闇の中で人とぶつかったり、無理に引っ張られたりするかもしれない」

確かにエイシャの言う通りだ。

加えて、いまは黒梟《クロフクロウ》の存在も無視できない。意識すると急に恐怖が増した。

「……こう考えると、ニコちゃんは危険なんて感じる間もないくらい、すぐ来てくれてたんだね。ブラッドレー様、大丈夫かな……ちゃんと私を見つけてくれればいいけど」

ルイが不安を感じて身震いしたところ、エイシャが慰《なぐさ》めるように背中を撫《な》でてくれた。

心の準備をする間もなく残照が消えて、松明《たいまつ》が灯される。

「始まる。ルイさん、立って。ここに座ってたら蹴《け》られて潰《つぶ》される」

「う、うん」

「舞台から転げ落ちないように気をつけて。あと、できるだけ私の近くにいて」

ルイの返事は甲高い笛の音色に掻《か》き消された。ダンスの申し込みの開始合図だ。

同時にドドッと足音が津波のように押し寄せて、名前や掛け声、喚声《かんせい》が飛び交う。

暗がりの中、怒号や悲鳴も入り混じり、押し合いへし合いの大変な騒ぎだ。

あっという間に、男たちは舞台に殺到した。

鬼気迫《ききせま》る勢いが怖くて硬直したルイの視界から、エイシャが消えた。続けて闇の中よりぬっと伸びた手がルイに向かって無遠慮に突き出される。

ルイは恐怖のあまり反射的に振り払い後ろに下がったものの、勢い余って舞台から足を踏み外す。

一瞬の浮遊感。地面に背中から落ちることを覚悟した瞬間、優しく抱きとめられた。

「危ないなあ」

のんびりとした、この場には不似合いな声が耳に届く。

「大丈夫？」

ニコが両膝を曲げて腰を落とした体勢でルイを両腕に抱えていた。

ルイは眼をぱちくりさせ、今夜ここにいるはずのない顔を見上げて呆然《ぼうぜん》と呟《つぶや》く。

「どうして、ニコちゃんが、いるの？」

ニコはルイを横抱きにしたまま膝を伸ばして立ち上がり、気の抜けた顔でへらりと笑う。

「ルイちゃんのことが心配で、お仕事に行く途中だけどつい寄っちゃったよ」

「お仕事？」

ルイは不審そうに訊《き》き返して、改めてニコを見た。

黒い。真っ黒だ。頭のてっぺんから爪先まで、全身黒装束《くろしょうぞく》で黒手袋まで嵌《は》めている。

異様な姿にますます不審さが募《つの》った。

「お仕事って、なに」

「朝言ったでしょ、人捜《さが》し」

「人捜し？　そんな格好で？」

「黒い方が目立たないし」

どうも腑《ふ》に落ちず、ルイは不安そうにまた訊いた。

「危なくない？」

「大丈夫、心配しないで。一応言っておくけど、ルイルイはついてこないでね」

先に釘を刺されて、ルイは一瞬頭を掠《かす》めた尾行を断念する。

普段と変わらない調子のニコは、ルイを抱いたまま辺りを見回した。

やがて、漆黒《しっこく》の瞳が一点を捉《とら》える。

「いたいた。副団長さーん」

ニコは間延びした声でブラッドレーを呼びながら、暗闇をものともせず、取っ組み合いしている男たちのど真ん中を軽々と突っ切っていく。

ブラッドレーは松明《たいまつ》の明かりが僅《わず》かに届く場所で、なぜか数名の男たちと格闘していた。

ミュゼは、ブラッドレーの背中を守るようにつかず離れずの距離を保っている。そしてブラッドレーに迫る男の胸倉《むなぐら》を掴《つか》んでは転がしたり、足を払ったり、腕を捻《ひね》ったりして倒していた。

眼を凝《こ》らしてよく見ると、二人の周りには傷ついた男たちが累々《るいるい》と転がっている。

ルイは、もしや『秘密の王子』の手の者ではと表情を強張《こわば》らせ、ブラッドレーに訊《たず》ねた。

「……いったいなにをしてるんですか」

ルイの声を耳聡《みみざと》く拾ったブラッドレーが、素早く振り向いて叫ぶ。

「ルイ！」

揉《も》み合っていた男の腹に痛烈な肘鉄《ひじてつ》を加えて地面に沈ませ、ブラッドレーが走ってくる。

「よかった、無事だったか。って、なんでニコと一緒にいるんだよ」

「待ち合わせ場所の舞台から転げ落ちたところを、ニコちゃんが助けてくれたんです」

ルイが端的に説明すると、ブラッドレーは露骨《ろこつ》にホッとした顔を見せた。

「そうか。ニコ、ありがとうな。正直助かった。広場に入ってまっすぐルイの居場所に行こうとした矢先に、女性たちに殺到されたんだ。殴るわけにもいかねぇから脱け出そうとしたのに、今度はその女性たち目当ての男共に群《むら》がられた。で、告白やら喧嘩《けんか》やらがあちこちで始まってさ、あぶれて逆恨みした男共に襲われている真っ最中だったんだ」

一気にあらましを語ったブラッドレーに、ルイはホッとしつつ短く頷《うなず》く。

「よくわかりました」

ブラッドレーが話している最中に、件《くだん》の男たちはスゴスゴと引き揚げていった。ルイが現れたことでもう邪魔しても無駄だと悟ったのだろう。去っていく背中は愁《うれ》いを帯びて痛々しい。

ブラッドレーは口の中を切ったらしく、痛そうに顔を顰《しか》めながらルイに謝った。

「ごめんな。あんたのもとに一番乗りするって自分で言ったくせに、この体《てい》たらくだ」

「一番乗りだよ」

そう言ったのはルイではない。

ニコがルイを地面に下ろし、彼女の背中をトンと軽く突いてブラッドレーの方に押し出した。

「僕はルイルイを副団長さんに届けただけ。ダンスには誘ってないよ」

ブラッドレーはひどく戸惑った眼でルイを見つめる。

「そうなのか？」

「それは、そうですけど、でも」

ルイにもニコの真意がわからず、歯切れが悪くなってしまう。

ニコはとても無邪気に、にっこりと笑って見せた。その笑顔からは、彼の真意は読めない。

「じゃあ僕、お仕事行くね。ルイルイ、楽しんできて」

「う、うん。ありがとう。ニコちゃん、本当に気をつけてね」

ルイが念を押すと、ニコは頷《うなず》いて手を振った。かと思うと数秒後には跡形もなく消えている。

ルイとブラッドレーはなんだか狐《きつね》につままれたような顔で立ち尽くす。

そこへ、ミュゼがブラッドレーの脱げた軍帽を片手に持ってやって来た。

「はい、ブラッドレー。落とし物だよ」

虚《うつ》ろな声でモグモグ礼を言いながら、ブラッドレーが軍帽を被《かぶ》り直す。

「ところでエイシャ殿が見当たらないけど、ルイ殿とはぐれたの？」

ミュゼの言葉に、ルイは舞台から煙みたいに消えたエイシャのことを思い出して蒼白《そうはく》になった。

「そうだ、エイシャ――」

ルイが慌ててエイシャを捜《さが》しに行こうと身体を反転させたところ、人にぶつかる。

「おっと。ルイさん、急に動いたら危ないよ」

眼にかかる銀色の髪を夜風に揺らし、何事もなかった様子でエイシャが立っていた。

ルイはエイシャが無事か確かめたくて、顔と身体をペタペタと触る。

「大丈夫？　怪我《けが》はない？　急に消えたからびっくりして――無事でよかった」

ルイの動揺を宥《なだ》めるように、エイシャが柔らかく笑う。

「うん。驚かせてごめん。私もルイさんのことが心配だったんだけど、どうやら大丈夫だったみたいだね」

「危ないところをニコちゃんが助けてくれて」

「やっぱり来てたか。だと思ったよ。所長がルイさんを放置するなんてありえない」

エイシャが最後まで言い終えないうちに、後ろでわっと歓声が上がった。

いつのまにか舞台上にたくさんの明かりが灯り、淡い光に包まれた音楽隊が勢揃いしていた。

各々《おのおの》が楽器を構えると、指揮者が気取った挨拶《あいさつ》をし、肘《ひじ》を持ち上げ指揮棒を一気に振り落とす。

次の瞬間、思わず踊り出したくなるような、賑《にぎ》やかな演奏が始まった。

「ルイ」

名前を呼ばれてブラッドレーを振り返ると、不意に手を握られた。

「……なんか余計な邪魔が入ったけど、改めて言う。俺と踊ってくれないか」

約束した、ダンスの申し込みだ。

ルイは嬉しくてニコッと笑い、ブラッドレーの手を軽く握り返す。

「はい、喜んで。ただ、言いそびれていたんですけど、ちょっと問題がありまして」

「問題？」

「実はその……私、ダンスがヘタクソなんです。ブラッドレー様に恥をかかせるかも」

恥を忍んで正直に打ち明けたら、ブラッドレーが噴き出した。

「ま、俺が上手いから、ちょうどいいんじゃねぇの？」

ブラッドレーは機嫌よく笑いながらルイの手を引き、踊りの輪に加わりに行く。

その後ろでミュゼはエイシャをじっと見つめ、無言で腕を差し出した。

「お暇なら、どうか私と踊ってください」

「……まあ、暇と言えば暇ですが」

背後の闇の向こうを見つめていたエイシャは、ミュゼに向き直り頷《うなず》く。

「じゃ、暇な者同士、踊りますか」

てっきり断られるものと覚悟していたミュゼは驚き、まじまじとエイシャを見て言った。

「私と踊っていいのですか」

「あなたが誘ったんでしょうが。いいから、とっととルイさんのところに行きますよ」

ダッ、とルイのもとへ駆けていく足の速いエイシャを、ミュゼは全力で追う。
夜の帳《とばり》を揺らすように、人々の笑い声が弾ける。
ダンスは楽しかった。——長くは続かなかったが。

三女神祭《さんめがみさい》、当日の出来事　～その後～

軽快な音楽に合わせてルイと踊りながら、ブラッドレーは秘密裏《ひみつり》に段取りをつけていた作戦のことを考えた。

騎士団と黒梟《クロフクロウ》の双方が、鉄の産出地を握る鉱石商を狙った密偵《みってい》の追跡を開始してから二ヶ月。

この間《かん》、雲隠れしている密偵の潜伏先を探るも判明せず、膠着《こうちゃく》状態が続いていた。

そこへ先日、鉱石商の身辺を嗅《か》ぎまわる男がいると通報があったのだ。内密に調査を進めたところ、男と密偵が接触している可能性が浮上した。

そのため、ひそかにこの男を容疑者してと監視下に置いた。

だが密偵は現れず、接触もないまま、刻々と時間だけが過ぎていく。

そこでブラッドレーは一計を講じ、祭の日に団員を軍服組と白い衣装を着用する白組の二手に分けた。少数の軍服組はできるだけ目立つ騎馬で市街を巡回させ、多数の白組は市民として祭りに参加させる。

大勢の人間がバカ騒ぎに興じるこの日は、監視の目が緩《ゆる》むと思わせるために。

密偵《みってい》の潜伏先が六区周辺というのは目星がついていたので、白組は六区を重点的に見張る。一方、鉱石商の警護は軍服組に厳重に警戒させた。そうすることで鉱石商には手が出せない状況を作り、密偵と連絡役の男が相談する必要性を高めて、落ち合ったところを白組に追跡させる。

あとは騎士団長と副団長が女連れで遊び歩いていると見せかけ、油断を誘う。

これで密偵と連絡役が動けば、黒梟《クロフクロウ》も動く。

ブラッドレーは黒梟が飛んだら行動開始の合図だと全団員に号令をかけた。

軍服組は全地区で警戒待機、白組はブラッドレーへの報告と二名の捕縛《ほばく》対象者の追跡及び包囲。

ブラッドレーとミュゼは全方面に急行できるよう、思惑《おもわく》を秘めたまま、公共広場で堂々とダンスに参加。

そしていいよいよ、夜を迎えたのだ。

だが、未だ黒梟が飛んだという連絡がない。まさか勘付かれたのか、とブラッドレーが内心で気を揉《も》んでいたときだった。

「失礼します」

ダンス会場に駆け込んできたのは、軍服組で警備本部の指揮を任せていたサイファと部下だ。

そのサイファの口から、黒梟が飛び、捕縛対象者二名と接触したと報告された。

ブラッドレーは「緊急の仕事が入った」とルイに事情を説明し、サイファと部下にルイとエイシャの身柄を託《たく》す。そして早速、ミュゼと共に隣の六区に走った。

今年は夜間の事件・事故防止を徹底《てってい》するとの名目で、各地区の代表者に路上の点灯を強化するよう書面で通達している。そのため、例年の倍以上も明るい。

合図を受けた騎馬の軍服組が道路を一時通行止めにし、黒梟が現れた六区まで二人を誘導する。これでかなり迅速《じんそく》に集合場所まで辿《たど》り着けた。

ブラッドレーとミュゼを六区で待っていたのは、追跡能力に優れたトアと、脚力と腕力に自信のある精鋭一〇名で、半数が手に角灯《かくとう》を持っている。

他の団員は二手に分かれて容疑者を追跡中だと報告を受け、ブラッドレーはトアに訊《たず》ねた。

「二手？」

「二名の容疑者が、六区の東と八区の南西に向かって別々に逃亡しました」

「黒梟はどっちを追った？」

「両方です。視認できただけで黒梟《クロフクロウ》は四人いました。二人ずつ分かれて追ってます」

「密偵《みってい》を追う。わかるか」

「六区の奥です！　そいつが黒梟に抗戦してもう一人を逃がしました」

「よし、後を追うぞ！」

「先導します！」

六区の公衆大浴場は通常通り夕方五時に終業し、大道芸、競売や見世物小屋、骨董市《こっとういち》は店じまいしていた。賭博《とばく》だけが角灯《かくとう》の灯りの中でも盛況で、あちこちに人溜《ひとだ》まりができている。

そこへブラッドレーたちが姿を見せるや否や、賭博の見物人や酔っ払いに扮《ふん》していた白組の団員が立ち上がった。彼らは機敏《きびん》な行動で道をあけ、密偵《みってい》が逃亡した方角を口頭と身振りで指し示す。

白組の団員は容疑者がどこへ逃げても見つけられるように、各自持ち場が決まっている。包囲網をかける担当を含め、そのための人員配置だ。

主軸道路から遠ざかるにつれて灯りの量は減り、人の数も格段に減った。騒ぎたい連中は中心部に繰り出し、騒ぎ疲れた連中は家に着いた頃合いで、道は空《す》いている。

ブラッドレーは走りながらぼやいた。

「まだ前回デートの詫《わ》びも言ってなかったのに、間が悪いにも程があるぜ」

耳のいいトアがブラッドレーの呟《つぶや》きを聞きつけて言う。

「そんなぁ。『黒梟が飛んだら速攻知らせろ』って言ったの副団長じゃないですかぁ」

「そんなことはわかってるよ。仕事最優先だからな。けどムカつくんだよ！」

「もー。俺に文句言われても困りますよぉー」

先頭を走るトアはどんどん加速していく。

トアは足が速いだけではない。夜目が利《き》き、耳もよく、追跡にはもってこいの逸材《いつざい》だ。ブラッドレーはもとより、ミュゼも他の団員も、トアの素質に関しては全員一致で認めている。

その彼が追うのだ。見失うはずもない。

もうかなりの距離を全力疾走している。それでもまだ一人の脱落者も出ていないのは、日頃のトレーニングの賜物《たまもの》だろう。騎士は筋肉が命だとしつこく言い続けてきた努力の成果だ。

六区の最奥《さいおう》、五区との境界に近く、市壁まであまり距離がない貧民層の居住区に着く。

外観が廃墟《はいきょ》を思わせる古い集合住宅が二棟あり、その間の路地を通り抜けると空《あ》き地に出た。

不意に、トアが鋭く叫ぶ。

「いました！　黒梟《クロフクロウ》です！」

鋼《はがね》で打ち合う音が聞こえ、トアの視線の先で塊《かたまり》が二つ動いている。

空に月が昇り、仄《ほの》かな月光に浮き上がるその塊の一つは白く、一つは黒い。

黒い方は黒の仮面で顔半分を隠し、黒梟の異名に相応《ふさわ》しい黒ずくめの姿だった。

「よくやった、トア。褒《ほ》めてやる」

息を切らしながら言い、ブラッドレーは暗闇に眼を凝《こ》らす。気の利《き》く団員から手渡された角灯《かくとう》を掲《かか》げて辺りを見ると、交戦中の者とは別の黒梟がもう一人いた。そちらはずいぶんと大柄だ。参戦せず静観している様子から推測するに、おそらく伝達役だろう。

ブラッドレーは前を見たまま背後に待機する団員たちに命令した。

「囲め。黒梟の邪魔はするな。倒れたら捕縛《ほばく》だ。トアは伝令。近辺に包囲網を敷《し》く」

「了解！」

トアが元気よく路地を引き返していく。

ブラッドレーとミュゼは路地を封鎖するように立ち、黒梟の戦いを見守った。

どちらも短刀を使った接近戦で、剣戟《けんげき》がやけに速い。体術も相当なもので、足場の悪さを問題にしない身軽さだ。突いてはかわされ、突かれてはかわし、まるで踊るみたいに立ち位置が入れ替わる。

黒梟の相手はどう考えてもただの密偵《みってい》ではない。一流の暗殺者並みの恐ろしい使い手だ。

ふっ、と黒梟の身体が沈み、素早く足払いをかける。密偵の身体が均衡《きんこう》を失う。黒梟が上体を起こし腕で首を押さえ込もうとしたところ、膝蹴《ひざげ》りされ、距離を取られた。

見る限り、実力は黒梟の方が上だ。ただ黒梟の任務が生きたまま捕縛であるのに対し、密偵は逃走が目的のため、戦いが拮抗《きっこう》しているのだろう。

「隙がねぇ。つくるか」

ブラッドレーはナイフを二本、手元に用意する。間合いを窺《うかが》っていると、突然、頭上で物音がした。見上げた直後、住宅二階の鎧戸《よろいど》が乱暴に開いて、住人が叫びながら窓からなにかをぶちまける。

騒ぎに耐えかねて食器の類《たぐい》を投げたようだ。

「ブラッドレー！」

一瞬の判断で、ミュゼがブラッドレーの背中を押す。ブラッドレーがよろめいたところへ、黒梟と対峙《たいじ》していたはずの密偵が走って向かってきた。

咄嗟《とっさ》に、ブラッドレーは手に握っていた二本の小型ナイフを密偵の顔面めがけて投じる。密偵《みってい》は避《さ》けようとしたが、僅《わず》かな油断があったのか避け切れなかった。ナイフが密偵の頬《ほお》を掠《かす》め、血飛沫《ちしぶき》を散らす。

「伏せて」

鋭い声が聞こえ、ブラッドレーは反射的に身を伏せた。

間を置かず、黒梟《クロフクロウ》が密偵の背に短刀を投げる。密偵はこれをかわし、壁を蹴ったかと思うと上半身を伸ばした。そして先ほど開かれた鎧戸《よろいど》を掴《つか》み、窓枠を足掛かりにあっという間に屋根に上る。

黒梟はブラッドレーをチラッと一瞥《いちべつ》してから密偵を追った。数秒遅れで大柄な黒梟も続く。そのまま三者共に、屋根の上を滑るように走り、足場が尽きると飛び降りて姿を消した。

ミュゼがブラッドレーの傍《そば》に片膝をついて訊《き》く。

「怪我《けが》は？」

ブラッドレーは首を横に振り、身体を起こすとすぐさま団員たちに追跡の指示を与える。

「あの眼……」

一瞬だけ黒梟と眼が合った。

それにあの声。

ブラッドレーが誰かを思い出そうとしたとき、トアの弾んだ声が耳に飛び込んできた。

脳内の影像が瞬《またた》く間に掻《か》き消される。

「副団長ぉ、いま報告がありましたぁ！　八区に逃げた容疑者を捕らえたようでぇす！」

容疑者確保の知らせは騎士団を沸《わ》かせた。皆、互いの健闘を称《たた》え、喜び合う。

その一方で、主犯と思《おぼ》しき密偵一人を取り逃がしてしまった。

だが、ブラッドレーは諦めなかった。

翌日以降も追跡の手を緩《ゆる》めず、捜索《そうさく》範囲を広げ方々を捜《さが》し続ける。

しかし、一週間が過ぎ、一〇日が過ぎても、依然として密偵は発見できなかった。

火事場のなんとか

便利課第七支部派出所、午前十二時半過ぎ。

三女神祭《さんめがみさい》から、早二週間が経《た》っていた。

今日の居残り組はルイ、エイシャ、ダフネ、アビーの四人で、ブラッドレーとミュゼを加えた計六人で雑談をしながら弁当を食べている。

まったりとお茶を飲んでいる途中で、ルイは預かり物があったことを思い出した。

それを台所に取りに行き、持ってきた紙包みをエイシャに手渡す。

「はいこれ、樽《たる》職人のおかみさんからエイシャに差し入れ」

エイシャはルイに礼を言い、早速紙包みを開ける。

「うわ、おかみさんの必殺技きました。木の実のパイだ。これ、生地《きじ》がサクサク、中身しっとり、甘さ控えめでおいしんだよね。皆さん、お一つずつどーぞ」

エイシャがそう言って気前よくお裾《すそ》分《わ》けしてくれたので、全員でありがたくいただく。

ダフネが、アビーの淹《い》れたお茶をのんびりと啜《すす》りつつ呟《つぶや》いた。

「平和ねぇ。それに暇。ちょっと前までの怒濤《どとう》の日々が信じられないくらい」

激務が続いたあとなので、少しでも仕事に空《あ》きがあると暇に感じて仕方ない。

実際のところ、一気に仕事が減ったので、休めるときに休もうというニコの提案のもと、交代で連休を取っている最中だ。他の課員全員が休みを取り終えたら、ルイとニコも休暇をもらうことになっている。

ブラッドレーが食後の運動と称し、事務所の隅でスクワットしながら言う。

「平和で暇ならいいじゃねぇか。騎士団《おれたち》なんてまだしつこく人捜《さが》し中だよ」

ミュゼが優雅にお茶のおかわりを飲みつつ、ブラッドレーを窘《たしな》める。

「はい、そこ、本当のことを言わない」

しかし、ブラッドレーの口は止まらない。

「あの野郎、どこに隠れたんだ。絶対に引きずり出してやる」

ルイはエイシャと視線を交わしてから、疑問をぶつけた。

「もしかして、三女神祭の夜に緊急の仕事だって言って、ミュゼ様とブラッドレー様が逮捕しに行った人のことですか？　確か、顔に傷があるとかないとか」

ミュゼがティーカップの縁《ふち》から眼を上げてルイを見た。

「あれ、よく知ってるね。誰から聞いたの？　ブラッドレー？」

ルイをはじめ、エイシャとダフネも首を横に振っている。

「皆知ってます。お祭りの夜なのに、騎士様方が大勢で走ったり叫んだりしていましたから。大捕りものだーって一時はすごく噂《うわさ》にもなりましたし」

本当はもっと早くに訊《き》きたかったのだが、便利課も騎士団も忙しく、その機会がなかったのだ。

「噂？」

「はい。あ、でも皆、騎士様方の前では話さなかったかもしれません」

ミュゼが溜《た》め息《いき》を吐《つ》く。

「なるほど。箝口令《かんこうれい》を敷《し》いても人の口には戸が立てられなかったか」

「ただ、無事に捕まったって話も聞いていたので、いまはそれほど話題になっていません。あの、本当は捕まっていなかったんですか？」

その問いに複雑そうな顔で答えたのはブラッドレーだ。

「一人は捕まえて、一人がまだ逃走中。でも必ず捕まえる。心配するな。よし、一〇〇！」

ルイは飲み終えたティーカップをトレイに回収しながら、驚いて大きな声を上げた。

「えっ、もう一〇〇回ですか？」

「まだ少し時間あるな。もう一〇〇いくか」

「えぇ⁉」

どれだけ体力があり余ってるの、とルイが呆れたそのとき、派出所の玄関扉が勢いよく開いた。

「ルイねーちゃん、いる⁉」

アヒルのガーガー号を抱えて飛び込んできたのは、区長の三番目の息子アンジーだ。

ルイはこの間も同じことがあったようなと思いつつ、トレイを机に置き、事務所から待合所に入った。

「どうしたの、アンジー君。なにかあった？」

アンジーはどれくらいの距離を走ってきたのか、肩で息をしながら口を開く。

「ニコにーちゃんが井戸に――」

「落ちたの⁉」

最悪の事態を想像して叫ぶルイに、アンジーが微妙な顔をしてつっかえつっかえ答えた。

「落ちた、というか、正確には押し込んだ、だと思う」

意味がわからない。

ルイはアンジーと同じ目線の高さになるように屈《かが》み込んだ。

「詳しく話してくれる？」

しっかりと頷《うなず》いたアンジーに、アビーが水を注《つ》いだコップを差し出す。

「ありがとう、アビーにーちゃん」

アンジーはもがくガーガー号をアビーに引き渡し、コップの水を一気に飲み干した。

それから琥珀色《こはくいろ》のつぶらな瞳を不安と焦りで曇《くも》らせて、話し始める。

「ニコにーちゃんと俺とで、ガーガー号を連れたいつもの見回りをしてたんだ。その途中で、無人のはずの屋敷の古井戸から、すげぇ厚化粧の道化師が顔を出して……そいつがこっち見た瞬間、ニコにーちゃんが柵《さく》を飛び越えて、井戸から出てこようとした道化師を押し戻して、いまどっちも井戸の底！」

全部喋《しゃべ》り切ると、アンジーは小さな手でルイの肩を掴《つか》み激しく揺さぶった。

「早く助けに行かなきゃ！　なんかよくわからないけど、井戸の中から喧嘩《けんか》してる声が聞こえたんだ。もしニコにーちゃんになにかあったら、俺、俺、どうしよう」

「話してくれてありがとう、アンジー君」

ルイは、涙目で訴えるアンジーの必死な様子に胸が詰まった。

正直なところ、話が奇抜すぎる気はする。でもアンジーは真剣で、とても嘘を言っているようには見えなかった。なによりニコが窮地《きゅうち》だというなら、躊躇《ためら》っている場合ではない。

ルイはアンジーの額《ひたい》の汗をハンカチで拭《ぬぐ》って言った。

「一緒にニコちゃんを助けに行こう。アンジー君、道案内してくれる？」

アンジーの立ち直りは早かった。彼は涙を手の甲でグイと拭い、元気よく胸を叩く。

「俺に任せて！」

「私も同行します」

会話に横から割り込んだ声の方向を振り返れば、アビーが救出用の長縄と薬や布の入った布袋を用意して肩に下げている。ルイは頷いた。

「俺たちも行く」

強い口調で言い、ブラッドレーが迷わず進み出る。ミュゼもごく当然のようについてきた。

「お願いします。よかった、お二人がいてくれるなら助かります。いくら力持ちのアビーでも、一人じゃ大変かもしれないので」

ルイが二人の申し出に感謝すると、ブラッドレーに頭を小突《こづ》かれた。

「なに言ってんだ。昨日今日の付き合いじゃあるまいし、助けに行くに決まってるだろう」

こんなとき、迷わず助けてくれるブラッドレーは、頼りになるし格好いい人だ。アヒル騒動での出会いからしてそうだった。手を差し伸べて、力を貸し、支えてくれた。

ルイは嬉しくなってブラッドレーに笑いかける。

「ありがとうございます。優しいですね、ブラッドレー様」

ルイが褒《ほ》めると、ブラッドレーはちょっと照れくさそうに、悪役みたいな顔をして笑い返す。

「バーカ。今頃わかったのかよ」

ルイは首を横に振った。ブラッドレーが優しいことは、とっくに知っている。

彼女は次いで、留守を預けるエイシャとダフネに眼を向けた。

「出かけてきますね。すみませんが、あとをよろしくお願いします」

「もっと人手がいるようだったら呼びなよ！　力自慢の男衆《おとこしゅう》を集めるから！」

ダフネの大声を背中に浴びながら、ルイはアンジーと手を繋《つな》いで派出所を出た。

「俺についてきて！」

子供の足だと見くびっていたルイは、すぐに痛い目に遭《あ》った。

アンジーの足はものすごく速いのだ。速いだけじゃなく、身ごなしも軽い。魚が水の中を泳ぐような滑らかな動きで駆けていくため、とてもついていけない。

「速く速く。ルイねーちゃん、遅い！」

「ご、ごめん」

早々に遅れ始めたルイを見かねたのか、アビーが身を屈《かが》めて彼女の膝裏に腕を差し入れた。

「失礼します。少々お手伝いをさせてください」

そのままルイを横抱きにして、まったく速度を落とさず俊足《しゅんそく》のアンジーについていく。

アンジーに案内されたのは七区の西南、物資が集積されている市場と倉庫群からはだいぶ離れた場所だ。いまは使われていない古い貴族の屋敷だけが点在し、日中でも閑散《かんさん》としている。

「ここだよ」

アビーに地面へ下ろしてもらい、ルイは目の前に建つ屋敷を見上げた。かつての美しい面影《おもかげ》はなく、外壁は剥《は》げて無残に荒れている。庭も草が伸び放題で、とても人が住める状態ではない。

アビーが試しに正門を押したり引いたり揺すったりしてみたが、錠《じょう》がかかっているので開かない。

ルイの横に立ったブラッドレーが屋敷を取り囲む門の柵《さく》を見上げ、目視《もくし》で高さを測りながら言った。

「この柵《さく》を、ニコが飛び越えたって？」

青銅色《せいどういろ》の門の柵は錆《さ》びてボロボロだが、高さが三メートル近くある。

ルイは即座に「まさか」と否定した。

「ニコちゃんじゃ無理ですよ」

途端、アンジーが拳《こぶし》を握りしめ、顔を赤くしてむきになって言う。

「本当だって！　俺、嘘なんかつかないよ」

ルイはアンジーの幼心を傷つけないように、慌てて言葉を補った。

「誰もアンジー君が嘘をついてるなんて言ってないよ」

「だが俺や団長、騎士団の連中ならまだしもニコじゃ厳しいだろ。どうする、よじ登るか？」

ブラッドレーが柵に両手を伸ばしたとき、門前にいたアビーが振り向いた。

「開きました。行きましょう」

「ど、どうやって開けたの？」

ルイが門とアビーをまじまじと見比べつつ訊《たず》ねると、彼は表情を変えずに答えた。

「特技の一つでして」

ブラッドレーが本当に開いている門を唖然《あぜん》と見ながら、引きつった顔でアビーに忠告する。

「なんのために習得したのか理由は訊《き》かないでおく。あと、いまは非常事態だから見逃すけどよ、普通はだめだ。いち騎士として見過ごせねぇからな」

「わかっています」

そんな問答をするブラッドレーとアビーの傍《そば》をすり抜けて、アンジーが走り出す。

「来て。井戸はこっち」

屋敷の裏手に回ると、草むらの中に石造りの丸い井戸が見えた。

その井戸の前に不審な男がいる。大きな石を両手に持ち、まさに井戸に投げ落とそうとしているところだった。

「おっさん、なにしてんだよ！」

アンジーが叫ぶのを聞いて、男がハッと振り向く。そしてルイたちの姿を見るなり、石を放り出して一目散《いちもくさん》に逃げ出した。だが足元にあった長縄の束《たば》に足を引っかけ、体勢を崩す。

その間に、アンジーが距離を詰めて勇猛果敢《ゆうもうかかん》にも男の足に飛びつこうとした。

「だめっ。アンジー君！」

いつのまにか短剣を握っていた男は突進するアンジーを視界に捉《とら》え、身体の向きを変える。

――人質《ひとじち》に取るつもりだ。

ルイは咄嗟《とっさ》にそう思い、アンジーを追う。小さな背中に手を伸ばすが、届かない。

「ルイ！」

鋭い声が耳を打つのと同時に、ルイの前方にブラッドレーが躍《おど》り出る。

ブラッドレーはアンジーの服の背を鷲掴《わしづか》みにし、後ろに引いた。たちまち位置が入れ替わり、アンジーがルイの腕の中に転げ込む。ルイはアンジーを背後から抱きかかえた。

「下がってろ」

ルイとアンジーを庇《かば》い、ブラッドレーが腰に帯びた剣を引き抜く。白刃《しらは》が冷たく光る。

男は間髪《かんはつ》を容《い》れずにブラッドレーに襲いかかった。姿勢を低くし、素早い動きで刺突《しとつ》してくる。

ブラッドレーは一歩も引かず、胸や腹を狙う一撃を弾き返していく。

その間にアビーが傍《そば》にきて、突然の凶行に蒼褪《あおざ》めるルイとアンジーを戦いの場から引き離した。

ミュゼも剣を抜いたものの、二人の動きが激しくて、手出しができないでいる。

　ブラッドレーと男の戦いは息もつかせぬ攻防だ。いつどちらが凶刃《きょうじん》に斃《たお》れてもおかしくない。

　男が突き出した刃をブラッドレーがギリギリで避け、刃が軍服を掠《かす》めた。腕を引くかと思いきや、男は手の中で素早く刃の向きを変え、そのままブラッドレーの脇腹めがけて刺す。

　けれどもブラッドレーは男の動きを読んでいたのか、ふっ、と横に飛び退《の》いてかわし、着地と同時に剣を振りかぶる。

　ルイは流血を覚悟して思わず眼を瞑《つぶ》った。ところが聞こえてきたのはなにかが斬《き》られる音ではなく、ガツン、ドサッという鈍《にぶ》い音。

　恐る恐る瞼《まぶた》を開ければ、男が白目を剥《む》いて倒れ、ブラッドレーとミュゼが男の手足を縄で縛っているところだった。

　捕縛《ほばく》が完了すると、ブラッドレーがルイのもとに走ってきた。

「怪我《けが》はないか」

　アンジーがブラッドレーに尊敬のまなざしを注《そそ》いで歓声を上げる。

「すっげー！　副団長さん、強いな！　すっげーかっこよかったあ」

「あの程度の奴にはやられねぇよ。ルイ、どうした。大丈夫か」

ルイはそっと手を伸ばし、ブラッドレーの胸より少し下、短剣の刃が掠《かす》めた場所に触れた。

「斬《き》られたのは上着だけだ。掠り傷一つ負ってねぇよ。奴も無事だ。剣の柄《つか》で殴られたはずみで井戸に頭をぶつけたから気絶してるが、命に別状はない。……だから泣くなよ。その、怖がらせたのは悪かった」

「な、泣いてません」

ルイは眼尻《めじり》に浮かんだ涙を指で拭《ぬぐ》い、まだ震えの収まらない声で言う。

「助けてくれてありがとうございました」

「おう、無事でよかった」

「それは私の台詞《せりふ》です。すごく心配したんですよ。本当に、気が気じゃなかったんですから」

「悪い悪い。でもあんたにそんなに心配されるのは、男冥利《おとこみょうり》に尽きるな」

笑いながら、ブラッドレーが軽く肩をはたく。それだけでだいぶ気が楽になった。

ルイが平常心を取り戻したらしいのを見て、彼は親指で井戸を示す。

「ほら、とっととニコを助けようぜ」

「そうだ、ニコちゃん！」

ルイよりアンジーが動く方が早かった。彼は井戸に駆け寄り、底に向かって甲高い声で叫ぶ。

「ニコにーちゃん、いるー⁉」

ルイも草むらを突っ切り、身を乗り出して井戸の底を覗《のぞ》き込む。

「ニコちゃん、そこにいるの⁉」

大声で呼びかけると、暗がりの中からまるで緊張感のない声が返ってきた。

「いるー。アンジー君、ルイルイ、助けてー」

紛《まぎ》れもなくニコだ。

安堵《あんど》とすると同時に、アンジーが言っていた喧嘩《けんか》云々の話を思い出して不安になった。

ルイはグズグズしていられない、と奮起し、もう一度呼びかける。

「いま助けるから！」

「ちょっと代われ」

そう言ったブラッドレーがルイを退《ど》かし、井戸の縁《ふち》に指をかけてニコの名を叫んだ。

「ニコ、俺だ。簡単でいい、状況を教えてくれ」

「副団長さんも助けに来てくれたんだー。ありがとう。えーと、井戸は枯れてて水はないよ。深さはたぶん一五メートルくらい。ここには僕と名無しさんがいる。あ、名無しさんは男で、背格好はだいたい僕と同じかなあ。いまは怪我《けが》して気絶中」

「なんか色々ツッコミてぇけど、やめとく。わかった。いま長縄を下まで垂《た》らすから、気絶してる男の身体にきつく結んでくれ。それが済んだら先にその男を引き上げる」

そこで長縄を下ろし、ニコの合図で引くことになった。

アビー、ミュゼ、ブラッドレー、ルイ、アンジーの身体の大きさの順で縦に並び、脇を締めて縄を掴《つか》む。

「せーの！」

ブラッドレーの掛け声で、渾身《こんしん》の力を込めて引く。

「焦るな。慎重に、ゆっくりとだ」

五人がかりとはいえ、意識のない成人男性を深い井戸の底から引き上げるのは楽な作業ではなかった。皆、慎重に一歩ずつ後退し、縄を手繰《たぐ》り寄せて徐々に引き上げる。

やがて、井戸の口に背中が見えた。先頭のアビーが縄から手を離さず男の胴部を抱え、確保した。

それから地面に横たわらせる。

ルイはゴロリと転がった男の姿を一目見て、ヒュッと息を詰まらせた。

厚化粧の道化師の格好をした男にはひどい打撲《だぼく》の痕《あと》があり、衣装も破れている。

「次はニコだな」

ルイはブラッドレーの声に我に返った。アビーが男の身体から結び目を解《と》いて、長縄をもう一度井戸に投げ入れる。

ブラッドレーが井戸口に顔を突っ込み、再度ニコに呼びかけた。

「おーい、ニコ。それ使って自力で上がってこられるかー」

「無理ー」

予想通りの答えが返ってくる。

ルイたちが縄を引く準備にかかる傍《そば》で、ブラッドレーが独り言を呟《つぶや》く。

「だよな。やっぱり俺の気のせいか。縄登りもろくにできないのに、壁を蹴《け》って屋根なんか登れるわけねぇもんな。クソッ、色々とごちゃごちゃ考えて損したぜ」

ブツブツ言いながらブラッドレーが配置につく。

二回目の救出は、一回目より遥《はる》かに楽だった。

ニコの無事な姿を見たルイとアンジーは、涙を溢《あふ》れさせつつ体当たりする勢いで飛びついた。

「よかった」

「心配かけてごめんね」

ニコが申し訳なさそうに謝る。

切り替えの早いアンジーは、嬉し涙も乾かないうちにニコのズボンを引っ張った。

「あのさあ！　ニコにーちゃん、さっきあの柵《さく》を飛び越えて入ったよね⁉　楽勝だったよね⁉」

どうしても事実をはっきりさせたいのか、アンジーが門の柵を指さして言う。

だが、ニコはキョトンとして首を傾《かし》げた。

「あの柵って、そこの高い柵？」

アンジーが反応の鈍《にぶ》いニコに苛々《いらいら》して、大きく身振り手振りを交えて声を張り上げる。

「そーだよ！　飛び越えたじゃん、ふわって！　ひらって！　覚えてないの⁉」

「うーん。ごめん、ちょっと思い出せない。たぶん無理なような……でも頑張ればなんとか？」

ルイはニコが頑張って柵をよじ登るのを想像し、ぞっとした。

「やめて。絶対に怪我《けが》するから」

だが、このままでは嘘つき呼ばわりされると絶望したらしきアンジーが、悲愴《ひそう》な眼で訴える。

「本当に飛び越えたんだって！　俺のこと信じてくれないの⁉」

そこで長縄を輪にして片づけ終えたアビーが、ボソリと口にした。

「火事場のなんとかというものではないですか」

「火事場の――ええと、なんだっけ」

思考を巡《めぐ》らせ、ニコがポンと手を打つ。

「そうだ、思い出した。確か、火事場のアホ面《づら》だ」

「違う！　火事場の馬鹿力だろうが。ったく、アホ面さらしてどうすんだよ」

ブラッドレーのツッコミにニコが額《ひたい》を指で掻《か》き、その場にいた全員が噴き出した。

雰囲気が和《なご》んだところで、ニコがちょいちょいとブラッドレーを手招く。

「副団長さん、副団長さん」

「なんだよ」

「この名無しさんが、アヒルが脱走する原因をつくった犯人だよ。僕が公共大浴場の近くで見かけて、三女神祭《さんめがみさい》の夜に副団長さんたちが一生懸命追いかけていた不審な人」

「なんだって」

ブラッドレーは信じられないという表情で絶句し、慌てて男の顔を確認する。

「……顔に傷がある。化粧でごまかしているが、ナイフの傷痕《きずあと》だな」

「それ、副団長さんが犯人にナイフを投げてつけたって噂《うわさ》の傷だよね。僕、その傷痕を見て名無しさんが犯人だってわかったから」

得意げにニコが笑う。

ブラッドレーがハッとして、最初に捕まえた男を見た。

「ってことは、こっちの奴も仲間か」

ミュゼは半信半疑《はんしんはんぎ》ながら、とにかく身柄を拘束《こうそく》するため長縄で道化師姿の男の手足を縛ろうと動く。

そこでまた、ニコが平気で怖いことを言う。

「縛らなくても逃げ出せないよ。手首も足首も、両方ポッキリ折れてるから」

急に辺りの空気が冷たくなった気がして、ルイは両腕を擦《さす》った。

戸惑いに満ちた沈黙が広がる荒れた中庭に、いつもの調子で喋《しゃべ》るニコの声のみが響く。

「名無しさんを捕まえようとしたら、一緒に井戸に落ちちゃって。骨が折れたのは、たぶん落ちたときの体勢が悪かったんだと思う。でも首を折らなくてよかったよねぇ」

ルイはニコをつくづくと眺めた。一緒に落ちたのに、一方はほぼ無傷で、片や両手足首骨折とはいくらなんでも不自然すぎる。これも不幸な偶然と見なすべきなのか。

ニコは未だ眼を覚まさない道化師に扮《ふん》した密偵《みってい》を眺め、満足そうに笑う。

「ようやく捕まえられてよかったよ。顔に傷なんて目印をつけた、副団長さんのお手柄だね」

ブラッドレーはそれには答えず、代わりにニコに手を差し出して、こう言った。

「犯人逮捕の協力に、感謝する」


なんだか長い一日だった。

ルイはどっと疲れを感じて部屋着のままベッドの上にうつ伏せに倒れる。

いつも通りの朝だったのに、昼過ぎからは色々ありすぎた。

ニコが井戸に落ちて、助けて、無事を喜んだ。同時に、黒梟《クロフクロウ》と騎士団が追っていた犯人を捕らえた。

それから犯人の移送でブラッドレーとミュゼは帰団することになり、事情聴取や調書の作成のためニコやルイ、アビーも同行したのだ。現在、ルイの護衛にはサイファが就いている。

とっぷり日が暮れた頃、ようやく帰宅が許されたので派出所に戻ると、ダフネとエイシャが帰りを待っていてくれた。

ダフネはあらましを聞くと、ニコとルイの背中を叩いたり、撫《な》でたりしながら喜んだ。

「大変だったわねぇ。でもよかったわあ。ほら、アヒル事件で怪我《けが》した子供たちに悪い人は捕まったからもう大丈夫よーってやっと報告できるじゃない。所長、偉い！　よくやった！」

エイシャは夜食用の差し入れを用意してくれていた。

「今日はそれ持って、帰って休んだ方がいいんじゃないかな。仕事は明日ってことで」

さっさと帰り支度《したく》を整えていたアビーが真面目くさった顔で言う。

「私たちの平和で暇な、あるいは忙しいかもしれない明日のために帰りましょう」

ニコは皆を見て、ルイを見た。それからいつものとぼけた顔で笑う。

「そうだね。どんな明日でもいい明日のために、うちに帰ろうか」

そんなニコの言葉を思い出したのを最後に、回想がプツリと途切れる。

――いつのまにか眠っていたらしい。ルイは肩を揺さぶられる感覚で眼を覚ました。

「ルイちゃん、起きて」

近くでニコの声が聞こえて、ルイは閉じていた瞼《まぶた》をゆっくりと上げた。

「ん……ニコちゃん……？」

ニコはベッドの縁《ふち》に屈《かが》んでいる。

「ごめんね、寝てるところを勝手に部屋に入って」

「いいよ、大丈夫……なにかあった？」

ルイは猫のように顔を擦《こす》りながら、コロンと寝返りを打ってゆっくり身体を起こした。

その間にニコが外套《がいとう》を用意して、靴をベッドの脇に揃えている。

「落ちついて聞いて。あのね、市街で火事が発生した」

衝撃でいっぺんに眠気が吹っ飛んだ。

ルイはニコの腕を掴《つか》み、揺すって訊《き》く。

「どこが燃えているの⁉」

火事はただでさえ怖いのに、真夜中の火事なんて最悪だ。

ルイは燃え広がる炎や煙を想像して、ぞっとした。

「何ヶ所か燃えてる。逃げてきた人の話だと、火の気のないところから出火して、飛び火したって。ここはどの火災現場からも離れてるけど、風下で心配だから念のために避難しよう」

ニコはルイの足に靴を履《は》かせつつ言う。

ルイは緊迫した顔で頷《うなず》いた。

「うん、わかった。アビーは？」

「もう下で待ってる」

「家政婦さんは？」

「先に逃げてもらった。あとは僕たちだけ」

ニコはルイを立たせ、肩から外套《がいとう》を着せた。

「大切なものだけ持って。あとハンカチ。お金はいらない。いますぐ出られる?」

ルイは机から小さな貴重品袋を取り出し、紐《ひも》を腰に巻きつけ、ハンカチをポケットに押し込む。

思いついて、先日ニコから贈られた首飾りを身につけた。緑色の宝石が本当に災《わざわ》いを遠ざける力を持っているなら、心強いお守りになる。

「お待たせ」

ニコがテーブルの上に置いていた角灯《かくとう》を手に持ち、ルイと共に階段へ向かう。

「ルイルイ、慌てないで」

「うん」

いつもと逆だった。今夜のニコはとても落ちついている。

小さな灯りと手摺《てすり》を頼りに階段を下りて、エントランスホールに着く。

エントランスホールには外套を着こんだアビー、サイファともう一人の団員が角灯を携帯《けいたい》して立っていた。

ニコが持っていた角灯をアビーに手渡す。

「じゃあアビー、ルイちゃんを頼むね」

ルイはびっくりして、思わずニコの服の裾《すそ》を掴《つか》んだ。

「ニコちゃんは一緒じゃないの？」

「僕はちょっと、寄る場所があるから」

「どこ？」

ルイが訊《き》くとニコは珍しく本気で困った顔をした。

「言えないの？　なにをしに行くのかも？」

ニコは指で頬《ほお》を掻《か》き、弱々しく、でも甘く優しい笑みを浮かべる。

「お仕事の依頼主が無事かどうか確認しに行くだけ。すぐに追いつくから、大丈夫だよ」

猛烈に不安だ。

ニコがなにを考えているのかわからないのはいつものことだけど、行かせていいのか。

ルイが躊躇《ためら》っていると、アビーが自信ありげに断言した。

「ルイ様、行きましょう。ご主人様が大丈夫と言うのならば大丈夫です」

アビーのことは信頼していたが、それでもニコが心配で仕方ない。

ルイは苦渋の表情を浮かべ、ニコに言った。

「――じゃあ絶対に無茶はしないって、約束してくれる？」

「いいよ、約束する。ルイルイ、僕が追いつくまでアビーから離れないでね」

ルイはきつく握りしめていたニコの服の裾《すそ》をそっと手放した。

ここで、必要なこと以外は滅多《めった》に喋《しゃべ》らないサイファが口出しする。

「我々も同行させていただきます」

ニコは短く頷《うなず》いた。

「アビー、予定通りの場所で落ち合おう」

「はい。ではのちほど」

外は、深夜とは思えないほどざわめいていた。

ニコの屋敷は七区の住宅街にあるため、もともと付近に人が多い。いまは火事の知らせを聞いた住人らが家から出てきて、不安そうに不自然に明るい空を見つめている。

火の手は見えない。ただ、風に乗って流れてくる微《かす》かな煙の臭いがルイを怯《おび》えさせた。

ルイと同じ方角の空を凝視《ぎょうし》しながら、サイファが言う。

「火はまもなく消し止められます。副団長が陣頭指揮を執《と》り、騎士団が消火活動にあたっているはずです。だからご安心ください」

「ブラッドレー様が？」

「はい。なんでも雨が降っていないため空気が乾燥して火事の危険性があると。それで火災に備えて大量の桶《おけ》と救出突入用に防火性の外套《がいとう》、長い棒、梯子《はしご》、縄、斧やつるはしなど準備を整えておりました」

ルイは三女神祭《さんめがみさい》のデート中、橋の上でブラッドレーと交わした会話を思い出した。

「火事が発生するかもしれないって言ったこと、覚えてたんだ……」

万一の事態が起きてもすぐに対処できるよう、準備してくれていた。

そしていま危機に際し、身体を張ってくれている。

有言実行。まっすぐで嘘がなく、とてもブラッドレーらしい。

傍にいてもいなくても、頼りになる。信頼できる人間とは、彼のような人のことを言うのだろう。

ルイがブラッドレーのことを思っていると、アビーが「それに」と付け足す。

「区長の指示で、万が一、火事が起きた際は近隣住民で桶リレーをするように指示も出ています」

ルイは、ニコの警告を受け止め、火事への対策を怠《おこた》らなかった区長とブラッドレーに心の中で喝采《かっさい》を送った。だがすぐに、周囲を見て懸念《けねん》を口にする。

「皆に避難を呼びかけなくていいの？」

「避難勧告は既《すで》に何度も出ています」

サイファが渋面で答え、アビーがルイに出発を促《うなが》す。

「夜ですし、様子見をしているのです。安易に家を留守にすれば空《あ》き巣などの心配もありますので。住人の中には勧告を受け入れてちゃんと避難した者もいます。私たちも急ぎましょう」

「どこに向かうの？」

「港です。安全が確認されるまで船で待機します」

アビーの言葉に、サイファがギョッとした顔をした。さすがに想定外だったらしい。

「都市《クレイ》を離れるのは困ります。せめて副団長に連絡を」

「船を動かすのは万一の場合に限るので。とにかくいまは港に向かいます」

不安な心地で港へ向かう途中、ルイはハッとしてアビーの腕を掴《つか》んだ。

「アビー、一緒に連れていきたい人がいるの。少し遠回りになるけど寄ってくれる？」

ルイは返事を聞かずに方向転換して道を引き返す。アビーはすぐにあとを追ってきた。

「どなたですか」

「ご常連のトゥニ様。一人暮らしで足が不自由な方だから、ご自分では逃げられないもの」

「わかりました」

止めても無駄だと判断したのか、アビーはルイの気持ちを尊重することにしたようだ。

幸いトゥニの自宅近くに火の気はなかった。それでも住人たちは落ちつかなさそうに家を出たり入ったりしている。その大半が寝巻き姿ではなく、いつでも逃げられるよう支度《したく》を整えていた。

トゥニも起きていて、玄関扉を開きルイの顔を見ると眼をパチパチさせた。

「こんばんは。ええと……」

「こんばんは、夜分遅くにすみません。便利課第七支部ルイです」

ルイが名乗ればトゥニは嬉しそうに「そうそう、ルイさんだったわ」とおっとり微笑《ほほえ》む。

「急ですが、火事の危険があります。完全に鎮火するまで、私と一緒に避難していただけませんか」

「でも、私は足が」

「安全な場所まで私がお連れします」

トゥニはそう申し出たアビーの逞《たくま》しい背格好を見てちょっと考える。それから近所の様子と自分の足を見比べて言った。

「ルイさんのご迷惑でなければ、連れて行っていただける？」

相当不安だったのか、トゥニはあっさりルイを信用してくれた。ルイは力強く頷《うなず》く。

「喜んで。アビー、お願い」

「はい。失礼します」

アビーは持っていた角灯《かくとう》をルイに預け、無骨《ぶこつ》な体格に似合わぬ優雅な動作で身を屈《かが》めた。そして杖を握ったままのトゥニを軽々と両腕に抱える。すると、トゥニは無邪気に驚いた。

「あなたとても力が強いのねぇ」

「恐れ入ります。では参りましょう」

サイファが先頭に立ち、次にルイが、すぐ後ろをアビーとトゥニ、最後を団員が歩く。風下を避けるようにざわめく市街を足早に抜け、ハルテシュ川沿いの道路に突きあたろうとしたとき、背後から切迫した叫びが聞こえた。

「大変だ！　区長の家に飛び火した」

「なんだって⁉　おい、すぐに男たちを集めろ。火が回る前に消し止めるんだ」

区長の家と聞いたルイの脳裏《のうり》に浮かんだのは、やんちゃで才気煥発《さいきかんぱつ》な八歳の少年の姿。

「アンジー君」

ルイは真っ青になり、気がつけば踵《きびす》を返して走り出していた。

背後からかかるアビーやサイファの制止の声を振り切り、脇目も振らず区長の自宅を目指す。何度か人にぶつかり、よろめいて転んだが、角灯を手放さなかったおかげで道

近くまで来た。

を見失わずに済んだ。

火の手から逃げるお年寄りや、子供を連れた女性たちとすれ違いながら、区長の家の近くまで来た。

煙の臭いが濃くなり、空から火の粉が降ってくる。ルイはハンカチで口元を押さえた。悲鳴や怒鳴り声がひっきりなしに飛び交っている。熱い。火の気配がもうそこまで迫っている。

火元は、区長の家と道路を挟んだ真向かいの家らしい。近所の住人らが総出で水を汲《く》み、桶《おけ》リレーで必死に消火活動をしていた。

延焼《えんしょう》する区長の家は三階建て、基礎と壁が石造りだが屋根は木造らしく、火は屋根に燃え移り、徐々に燃え広がっている。視認できるだけでも大部分が焼け落ちていた。

男たち数人が長梯子《ながばしご》を担《かつ》いで壁に立てかけ、女性たちは桶を集めるのに奔走《ほんそう》し、救助のために集まってきた人たちの口からは次々に怒号が飛ぶ。

「おい、こっちにも桶と人手を集めろ。梯子もだ！　クソッ、手が足りねぇ」

「騎士団に応援を要請しろ！　このままだと一軒だけじゃない。もっと被害が広がるぞ」

「区長はどうした。姿が見えねぇ、誰か助けたのか⁉」

「区長は最初の火事現場に向かったっきり帰ってねえってよ！」

「子供は⁉　助けたの⁉　区長さんとこは息子が三人いるんだよ」

「上の息子と真ん中の息子は助けた。下の息子は奥さんが助けに戻ったきり出てこねぇ。うちの若い衆《しゅう》が追いかけて飛び込んだんだが――出てきた！　おい、生きてるか」

開け放たれた扉から、煤《すす》けた顔の若い男が失神した女性を引きずるように出てきて、地面にぐったりと倒れた。煙を吸ったのか、激しく咳《せ》き込む。

「け、煙が、すごくて……前が、全然、見えなくて……奥さんを、抱えるので、限界……」

「子供は⁉　まだ中なのかい⁉」

若い男が無力そうに俯《うつむ》いて、小さく頷《うなず》く。

その瞬間、ルイの頭の中はアンジーのことで占《し》められた。

「助けなきゃ」

激しい思いに突き動かされ、彼女は灰色の煙に包まれる家の玄関へ走る。

ルイがなりふり構わず玄関口に飛び込もうとしたとき、いきなり背後から腕が伸びて腹部に回され、強い力で後ろに引き戻された。

「放して！　アンジー君を助けに行かなきゃ！」

ルイは叫びながらもがくものの、拘束《こうそく》はきつく、びくともしない。

逆上しかけた彼女の耳に、この差し迫った状況にはおよそ不似合いなとぼけた声が響く。

「アンジー君が中にいるの？」

「そうよ！　だから――え？」

頭に上《のぼ》っていた血が急速に引いていく。ルイは肩越しに振り返った。

ニコが、前にも一度見たことのある全身黒ずくめの格好で立っている。彼は言葉を失ったルイをひょいと持ち上げ、そのまま道を渡りトンと地面に置く。

「わかった。ちょっとここで待っててね。煙を吸わないようにして、動いちゃだめだよ」

ニコはそう言い、腕に巻いていた黒い布で鼻と口元を覆《おお》い、頭の後ろで縛った。

いよいよ火が大きくなり、空を焦《こ》がさんばかりに立ち上る。

ニコの黒い姿は、炎のもたらす恐怖に怯《おび》えながらも必死に火を消そうと奔走《ほんそう》する人々の間に紛《まぎ》れ、一瞬で見えなくなった。

ルイは手を重ねて胸に置き、祈るような気持ちで焼け崩れる家屋を見つめる。

時間の経過をひどくゆっくり感じた数分後、ニコが気絶したアンジーを抱いて戻ってきた。

この救出劇を目撃した人々がわっと喜びに沸《わ》く中、ニコがルイの前に立つ。

「お待たせー。アンジー君も無事だよー。あれ、ルイルイなんで泣いてるの？」

「嬉しいから！」

ルイは大声で叫び、ニコをアンジーごと力いっぱい抱きしめた。

「火傷《やけど》してない？　大丈夫？　でも——どうやって助けたの？」

「二階まで壁をよじ登っただけ。これが本当の火事場の馬鹿力だね」

そう言って胸を張るニコを、ルイはもう一度抱きしめた。

そこへ、喚声《かんせい》が上がる。人垣を割ってブラッドレーが駆けつけたのだ。彼は消防の装備を整えた一〇数名の団員たちを引き連れている。

ブラッドレーは火に包まれる家を見上げ、辺りに聞こえるよう声高に叫ぶ。

「この家に要救助者はいるか⁉　——いない⁉　よし、だったらあとは消火だな。女と子供は逃げろ。動ける奴は桶《おけ》リレーに参加しろ。とっとと火を消すぞ！　一列に並べ……って、ルイ⁉」

これだけの大人数の中からルイを目敏《めざと》く見つけたブラッドレーが、仰天して走ってくる。

「なんであんたがここにいるんだよ。サイファはどうした、なぜ一緒にいない。いや、それより怪我《けが》は？　火傷は？　煙は吸ってねぇか」

そう訊《き》くブラッドレーの方がよほどひどい格好だ。全身煤《すす》にまみれて、顔は黒く汚れ、焦《こ》げ臭い。体当たりで消火活動にあたっていると一目でわかる有り様だ。

自分のことより他人を心配するブラッドレーは、どこまでお人好しなのだろう。

ルイはちょっと泣きそうになった。

「私は大丈夫です。ブラッドレー様こそ、ご無事でよかった」

ルイが涙ぐむ。するとブラッドレーの腕が伸びてきて、ギュッと抱擁《ほうよう》された。

「……よかった。あんたのこと、心配だったんだ。顔を見て安心した……」

優しい腕だ。ルイの身を案じる心が直に伝わってくる。

ややして、ブラッドレーが名残《なごり》惜《お》し気に腕をほどく。体温が離れることを、ルイは寂しく思った。

「けどまいったな、俺は現場の指揮があるからあんたを送っていけない。悪いが、他の奴に護衛させてもいいか。いま誰か呼んで――」

ルイがブラッドレーに答える前に、存在を認識されていなかったニコが言った。

「その必要はないよ。僕がいるから」

ブラッドレーはギクリとすると、首を巡《めぐ》らせてニコを視界に入れる。

「ニコ。なんだ、いたのかよ。おい、その子供、生きてるのか?」

アンジーは失神したままだ。ニコが普段と変わらない調子で応答する。

「生きてるよ。いま病院に運ぶ。ルイちゃんも僕と一緒に避難するから、護衛はいらない」

「護衛がいらない？　おまえ一人でルイと子供を守れるのかよ」

ルイは背伸びし、服の袖口《そでぐち》でブラッドレーの目元の煤《すす》を拭《ぬぐ》った。

「私は大丈夫です。それよりブラッドレー様こそ、お気をつけて」

ブラッドレーはルイをニコに任せることを渋ったが、最終的にルイに説得されて頷《うなず》き、踵《きびす》を返す。

「ああ、わかった。じゃあ俺は戻る。ニコ、ルイを頼むな」

ルイは火炎で赤く照らされた闇の中を走っていくブラッドレーの後ろ姿を見つめた。

彼は怒声を上げ、団員たちに発破《はっぱ》をかけている。

火の勢いに怯《ひる》むことなく人々を誘導し、毅然《きぜん》と指揮する背中はとても頼もしい。

ブラッドレーなら、必ず鎮火してくれる。皆を守ってくれるだろう。

「ルイルイ、行こう」

「うん。あ、そうだ。ニコちゃんにもお礼を言わないと。助けてくれてありがとうね」

ニコの黒い瞳が細くなり、いつものとぼけた笑みが浮かぶ。

「どういたしまして」

火事騒動が収束したのは、翌日の午後も過ぎてからだった。

ブラッドレーの采配《さいはい》で団員と住人が協力して火を消し止め、大火災を防ぐことができた。

鎮火後まもなく、二ヶ月半ぶりの雨が降り始め、夜が明けてもやまなかった。

アンジーを病院へ連れていったルイは、港に停泊する船に避難していたトゥニを家まで送り届けてから帰宅した。

すると、疲労と睡眠不足でまっすぐベッドに向かったルイのもとに、家政婦が一通の封書を届けにきたのだ。

それは『秘密の王子』からのものだった。

誘拐予告状

クレイ市街で起きた火事騒動の直後、ルイは熱を出した。

丸一日寝込み、快復したのは火事騒動から数えて三日目の朝。

頬《ほお》に心地よい風を感じて、ルイはふと眼を覚ます。

「あ、起きた」

声がした方に首を傾《かし》けたところ、鎧戸《よろいど》を開けて窓辺に座り、野鳥に餌《えさ》をやっているニコがいた。彼が立ち上がると同時に、数羽いた小鳥は弾かれたように一斉に飛び立つ。

「具合はどう？」

ルイは横になったまま微笑《ほほえ》んだ。

「もう大丈夫。昨日に比べたらだいぶ楽」

「本当？　熱は下がったかな。どれどれ」

ニコは手を伸ばしてルイの額《ひたい》に掌《てのひら》をペタリとあてる。

「うん、熱は下がってる。でもお医者様が疲れによる発熱だろうって言っていたから、今日はゆっくり休んでてね」

「だけど仕事が」

「ルイルイは三日前から休暇にした。もともと連休を取るつもりだったし、ちょうどいいでしょ」

「えっ。でも、私だけ？　ニコちゃんは？」

「僕はあとでいいよ。騎士団の皆さんが頑張ってくれたおかげで被害は最小限で済んだけど、それでも焼けた家の復興のお手伝いとか、煤《すす》の処理とか、ゴミの始末とかの依頼がいっぱいきてるから」

「だったら私だけ休暇なんてもらえないよ。今日は休ませてもらうけど、明日は行く」

ルイがニコを見上げながら言うと、彼は枕元に座ってルイの前髪を指で梳《す》いた。

「無理はだめ。体調管理も仕事の内だよ。完全に快復するまで、ルイちゃんはお休み。これは所長命令だからね」

「ニコちゃん、横暴。大丈夫って言ってるのに」

「大丈夫って顔じゃちっともないし」

はい、とニコから手鏡を手渡される。

ルイは鏡に映る自分の顔を見た。血色が悪く、やつれた病人の姿だ。おまけに表情も冴《さ》えない。不安に押し潰《つぶ》されそうな、暗い眼をしている。

すると、ニコが心配そうに言う。

「もうちょっと安静にしていようよ」

こんな状態で仕事に行っても、皆に心配をかけるだけかもしれない。

ルイはそう思い、頷《うなず》いた。

「……ん、そうだね。わかった。少しうちでおとなしくしていようかな」

ルイの返事を聞いて、ニコは安心したように笑って枕元から離れる。

「あのね、昨夜から副団長さんがルイルイに会いたいって待ってるんだ。通してもいい？」

「昨夜から？」

「うん、いまは別の部屋で待ってもらってる。エイシャちゃんからルイルイが寝込んだことを聞いて、すごく心配してるよ」

「そう……」

ルイはすっぴん顔とボサボサ頭が気になったが、病気だったのだから仕方ないと諦めた。

「ニコちゃん、なにか上に羽織《はお》るもの取ってくれるかな」

「これでいい？」

ニコは起き上がったルイの肩に薄物の上衣《じょうい》をかけて、ブラッドレーを呼びに行く。

ややして、ニコの案内でブラッドレーが遠慮がちに顔を出す。

「──ルイ。よかった、起きられたのか」

ブラッドレーの顔を見た瞬間、ホッとした。

火事の現場で別れて以来の再会だったので、自分の眼で無事を確認できて心から安心した。

ブラッドレーも同じ気持ちだったようで、表情が和《やわ》らいでいる。だが、すぐにきまり悪そうに言った。

「あ……っと、その、あんたのことが心配でどうしても顔が見たかったから、ニコに無理を言った。寝室まで押しかけるなんて、非常識だよな。気分を害したらごめん」

ブラッドレーが非礼を詫《わ》びる傍《そば》で、ニコが踵《きびす》を返してトコトコと部屋を出て行く。

「僕、お茶でも淹《い》れてくるー」

「は？　おい待て、ニコ。俺を一人で置いていくのかよ」

「お菓子も持ってくるー」

「茶も菓子もいらねぇからここにいろ！　女の寝室だぞ、まずいだろ」

ブラッドレーがニコを引き止めようとするものの、ニコは無視して行ってしまう。

その狼狽《ろうばい》ぶりがおかしくて、ルイはクスクス笑った。

「呑気《のんき》に笑うな。あんたもちょっとは嫌がれよ。家族でも恋人でも旦那でもない男が寝室にいるんだぞ。なにか間違いでもあったらどうするんだよ」

「え。間違いを犯す気があるんですか？」

「ねぇよ！」

「じゃあ問題ないです。ブラッドレー様を信用していますから。どうぞ、座ってください」

ルイはベッド脇の椅子をすすめた。ブラッドレーは少し躊躇《ためら》ったが、おとなしく座る。

「お見舞いありがとうございます」

「手ぶらで悪いけどよ」

「手ぶらでも構いません。お見舞いに来てくれて嬉しいです」

ルイが本心から述べると、ブラッドレーは太腿《ふともも》の上で指を組んで微苦笑《びくしょう》した。

「あんたのそういうところ、いいよな。さりげなく相手の面子《メンツ》を立てて、嫌な気分にさせない。こっちがへましても、そうと気づかせないでやり過ごす。……でも、それじゃだめなんだよ」

ルイは眉根を寄せた。なにがよくて、なにがだめだと言うのだろう。

「……あの、なんのことですか？」

「俺が間の抜けた失敗をしても、あんたは責めなかった。なかなか詫《わ》びる機会がなくてズルズル先延ばししちまったけど、ちょうどいいや。懺悔《ざんげ》させてくれ」

「懺悔？」

ルイは面食らって本気で訝《いぶか》しみつつ訊《き》き返す。

ブラッドレーは椅子の上で姿勢を正した。

「ああ。一つは俺があんたを騎士館に招待したとき、誘い方を間違ったこと。俺はデートとは思わなかったけど、デートと勘違いさせるような言い方をした。ごめんな。二つ目もデート絡みだが、こっちは三女神祭《さんめがみさい》でデートと仕事を一緒くたにしたこと。あんたは怒らなかったが、こっちも大概失礼だよな。悪かった。以上、懺悔終わり。もし殴りたければ殴っていい。遠慮なくやれ」

ブラッドレーは至極真面目な顔で、指をチョイチョイと動かして頬《ほお》を示している。

ルイは顔を引きつらせ、首を横に振った。

「殴りませんよ。なんで誠心誠意謝っている人を殴らなきゃいけないんです」

「あんた俺に甘すぎるんだよ。あんたが怒ってくれねぇと、すごく困る」

「困る？　なにがです」

「許しを乞《こ》えない。あんたが許してくれないと、次のデートに誘えねぇ」

ルイは赤面した。ブラッドレーは時々心臓に悪いことを平気で言う。

「し、知りませんよ！　真剣な顔で、へ、変なこと言わないでください」

「変じゃねぇよ。俺は本気だ」

余計に悪い。ルイはドキドキしてブラッドレーを直視できず、横を向いて答えた。

「……そんなのわざわざ言わないだけで、私はとっくに許してます」

「許してる？　本当かよ」

「本当です」

「どうもありがとう。だけどな、言ってくれなきゃわからねぇよ」

「……まさか脳みそまで筋肉でできてるんじゃないですよね。そんな男の人は嫌ですよ」

「安心しろ、筋肉は首から下だ」

「いまの発言は限りなく脳筋っぽいですから」

「どこがだよ!?」

ルイは噴き出した。腹が捩《よじ》れるほどおかしくて、不安な気持ちが嘘のように晴れていく。

笑いを治めて、ルイは肝心な話を切り出した。

「ブラッドレー様、見ていただきたいものがあるんです。向こうの机の引き出しを開けて、一番上の白い布に包んであるものを持ってきていただけますか」

ブラッドレーは寝室から続く居間に入って、ルイに言われた通りのものを持ってきた。
ルイは布包みを手にした途端、情けなくも震えてしまう。心は軽くなったはずなのに、
身体は正直なもので、怖くて手の震えが収まらない。
それでもなんとか布を解《と》き、中の封書をブラッドレーに差し出す。
「読んでください」
ブラッドレーは封書に捺《お》された群青色《ぐんじょういろ》の王家の印章を見て無表情になった。
そして封筒に入っている二つ折りの手紙を広げ、文面に眼を落とす。

『生活環境安全便利課所属・第七支部室所長補佐ルイ・ジェニック殿
近々、お会いしましょう
お迎えに上がります
秘密の王子　ヴィルト』

ブラッドレーの顔色が、みるみるどす黒い赤に変わった。

「なんだよ、これ」

「私宛《あ》てに一昨日《おととい》届きました」

「すぐに俺を呼べよ！　あ……いや、あんた具合が悪くて倒れたんだよな。ごめん」

声を落としたブラッドレーに、ルイは気にしてないと首を横に振った。

「これで『秘密の王子』の名前がわかりましたけど、ご存知ですか？」

「あんたは知ってるのか」

「いえ、知りません。この文面を見る限り、私……その、さらわれそうな気がして」

迎えと称して現れるのは誰かと考えたとき、最初に頭に浮かんだのは黒梟《クロフクロウ》だ。秘密裏《ひみつり》に暗躍《あんやく》する特命監査機関。『秘密の王子』の名の下《もと》に、ルイの奪取に動くかもしれない。根拠はないけれどそんな懸念《けねん》が拭《ぬぐ》えずにいる。

不吉な考えを口にした途端、ルイの眼から涙が一粒こぼれた。

「あ、あれ……？」

泣くつもりなんかなかったのに、自然と涙が溢《あふ》れてしまう。

羞恥心《しゅうちしん》にかられ、ルイはブラッドレーから視線を外して下を向く。すると、頭を抱き寄せられた。

「いい、泣けよ。怖かったんだろ」

ルイは俯《うつむ》いたままコクリと頷《うなず》く。怖かった。認めてしまうと余計に怖くなる気がして認めたくなかったが、この手紙を見た瞬間からずっと怯《おび》えていたのだ。

ルイが落ちつくまで、ブラッドレーは静かに抱きしめていてくれた。

「……もう大丈夫です。すみません、上着を濡《ぬ》らしてしまいました」

「気にするな。あんたを一人で泣かせるくらいなら、いつだって俺がハンカチになってやるよ」

屈託なく言われて、ちょっぴり感激する。ブラッドレーはいつも心を軽くしてくれる、優しい人だ。傍《そば》にいてくれて嬉しい、とルイは素直に思った。

ルイが表情を和《やわ》らげたのを見て安心したのか、ブラッドレーが身体を離す。

そして彼はやにわに、手紙を二つに引き裂く。

ルイはギョッとし、慌てて止める。

「なっ、ちょっとブラッドレー様！　それはさすがにやりすぎです。不敬罪《ふけいざい》に――」

ルイの声に被《かぶ》せるように、ブラッドレーは怒りの込もった声で言った。

「これは立派な誘拐予告状だろ。ふざけやがって。許せねぇ……」

ブラッドレーを取り巻く、凄《すさ》まじい怒気が見えるようだ。

それは自分に向けられたものではないとわかっていても、背筋が凍りつく。

「ルイ。俺は今日からここに泊まり込む。あんたしばらく俺から離れるんじゃねぇぞ。いいな」

拒絶を許さないと言わんばかりの眼で見つめられ、ルイは返事ができなかった。

そこへ、ひょっこりとニコが現れる。

「お待たせー。あれ、どうかした？」

ニコは寝室の入り口に立ち、手に銀製のトレイを持っていた。

トレイには白磁《はくじ》のティーカップと揃いのティーポット、それに山盛りのクッキーが載っている。

「ニコ、今日から俺をここに泊まらせてくれ」

ニコは掴《つか》みどころのない表情で、ブラッドレーからルイに視線を移した。

「副団長さん、こう言ってるけど。どうする？　いてもらう？」

ブラッドレーは無言だったが、眼に並々ならぬ決意が漲《みなぎ》っている。

ややあって、ルイはコクリと頷《うなず》いた。

ニコは、ルイからブラッドレーに視線を戻して口を開く。

「わかった。副団長さん、部屋は空《あ》いてるからどこでも使っていいよ」

「おう、ありがとう」

「じゃあお茶にしようか。団長さんも呼んでくるね」

ルイはニコのなにげない一言に、はたと気がついた。

そういえば、ブラッドレーと常に行動を共にしているはずのミュゼの姿が見えない。

「ミュゼ様もいるの？」

「うん。応接間でお仕事しながら待ってるよ。僕、呼んでくるー」

ニコが出ていく。

仕事、と聞いてルイは物言いたげにブラッドレーを見た。

釈明を要求するような視線に耐えかねて、ブラッドレーが渋々と口を割る。

「……あんたが倒れたって聞いて、駆けつけたんだよ。火事騒動の始末が済んだあとだがな。しばらく目を覚ますのを待ってたけど起きねぇし。それで仕方なく、仕事をこっちに持ってきた」

「申し訳ありません。私のためにご迷惑をおかけして」

「迷惑じゃねぇよ。あんたのことはなにも迷惑じゃない。だから俺を頼れよ」

ブラッドレーの手が、引き裂いた手紙をグシャリと握り潰《つぶ》す。

「誰にも誘拐なんてさせるか。あんたのことは俺が守る」

「――誘拐が、なんだって？」

いつのまにか、扉口に寄りかかるようにミュゼが立っていた。

眼の下には隈《くま》があり顔色も悪い。だいぶくたびれている様子だ。

ミュゼはブラッドレーの手から握り潰された手紙を奪う。読み終えると、気難しい顔で言った。

「なんだかややこしくなってきたな」

「とりあえず、お茶にしない？」

あとから戻ってきたニコが提案し、ブラッドレーとミュゼが無言で椅子を引く。

ルイは一度退出して寝巻きから部屋着に着替え、ブラッドレーとニコの間に座る。

お茶会は、始めから葬儀《そうぎ》のような重苦しさが漂《ただよ》っていた。

長い沈黙を破ったのはミュゼだ。

「それで、ブラッドレー。君はどうするつもり？」

すると、ブラッドレーはクッキーを齧《かじ》りながらミュゼを一瞥《いちべつ》したあと、ルイに訊《たず》ねた。

「ルイ、この封書どうやって届いた」

「家政婦さんの話だと、白い軍服に群青色《ぐんじょういろ》の石の指輪を嵌《は》めた騎士様が持ってきたらしいです」

ルイの説明を聞き、ブラッドレーとミュゼが顔を見合わせる。

「王宮近衛《このえ》騎士か」

「間違いないだろうね」

疑問を抱いたルイは、二人の話に口を挟んだ。

「王宮近衛《このえ》騎士って、ブラッドレー様たちとどう違うんですか」

その質問に、ミュゼが簡潔な言葉を選び、答えてくれる。

「王宮近衛騎士は王家の方々専属の騎士で、主人の命にのみ従う。白い軍服と群青色《ぐんじょういろ》の石の指輪が身分の証《あかし》かな」

衝撃のあまり、一瞬頭が真っ白になる。ルイは呆然《ぼうぜん》と呟《つぶや》いた。

「王家の方の、専属騎士……」

ルイが困惑していると、じっと考え込んでいたブラッドレーが呟く。

「陛下に会いに行く」

ミュゼは重い溜《た》め息《いき》を吐《つ》いた。

「そう言い出すと思った」

「陛下ならこの『秘密の王子』が誰か突き止めて釘を刺せるだろ。妙な真似《まね》はやめろってな」

「敢《あ》えて言うけど、陛下が『秘密の王子』を後押ししている可能性もあるよ」

「だとしても、陛下にお願いする。頭下げて、やめさせるように頼み込む」

ブラッドレーが突然ドン、とテーブルを拳《こぶし》で叩く。彼の眼が据《す》わっている。

「――誰であれ、最初の勅命《ちょくめい》は護衛しろで、次は誘拐予告だぞ。わけがわからねぇ。護衛はまだ許容できる。悪意がないからな。だけど今度は違う。誘拐だ。ルイになにかあってからじゃ遅すぎる。悠長《ゆうちょう》に身元を洗って目的を確かめるなんてやってられねぇ」

真剣な表情のブラッドレーを見て、ルイは胸が熱くなった。

自分のために本気で怒り、心底心配してくれている。鋭い眼や、声の調子からそれがわかった。

親身になってくれるその心が嬉しい。

ミュゼも、ブラッドレーに賛意を示すように小さく頷《うなず》く。

「王位継承者ではないとはいえ、王の血を引く王子か王女が徒《いたずら》に自国の民を惑《まど》わせるなんて行為は慎むべきだと思うからね」

ブラッドレーは面倒くさそうにミュゼを見遣《みや》って言った。

「まどろっこしい言い方するなよ。『権力を笠に着てやりたい放題すんな』でいいだろ」

ミュゼが冷静な口調でブラッドレーを諌《いさ》める。

「少し落ちつきなさい。それと、いきなり王宮に乗り込むなんてバカな真似はやめるように。いくら君といえど、最低限の礼儀は必要だよ」

ブラッドレーは歯がゆそうな表情だが、諾々《だくだく》と頷く。

「手順は踏む。陛下に謁見《えっけん》の許可をいただいてから会いに行く。それでいいだろう」

「無論、私も行く」

なんだかとんでもない事態になってきた。

国軍騎士団の団長と副団長が揃って国王陛下に謁見を申し出る理由の原因が、自分とは。

ルイは畏《おそ》れ多いやら、不安やら、申し訳ないやらで身体を縮めた。

そんな彼女を凝視《ぎょうし》し、ブラッドレーが強い口調で言った。

「陛下の許可が出るまで俺から離れるなよ。いや、この件が決着するまで油断するな。いいな」

「はい」

ルイは気を引き締めて返事し、深々と頭を下げる。

「どうぞよろしくお願いします」

「おう、任せておけ」

彼の答えを聞いた途端、ルイは張りつめていた緊張がゆるゆると解《と》けるのがわかった。

申し立てが通れば『秘密の王子ヴィルト』が誰か判明するだろう。

そこまでは無理でも、おかしな干渉をやめてもらえればそれで十分だ。

申し立てが却下された場合のことは、そのときに考えればいい。

ブラッドレーはほぼ一人でクッキーを食べ切った。満足したのか、軽く伸びをして言う。

「よーし、じゃあ早速、謁見申請書を書くかー」

ミュゼはブラッドレーの振る舞いを、「コホン」とわざとらしい咳払《せきばら》い一つで窘《たしな》めてから訊《き》く。

「一応確認するけど、俺から離れるなとルイ殿に言うということは、ここに泊まり込むつもり？」

「ああ。さっきニコも了承してくれた。好きな部屋を使っていいってさ。どこにするかな」

あっけらかんと答えるブラッドレーに、ミュゼは眉間を押さえた。

「そういう重要なことは、私の判断を仰《あお》がず勝手に決めないでもらいたいものだね」

だがブラッドレーは聞いてない様子で、さっさと立って部屋を出て行こうとする。

「申請書を書く前にちょっと屋敷を見てくる」

「待ちなさい。先に仕事の段取りをつけるよ。ニコ殿、大変申し訳ないが私の滞在も許可していただけないだろうか。この男から眼を離すわけにいかないんだ」

ニコは快諾し、かくてこの日から厳戒態勢《げんかいたいせい》が敷《し》かれることになった。

翌朝、ルイは二人分の弁当を作ってニコとアビーを仕事に送り出したあと、午前中は家族に手紙を書いた。午後はパン作りに取りかかる。

じっとしていると余計なことを考えるので、パン作りは気を紛《まぎ》らわすためにも最適だ。

髪を結び、手洗いを済ませ、エプロンをつけて台所に立つ。

パンの材料は小麦粉、砂糖、塩、天然酵母《てんねんこうぼ》、水、バター。まずはバターを除いた全部をボウルに入れ、丁寧に混ぜる。ひとまとめになったら、台の上に出してこねる。

パンは派出所の皆への差し入れ用。

今日の内に下準備をして明日の朝一番で焼いたものをニコに持っていってもらう予定だ。

ルイはふと眼を上げて、作業台の隅に陣取るブラッドレーを見た。

ブラッドレーは椅子に長い脚を広げて逆向きに座り、背凭《もた》れに肘《ひじ》と顎《あご》を載せ、面白そうにルイの作業を見物している。

「こんなの見てて楽しいですか」

「ものすごく楽しい」

そう答えられては、「じっと見られているとやりにくい」とは言えなくなる。

ルイは両手にグッと力を入れて、生地《きじ》をこね始めた。

「じゃあなにか話してください。黙って見ていられると緊張するので」

「昨夜のうちに、陛下への謁見《えっけん》申請書を提出した」

ありがたい報告なのに、胃が重くなった。

「……ありがとうございます。早く申請が通ることを祈ります」

すると、ブラッドレーはあっさりと言う。

「二、三日で通るだろ」

「ええ？　国王陛下への拝謁《はいえつ》って、そんなに簡単に認められるものなんですか？」

「いや、簡単じゃねぇよ。陛下へ謁見を願い出る人間なんてごまんといるからな。理由と相手によっては即座に却下される。だけど今回は俺と団長の連名で出したんだから、まず却下されないだろ」

ルイは、昨晩から気になって仕方ないことを訊《き》いてみた。

「……あの、国王陛下ってどんな御方か、伺《うかが》ってもいいですか」

「陛下か。そうだなー。気さくなお人柄で、面会を許した者には懇切丁寧《こんせつていねい》に接する。偉ぶらないから人気があるな。狩猟も上手いし、音楽とかダンス、あと盤上遊戯《バックギャモン》も好きだ」

それを聞いて、ルイは少し安堵《あんど》した。国王陛下はおおらかな人格者らしい。

「じゃあ今回の件で、ブラッドレー様やミュゼ様がいきなり罰《ばっ》せられたりはしませんか？」

ブラッドレーはクッと喉《のど》を鳴らす。

「なんだ、そんな心配してたのか」

「だって事が事ですし。『秘密の王子』なんて機密事項に抵触することでしょう？　心配しますよ」

「大丈夫だって。俺に任せておけよ」

ブラッドレーはからりと笑い、それから別の話題を持ち出した。

「そういえばあのチビ――アンジー、だっけ？　様子見てきた。割と元気そうだったぜ」

「それを聞いて安心しました。落ちついたら私もお見舞いに行こうと思ってたんです」

「ニコが助けたんだよな」

「はい。本当は私が助けようと思って家に飛び込もうとしたら、ニコちゃんに止められて。代わりにニコちゃんがアンジー君を助けてきてくれました」

あのときの情景を思い出すと、いまでも胸が苦しくなる。

火に包まれた家からアンジーを抱いて出てきたニコ。二人とも無事でよかったと心底思うのだ。

「やっぱり……狡《ずる》いな」

「え？　狡い？」

ルイは生地《きじ》をこねる手を休めてブラッドレーを見た。

ブラッドレーは恨めしそうな、悔しそうな眼でルイを見つめ返している。

「俺は、あんたの危機には俺が一番に駆けつけたい。なのに、本当にあんたが危険な目に遭《あ》ってるとき助けるのは、いつもニコだよな。三女神祭《さんめがみさい》の夜も、火事のときも。騎士団《おれたち》と黒梟《クロフクロウ》が追っていた犯人まで捕まえて。これじゃあまるで、俺よりもニコの方があんたの護衛みたいじゃねぇか」

「えっと……ブラッドレー様も、助けてくれましたよ。ほら、犯人の仲間に襲われかけたとき」

「あんなの助けた内に入るかよ」

クソッ、と毒づくブラッドレーは完全に拗《す》ねている。

やや して、ルイは生地をこねるのを再開しつつ言った。ブラッドレーには、自分とニコのことを知ってもらいたい
「ニコちゃんは、初めて会ったときから変わりません。いつも同じように助けてくれるんです」

「……初めて会ったとき？」

「一〇年前です。私がまだ少女の頃、弟は小さくて、妹なんて産まれたばかりで――前に実家が農家だとお話したこと、覚えてます？」

「三女神祭《さんめがみさい》のときだろ？　覚えてる」

「うちの家族は皆、生まれは隣国なんです。両親は隣国のある領主様のもとで農家を営《いとな》んでいました。働いても働いても生活は苦しくて、そんなとき国全体が大飢饉《だいききん》に見舞われたんです」

話しながら自然と手に力が入る。当時の記憶は幼心には残酷《ざんこく》すぎた。

「強風、豪雨、洪水、害虫、その上に疫病《えきびょう》です。大凶作ですよ。それなのに領主様に農地の使用料や農具の利用料は払わなきゃいけないんです。収入もないのに無理ですよ」

苦い思いを押し殺し、生地《きじ》をひっくり返す。こねる。こねる。こねる。

「両親は支払いの延期を頼みました。でも聞き入れてもらえなくて、挙句《あげく》には、まだ幼かった私を妾《めかけ》に寄越せと」

「なんだと」

ブラッドレーは低く唸《うな》って椅子から立ち上がった。

ルイはそんな彼に、どうか落ちつくよう、視線で促《うなが》す。

「両親は怒りませんでした。怒らないで、逃げたんです」

「逃げた……」

「農民が税を納めず農地を放り出して逃亡なんてしたら、どんな目に遭《あ》うと思います？　捕まったら最期です。命を懸《か》けて国境越えをして、この国に逃げて来たんです」

一息ついたルイは、生地に粉気がなくなったのでバターを投入する。そして、それがなじむまで、またこねる。

「でも、国境は越えたものの行き倒れました。飢《う》えと疲労で動けなくなったんです。母のお乳が出なくなり、妹は泣かなくなって、もうだめだと思いました。そんなときニコちゃんに会ったんです」

語りつつ、力を込めこねて、こねて、こねる。

「馬車で通りかかって、皆を乗せてくれて。汚くて臭かったはずなのに、優しくしてくれたんです。気を失って目を覚ましたら、ふかふかのベッドに寝ていました。身体も清潔で、おいしいごはんを食べさせてもらって……家族皆で泣きました。妹も助かって、奇跡だと思ったんです」

ルイは生地をこねながらちょっと泣いてしまい、服の袖《そで》で涙を拭《ぬぐ》って先を続けた。

「ニコちゃんは両親から事情を聞くと、わざわざ使いを出してうちの未払い分の税金を納めて、煩雑《はんざつ》な手続きも全部済ませて、家族全員の戸籍《こせき》をこの国に移してくれました。

身元引受人になって、土地も貸してくれて……私や弟、妹に教育の機会も与えてくれたんです」

ギュッ、ギュッと生地《きじ》をこねる。表面がつるんと照るまで続けるのだ。

「うちの家族は皆ニコちゃんに助けられました。いまでもずっと感謝してます。だからニコちゃんが幸せになるまで、恩返しがしたいんです。そう言うと、ニコちゃんには嫌がられるんですけどね。恩返しなんか必要ない、自由にしていいんだって」

「それで……自由にしていいって言われたから、傍《そば》にいるのか？　家族みたいに？」

「はい……よし、こんなものかな」

ルイは生地のとじ目をしっかり閉じてボウルに移した。このまま夜まで発酵《はっこう》させるのだ。

夜、また丸め直す。更に発酵させてから分割し、ちょっと置いて濡《ぬ》れ布巾《ぶきん》をかける。その状態で一時間程度発酵させてから、焼く。自家製パンは手間も時間もかかるけど、作る過程は楽しい。

しばし黙っていたブラッドレーが、煮え切らない表情で疑問をぶつけてきた。

「……ニコって、貴族なのか？」

ルイは手を洗いながら首を傾《かし》げた。

「どうでしょう。ニコちゃんの家庭事情はよく知りません。昔から身元は探ってほしくなさそうだったので、両親も詳しくは知らないんじゃないでしょうか。でも、お金持ちだとは思います」

「そりゃ屋敷を見ればわかるけどよ」

「立派ですよね」

「使用人が異様に少ないのは解《げ》せないがな」

「家政婦さんとアビーの二人だけですからね」

「あんたは違うのか」

ブラッドレーに真顔で問われ、ルイはびっくりして首を横に振った。

「私は違います。お給料は自分で働いている分だけですよ。ただ、家賃とか食費とか、生活費は払っていませんけど。ニコちゃんがその分は労働力でと言うので」

「ふーん。ああ、だからあんた、あんなにニコを構うのか。時々、母親かってツッコミたくなるくらい甲斐甲斐《かいがい》しいよな」

「あれは性分です」

ルイはきっぱり答えながら作業台の上を片づける。使用済みの道具を洗い、水切りのため伏せておく。

「放っておけないだけです。ニコちゃん、眼を離すとなにをしでかすかわからないから」

ルイとしては手がかかって仕方ない、というつもりだ。

だがブラッドレーは気に食わない様子で、ニコへの対抗心からか、嫉妬《しっと》を剥《む》き出しにして言う。

「そうやってニコを甘やかすなら、俺のこともっと構えよ」

ルイは慌てた。ブラッドレーの熱っぽい眼は心臓に悪くて、見つめられると心がぐらつく。

「構うって、あの、どんなふうに……？」

「もっと俺を見て、俺のことを考えて、俺に優しくしろってこと」

まるで口説《くど》かれているような台詞《せりふ》を並べられて、ルイは絶句した。

驚いて固まっていると、不意にブラッドレーがくつくつと笑いだす。

「か、からかわないでください！　もう、思わず本気にしちゃうところでした」

「本気にすればいいだろ」

「もうその手には乗りません」

ルイはエプロンを外し、湯沸《わ》かしに水を汲《く》む。それから炉《ろ》に薪《まき》をくべ、火を強くする。

「ふう。喉《のど》が渇きましたね。お茶を淹《い》れたら、ミュゼ様も誘って一緒に休憩しましょうか」

「ルイ」

呼びかけられ、火加減の具合を見ていたルイは振り返り、思わずビクッと肩を跳ねさせる。

ブラッドレーがなにか重大な決意をしたと言わんばかりの強い眼で、ルイを見つめていた。

「俺、あんたに……ルイに話がある」

「話……？」

「大事な話だ、聞いてくれるか」

ブラッドレーがとても緊張している様子なので、それが伝染したのかルイも緊張してしまう。

そこへ突然、測ったかのようにミュゼの声が響く。

「お邪魔かな？」

ミュゼは台所の壁に片肘《かたひじ》をついて寄りかかり、端整な顔に笑みを浮かべていた。

ブラッドレーが「チッ」と大きく舌打ちする。

ミュゼはブラッドレーに恨みがましく睨《にら》まれても、平然と言った。

「喉が渇いたものでね。ルイ殿、そろそろお茶にしないか」

極度の緊張から解放されて、ルイは全身の力が抜けた。

「は、はい。えっ……と、じゃあ、お話はまた今度ということで……?」

ルイが躊躇《ためら》いながらブラッドレーの反応を窺《うかが》う。すると、彼はむっつりと不機嫌に頷《うなず》く。

ブラッドレーは大股にミュゼに近寄って肩口に顔を寄せ、声を落とした。

「……わざとだろう」

ミュゼも低い声で囁《ささや》き返す。

「愛の告白だったら止めなかったけどね」

君がいけないんだよ、とミュゼが付け加えた。

だが、二人の会話は小さすぎてルイには聞こえずじまいだった。


ニコの屋敷にブラッドレーとミュゼが泊まり始めて、二日目。

ルイは朝、差し入れ用の焼き立てパンを持たせたニコを見送ったあと、午前中は洗濯をした。午後は夕食の下拵《したごしら》えをして、少し午睡《ごすい》をとる。だが結局、窓の外が気になってあまり眠れなかった。

やがてニコとアビーが帰宅し、いつものように夕食の席に着く。その際、エイシャやダフネの話題で少し気分が晴れた。また、ブラッドレーとミュゼの軽口の応酬《おうしゅう》にも慰《なぐさ》められる。

その日は、謁見《えっけん》の許可を知らせる先触れは届かなかった。

『秘密の王子』の使者も現れない。一日中気にしていたものの、窓から見る限りでは、不審者も黒梟《クロフクロウ》らしき人影も見当たらなかった。

静かすぎて、不気味だ。

ルイは普段通りに行動しようと、そう努めた。しかし常にブラッドレーが傍《そば》にいた。心強く思う反面、否が応にも普段とは違うのだと意識してしまい、緊張が途切れない。

それでも、一人じゃない事実に助けられた。

ブラッドレーの護衛は徹底《てってい》している。礼儀正しい距離を置いて、お手洗いや入浴の際も戸外に控えていたのだ。窓辺に近づくときは、最初にブラッドレーが外の様子を確認してからだった。

就寝前は部屋に異常がないか見回り、それから扉を閉めて施錠《せじょう》する。

窓の下にはサイファが歩哨《ほしょう》に立って、玄関口はもう一人の団員が見張る。

今日も物々しい警戒の中、ルイはベッドに入った。

――だが、真夜中に眼が覚める。

とんだ悪夢を見た。寝汗をびっしょりとかいて気持ち悪いし、異様に喉《のど》が渇いている。

「水でも飲んでこよ……」

ルイはベッドを下りて室内履《ば》きをひっかけ、寝巻の上から、ガウンを羽織《はお》った。枕元に置いてある角灯《かくとう》を持つ。それから施錠《せじょう》を外し、扉を手前に引いた。

途端、毛布に包まったブラッドレーがコロンと倒れてくる。

「おわっ」

「きゃっ」

ルイは驚いて小さな悲鳴を上げた。まさかブラッドレーがいるとは思っていなかったのだ。

「な、なにしてるんですか。そんなところで」

ブラッドレーは熟睡していたわけではないようで、すっくと立つ動作に緩慢《かんまん》さはない。

「なにって……まあ、その、扉番だ」

「扉番？」

ルイは鸚鵡返《おうむがえ》しに訊《たず》ね、胸に湧《わ》いた疑問をぶつける。

「まさか……昨日も、一昨日《おととい》もここに？」

ブラッドレーはルイに見つかったことが不本意なのか、ばつの悪い表情だ。

「まあな。ここが一番あんたに近い。異変があれば、すぐに駆けつけられる」

肯定されて、ルイはグッときた。

ブラッドレーは毛布を拾いながら言葉を続ける。

「人さらいは就寝中を狙うんだよ。標的が寝てる隙に薬を嗅《か》がせて運べば、静かに移動できるからな。本当はあんたに添い寝したいくらいだが、それはさすがに無理だしよ」

それを聞く内に、徐々に胸が熱くなり、じわじわと涙が迫《せま》り上がってくる。

「私がさらわれるのを心配して……見張っていてくださったんですか」

「守るって言っただろ」

ブラッドレーの温かい声がルイの耳を打つ。思いやりのこもった言葉がひどく嬉しかった。

嫌な夢を見て気弱になっていたのかもしれない。たちまち涙腺が緩《ゆる》む。

「ありがとう、ございます……」

ポロポロと泣きながら、ルイはしゃくり上げ細い嗚咽《おえつ》を漏《も》らす。

一瞬、不意打ちを食らったようにブラッドレーがギョッとした。

「えっ、なんで泣くんだよ。俺、あんたを泣かせること、なにかしたのか」

ルイは首を横に振った。違う、誤解しないでほしい。悲しくて泣いているわけじゃない。

「嬉しくて……」

「嬉しい？　なにが」

「ブラッドレー様がいてくれて……嬉しいんです」

ルイは手の甲で眼を擦《こす》った。涙を止めたいのに、止まらない。

『秘密の王子ヴィルト』から不穏な手紙が届いてからというもの、いつ彼が現れるかと戦々恐々《せんせんきょうきょう》としていた。近々、とはいつなのか。迎え、とはどんな迎えなのか。考えると不安で堪《たま》らない。

夜は特にそうだ。部屋で一人きりになると、どうしても考えずにはいられなくなる。

暗がりや、風の音、小さな物音にまで怯《おび》えて、ビクビクしていた。

でも一人じゃなかった。扉一枚隔《へだ》てたすぐそこに、ブラッドレーがずっといてくれたのだ。

ブラッドレーが、どこか怒ったような声で言う。

「あんた、夜中に無防備な格好でそんなことを言うなよ。危ないだろうが」

「すみません……」

ブラッドレーの警告の意味がわからないほど鈍感じゃない。

それでも一旦決壊した感情は止まらず、ルイは啜《すす》り泣いた。

「仕方ねぇな……」

ブラッドレーは困ったみたいに身動《みじろ》ぎして、そろそろとルイの頭を撫《な》でてきた。

「……嫌だったら、振り払え」

ルイは振り払わず、しばらくおとなしく慰《なぐさ》められる。気がつくと、涙は止まっていた。

それからルイはブラッドレーに手を引かれ、階段を下りる。

連れて来られたのは台所だ。椅子に座って待つように手振りで示される。

ブラッドレーは角灯《かくとう》を手元に置くと、手を洗い、包丁とまな板、絞《しぼ》り器を用意する。

そして台所横の貯蔵庫から果物を取ってきて、皮を剥《む》き始めた。

小さな光の中での作業を、ルイはボーッと眺めた。

ブラッドレーが搾って作ったばかりの果汁をグラスに注《つ》ぎ、ルイに手渡す。

「ほら」

ルイは果汁を一口飲んだ。甘酸っぱい。カラカラに渇いていた喉《のど》がすうっと潤《うるお》っていく。

「おいしい……」

「よかったな」

小さく笑ったブラッドレーは軽く腕を組み、作業台に寄りかかった格好でルイを見つめている。

「落ちついたか」

「はい」

「じゃあ訊《き》くが、なんで真夜中にのそのそ起き出したんだよ」

ルイは言い澱《よど》んだ。だがブラッドレーに視線で催促《さいそく》され、やむなく重い口を開く。

「……わ、悪い夢を、見たんです。最初に勅命書《ちょくめい》を見たときからもう何度も、同じ夢を見ています」

ブラッドレーが僅《わず》かに眼を細めて先を促《うなが》す。

「夢？　どんな」

「『秘密の王子』が現れる夢。真っ暗な闇の中で、段々と迫ってくる夢です。顔は見えないんですけど……低い声で私の名前を呼ぶんです。ルイ、って」

夢でも怖かった。一時は収まっていたが、あの手紙のせいで夢が現実味を帯びて、余計に恐怖心を掻《か》き立てられてしまったのだ。

ルイのグラスを持つ手が震えた。

「……最近はあまり見なくなっていたんですけど。きっと、あの手紙のせいだと思います」

ブラッドレーがおもむろに身体を起こし、ルイの前に片膝をつく。

「夢がどうした。そんなもの気にするな。あんたの傍《そば》には俺がいるだろ。『秘密の王子』だろうが、他の奴だろうが、あんたの意思を無視しては連れて行かせねぇよ」

ルイはブラッドレーの眼をじっと見た。すると手の震えが止まり、高ぶっていた感情も静まる。

不思議な心地だった。いつのまに、これほど彼を頼りに思うようになっていたのだろう。ブラッドレーの眼や声、手、全部が信じられる。芯《しん》から支えられていると感じられた。

ルイは親愛を込めて微笑《ほほえ》んだ。

「ブラッドレー様って、いい人ですね」

ところがブラッドレーは喜ぶどころか、思いっきり嫌そうな顔をした。

「あのなあ、男に『いい人』って言うのは褒《ほ》めてないからな。それは『どうでもいい人』だって宣告してるも同じだぞ。男を褒めるなら、『いい男』だろうが」

ルイはクスッと笑って訂正する。

「ブラッドレー様って、いい男ですね」

「おう、知ってるよ」

「自分で言ったら台無しじゃないですか」

ルイはクスクス笑った。ブラッドレーも笑い返してくれる。

いつしか彼女の中より、悪夢は欠片《かけら》も残さず消えていた。

ブラッドレーが立ち上がり、ルイの肩をポンと軽く叩く。

「さて、と。もう休め。今度は悪い夢は見ねぇよ。俺が追い払ってやるから」

その言葉通り、ルイは朝まで熟睡した。

誘拐予告状　～その後～

国王陛下への謁見《えっけん》申請書が通り、謁見日の先触《さきぶ》れが来たのは申請してから三日後の朝だった。ニコとアビーは既《すで》に出勤したあとだ。

謁見許可証には、本日午後三時と指定されている。ブラッドレーとミュゼは一度騎士館に立ち寄って、軍服を清潔なものに着替え、身だしなみを整えてから行くらしい。

ブラッドレーとミュゼが護衛を外れるため、ルイの護衛は三名に増員された。

その手配をした昼過ぎ、ルイは護衛たちと共にエントランスホールで二人を見送りに立っている。

だがブラッドレーはルイの身を案じて、なかなか発《た》とうとしない。

「ニコは戦力外としても、アビーは呼び戻した方がよくないか。いっそ俺たちが戻るまで派出所にこもるとか、騎士館……はだめだ。筋肉野郎の嫁に持っていかれる可能性があるからな」

増員された新顔の団員が、バカバカしそうに手を振る。

「ははっ。やだなあ、副団長。誰もそんな命知らずな真似《まね》しないですよぉ。あとが怖いですもん。副団長の彼女に手ぇ出そうなんてアホはトアぐらいですって」

サイファも胸に手を置き、畏《かしこ》まって言う。

「副団長、どうか我々にお任せください」

ブラッドレーがサイファを鋭い眼で見据《みす》え、強く言い含める。

「いいか、怪《あや》しい奴も怪しくない奴も近づけるなよ。なんだったら居留守を使え。俺が許す」

サイファが頷《うなず》いたのを見て、ようやく出立する気になったらしい。

ブラッドレーとミュゼは玄関脇に繋《つな》がれていた二頭の馬にそれぞれ跨《また》がり、方向転換した。

「よーし、行ってくる。ルイ、おとなしく待ってろよ」

「では行ってきます。君たち、ルイ殿をくれぐれも頼んだよ」

「いってらっしゃい！　どうか無茶はしないでくださいね」

ルイは颯爽《さっそう》と駆けていくブラッドレーとミュゼの背中を見送った。

もう二時だ。

王宮は騎士館の目と鼻の先とはいえ、着替えてから行くのではあまり余裕がない。遅まきながら、遅刻しやしないかとやきもきしてしまう。

ルイは二人の姿が完全に見えなくなるまで玄関先に突っ立っていたが、サイファに促《うなが》されて中に戻る。なにもする気が起きず、ぼんやりと部屋に向かう途中で玄関ノッカーが鳴らされた。

即座に団員二人が動き、ルイを二階へ追い立てる。

奥から出てきた家政婦をサイファが身振りで止め、応対に出て行く。

ルイは左右を団員に挟まれつつ、二階の廊下からエントランスホールを見下ろした。

サイファが玄関扉を慎重な手つきで開ける。ルイの場所から客人の姿は見えなかったが、サイファの一気に緊張した顔で、居留守を使うのは無理な来客なのだと察しがついた。

サイファは備え付けの呼び鈴を二度鳴らし、ルイに下りてくるよう合図してくる。

ルイは二人の団員に守られながら、恐る恐るエントランスホールに下りた。

「お客様です」

固い声で告《つ》げて、サイファは不本意そうに、ぎこちない動作で扉を全開にする。

玄関先に立っていたのは、白い軍服に群青色《ぐんじょういろ》の指輪を嵌《は》めた、若い王宮近衛《このえ》騎士だった。

「生活環境安全便利課所属・第七支部室所長補佐ルイ・ジェニック様ですね」

ルイは震える声で答えた。

「はい」

騎士はルイの前に進み出て洗練された物腰で一礼し、白い封書を恭《うやうや》しく差し出す。

封蝋《ふうろう》は、群青色《ぐんじょういろ》の王家の印章。

それを眼にした途端、ルイの顔から血の気が引いた。

「どうぞ、いますぐお読みになってください」

騎士の口調は丁寧だが、有無を言わせないものがある。

ルイは封筒を開け、中から二つ折りの手紙を出す。読みたくなかったが、読むしかなかった。

『生活環境安全便利課所属・第七支部室所長補佐ルイ・ジェニック殿

三時のお茶会にご招待します

ぜひお越しください

お待ちしております

秘密の王子　ヴィルト』

ルイが手紙を広げたまま凍りついていると、騎士は足をスッと後ろに引いて言った。

「お迎えに上がりました」

ルイは顔を上げて息を呑んだ。

屋敷の門の外に、王家の馬車が横付けされている。車体が群青色に塗られた二頭立ての四輪馬車で、屋根や扉、側面の装飾はすべて金細工だ。

そして扉の窓部分の下には、華麗な王家の紋章。御者台《ぎょしゃ》には、お仕着せを着た御者が一人座っている。

騎士は微笑《ほほえ》み、ルイに礼儀正しく手を差し出した。

「私がご案内させていただきます。どうぞ馬車にお乗りください」

ルイはサイファにどうすればいいのか、と視線を送った。しかし、彼も困惑している様子だ。

王家からの正式な使者であれば、居留守を使うことも断ることもできない。

恐れていた迎えの使者は、黒梟《クロフクロウ》じゃなかった。

――まさか王宮近衛《このえ》騎士が現れるなんて、夢にも思わなかった。

ルイは手紙を封筒にしまう。逃げられないし、断れないのだから行くしかない。

「よろしくお願いします」

サイファも苦渋の決断を下《くだ》す。

「我々もお供させていただきます」

騎士は問題ないと言わんばかりに頷《うなず》いた。彼は上着のポケットから懐中時計を取り出して時間を見る。

「時間が迫っております。少々、お急ぎ願えますでしょうか」

ルイが乗り込むとすぐに、馬車は王宮へ向かって走り出した。その前後を王宮近衛《このえ》騎士とサイファたちが馬で縦列になって走る。

ルイは心細くなり、手の中の封書を持て余し気味に握りしめる。窓の外を流れる風景は自分が住んでいる街並みなのに、なんだかぼやけて見えた。

この現実離れした状況のなにもかもが理解できなくて、頭も心も混乱している。

それでも理性を失わずにいられるのは、ニコやブラッドレーを心から頼りに思うからだ。

不思議なことに、一〇年来の付き合いがあり、尊敬する上司であり家族のニコと同じぐらい、出会ったばかりのブラッドレーを信頼している。

そしてこの信頼は、好意からくるものだという自覚があった。

ブラッドレーを思うと胸が温かくなり、傍《そば》にいるだけで心が弾む。嬉しくなる。

ルイは深呼吸してニコを思い、ブラッドレーを思った。そうすると、手足の震えが止まった。

——もし本当にどうしようもない窮地《きゅうち》に追い込まれたら、きっと彼らが助けてくれる。

馬車は王宮へ続く馬車道を急ぎ、正門を抜ける。

王宮の大玄関前の馬車寄せでルイは下車し、従僕《じゅうぼく》が整列する客用入り口から中に入った。

案内された部屋は息をするのも忘れるくらい絢爛豪華《けんらんごうか》で、ルイは思わず足を止めてしまう。

四隅を太い四本の白大理石の円柱が支え、三つのシャンデリアが輝く高い天井は、ガラス製の金と深紅のモザイクで埋《う》まっている。壁面には三女神像の見事なはめこみと、数々の絵画が飾られていた。

案内の騎士に「こちらです」と声をかけられなければ、ルイはいつまでも見入っていたに違いない。

そして連れて行かれた中庭は一面緑の芝生《しばふ》だ。

「あなた方はこちらでお待ちください」

騎士はサイファたちにそう告《つ》げ、ルイだけを連れて中庭をまっすぐ進む。彼らと離れることがひどく不安だったが、どうすることもできなかった。

なにもない芝生の絨毯《じゅうたん》の中央に、お茶会の用意が整えられていた。

白い大きな円卓に、優雅なレースのテーブル掛けが敷《し》かれている。その上には緑の陶磁器のティーセットと揃いの取り皿、銀のカトラリーにパイやビスケットなどの菓子が綺麗に並ぶ。

椅子は五脚あり、そのうち三席がありえない顔ぶれで埋《う》まっている。

騎士はテーブルの手前で立ち止まり、両方の踵《かかと》を合わせ、胸に手を置いて言った。

「ルイ・ジェニック様をお連れしました」

「ああ、ありがとう。ご苦労さま、下がっていいよ」

「はっ。失礼します」

騎士はルイを残して踵《きびす》を返し立ち去る。

ルイは顔色を失《な》くし、卒倒寸前だった。膝はガクガク震え、歯の根が合わない。

跪《ひざまず》かなければと思うのに、足が動かない。

ルイは、王宮に招かれたのだから『秘密の王子ヴィルト』と水面下での接触はあるかもしれない、と覚悟していた。もしくは、『秘密の王子ヴィルト』の意向を受けた国王、王妃、王太子、三人の内の誰かに呼ばれた可能性がある、とここまでは考えていたのだ。

けれども、なぜ国王陛下、王妃陛下、王太子殿下の御三方が揃っているのか。

「そんなに緊張しないで。大丈夫、誰もあなたを傷つけたりしません。どうぞ座ってください」

空席の一つを引いて微笑《ほほえ》んだのは、ナーシサス・リゲル・アーガマイザー王太子だ。

ルイは我に返り、その場に跪いた。挨拶《あいさつ》はすべきなのか、でも発言を許されていないのに喋《しゃべ》ってはだめじゃないか、とはいえ呼ばれて無言でいるのも失礼なのか、とグルグル考える。

頭の上で、穏やかかつ優しいナーシサスの声が響く。

「父上、先に発言を許された方がよさそうですよ」

「そうだな。ルイ・ジェニック殿、面《おもて》を上げなさい。あなたに発言を許そう」

他でもない、ディミザ・ラスサイド・アーガマイザー国王がそう言った。

ルイは跪いたまま口を開く。声が震えるのはもうどうにもならない。

「初めてお目にかかります、ルイ・ジェニックと申します。こ、このたびは、国王陛下並びに王妃陛下、王太子殿下が参加されるお茶会にご招待いただきまして、ありがとうございます」

なんとか挨拶だけはできたものの、緊張して顔など上げられない。

不意に艶《あで》やかな甘い声がルイの耳を打った。

「丁寧な挨拶《あいさつ》ね。いきなりこんな場所に連れてこられてさぞ驚いたでしょうに、話に聞いた通り、気丈な方だわ。ねぇ、ルイさんとお呼びしてもよろしいかしら？」

歌うような口調でそう言ったローレット・エレン・アーガマイザー王妃が、ルイを立たせる。

すると、ナーシサスがルイをローレットの隣の椅子に座らせた。

ルイは身の置き所がなくてしばし俯《うつむ》いていたが、それも失礼かと思い直す。

恐る恐る顔を上げてみれば、驚いたことに全員がルイを眺めて相好を崩している。

満面の笑みを向けられ、ルイは畏《おそ》れ多い気持ちとは別に、悪寒《おかん》を感じて怖気《おじけ》づいた。

空席が一つ。

深く考えなくても想像がつく。その席に座るのはお茶会の招待主、『秘密の王子ヴィルト』本人。

まさかの直接対面だ。

ルイの心を見透《みす》かしたように、ディミザが空席を一瞥《いちべつ》して言った。

「すまないね、もう一人来るまで茶会の開始は待ってくれるかな」

ナーシサスがなにかに気づいたらしく、ルイの背後に眼を向け、ふっと微笑《ほほえ》む。

「その必要はないようですよ。ほら、来ました。騒々しいからすぐわかります」

ルイは息を詰めて身を引き締めた。全身に緊張が走る。心臓が更に大きくバクバク鳴った。

背後から、誰かが勢いよく走ってくる気配がする。その誰かは、あっという間にお茶会の席に到着した。

そして足音の主が、振り向けずにいるルイの肩をぐいと掴《つか》み、鋭い声で詰問《きつもん》する。

「なんであんたがここにいるんだ」

「ブラッドレー様!?」

振り返ったルイは驚きのあまり、現れたブラッドレーの顔や腕をペタペタと触って確認した。

「本物ですね」

「アホか、あたりまえだろう」

「ブラッドレー様こそ、どうしてここに？」

ブラッドレーは、すぐにルイの肩から手を退《ど》けて言う。

「俺は謁見《えっけん》場所が中庭に変更されたって知らされたんだ。で、中庭に来てみたらあんたがいて――なんで陛下だけじゃなくて、王妃陛下や王太子殿下までここにいるんだよ。

クソッ、図《はか》られた」

ルイはブラッドレーの傍若無人《ぼうじゃくぶじん》さにハラハラした。さすがに王家の皆様方の前でこの態度はまずいだろう。しかも、こういうときにブラッドレーを窘《たしな》めるはずのミュゼがいない。

ミュゼの姿を捜《さが》して辺りを見回すと、先程通り抜けた大玄関と中庭を繋《つな》ぐ部屋の前で足止めされているのが見えた。

サイファと他の団員たち、それに王宮近衛《このえ》騎士もそこで整列し、待機していた。

「まあ座れ。いいじゃないか、ただの謁見《えっけん》が茶会に変わっただけだろう」

空席を指してそう言ったのはディミザで、ブラッドレーの振る舞いを咎《とが》める気配はない。

ブラッドレーは渋い顔でルイの隣に座りながら、全員を睨《にら》みつけて口を開いた。

「魂胆《こんたん》がみえみえなんだよ。どうせルイの顔が見たかっただけだろう」

ナーシサスがにっこり微笑《ほほえ》む。

「あたり」

「それみろ」

ローレットが膝の上に置いていたレースの扇子《せんす》を広げて優雅に扇《あお》ぐ。

「わかっているならもっと早くに連れて来なさいな。私《わたくし》たちはルイさんと会ってお話ししてみたかっただけなのよ。それなのに、あなたが出し惜しみしていつまでも紹介してくれないから、こんな手間をかける羽目になったんじゃないの」

ブラッドレーが眉をひそめて訊《き》く。

「こんな手間って？」

するとローレットはケロリと答える。

「お茶会への招待状よ。あなたもルイさんも色々都合があると思って、予定を調整できるようにわざわざ気を遣って予告状まで出してあげたでしょう」

「予告状……」

「それなのに、謁見申請なんてしてくるんだもの。これは意地でも会わせないつもりなのだろうと思って、それならこっちも、ってちょっぴりむきになってしまったわ」

「ちょっと待て。予告状って、あれか。近々会いたいだの、迎えに上がるだの、書いてあった手紙か」

「そうよ。陛下や私の名前を出したら絶対に来てくれないと思ったから、あなたの名前を借りたの。ちょうどナーシサスに面白い話を聞いていたし、あなたの名前で招待すれば、必ずルイさんに同伴すると思ったから。いけなかった？」

ブラッドレーはルイを見て疑問をぶつけてきた。

「あんた、お茶会の招待状なんてもらったか」

ルイはコクリと頷《うなず》いて、手に握っていた封書をブラッドレーに差し出す。

ブラッドレーは無言で手紙を広げ、短い文面を読むと、いきなりテーブルに顔を突っ伏した。

ルイはルイで頭がついていかず、椅子に座ったまま口も利《き》けずにいる。

ここで、大聖堂の鐘が粛々《しゅくしゅく》と鳴り響き、午後三時を告《つ》げた。

同時に王宮近衛《このえ》騎士が二人歩み寄ってきて、ティーポットとティーカップを温める作業から始め、抜群の手際のよさで準備を整え、お茶を注《そそ》いで回る。それが済むと彼らはまた離れていった。

ディミザの、威厳《いげん》と包容力が漂《ただよ》う銀色の眼が、ルイを見つめて細まる。

「国王の三時の茶会にようこそ」

ディミザは芝居がかったしぐさで手を広げて言った。

「私が招待したお客は、我々の素敵な友人だ。この特別な時間をどうか心ゆくまで楽しんでほしい、ルイ・ジェニック殿」

ルイは頑張って返答しようとしたものの、緊張と混乱で声が出なかった。

いったい、なにがどうなっているのか。

そんなルイの隣で、ブラッドレーは思考の整理がついたのか、むくりと顔を上げた。

「……つまり、あの誘拐予告状みたいな書状は単に茶会のために予定を空《あ》けておけってことで、謁見《えっけん》申請を受けたのは、俺もルイと一緒に茶会に来いと呼び寄せるためか。そうなのか？」

ディミザとローレットが夫婦仲よく同時に「その通り」と頷く。

その途端、ブラッドレーがブチッとキレた。彼はテーブルに手をついて立ち上がり、怒鳴る。

「日付も詳細も書いてないのにわかるわけないだろ！　人騒がせなことするなよ！　あの手紙のおかげで、こっちがどれだけ緊迫してたのかわかってるのか。俺は警戒し通しで、ルイだって家から一歩も出られなくて、悪夢まで見る始末だ。単に茶会への招待なら、最初からそう書いてくれ」

ディミザとローレットは顔を見合わせ、ローレットが先にルイへ謝った。

「そんなに怖い思いをさせたなんて知らなかったわ。ごめんなさいね」

次にディミザが詫《わ》びる。

「なにか誤解を与えたようで申し訳なかった。どうか許してくれないか」

ルイは仰天し、慌てて言った。

「顔をお上げください！　だ、大丈夫です。もう事情はわかりましたので謝罪は結構です」

国王と王妃が平民に頭を下げるなんてあっていいのか、考えるだけで空恐《そらおそ》ろしい。

サーッと蒼褪《あおざ》めたルイに、ナーシサスが一声かけた。

「ルイさん、落ちついて。よく知らないようだから説明するけど『国王の三時の茶会』はね、王の了解の下に、身分の関係をなくして対等に接していい場として設《もう》けられているんだ」

ルイは眼をパチパチさせた。

「――そう、なんですか？」

ナーシサスは短く頷《うなず》き、清涼《せいりょう》な微笑《ほほえ》みを浮かべた口元に指を一本立てて続ける。

「そして暗黙の了解として、ここであったこと、見たこと、聞いたこと、それら全部を各自の胸の中に留《とど》めておく。たとえばあなたがここで重大な秘密を知ったとしても、それはここだけの秘密」

ルイはナーシサスの言葉を理解し、チラッと国王夫妻を見て言った。

「たとえば、両陛下が平民に謝罪したこと、とか？」

ディミザがティーカップを持ったまま屈託なく笑い飛ばす。

「それは、確かにここだけの秘密にしてもらわないとな。外聞が悪いことこの上ない」

ディミザが軽く受け流してくれたので、ルイはホッとした。ようやく呼吸が楽になる。

「さて、パイを切ろうか」

ナーシサスが席を立ち、専用ナイフでパイを切り分け、皿に移す。

すると、ブラッドレーがパイを取り分けた皿を配る。

ルイは目の前の美しい色合いのお茶と、絶妙にカットされたパイをつくづくと眺めた。

眺めるだけのルイを不思議に思ったのか、ブラッドレーがせっつく。

「どうしたルイ。茶が冷めるぞ」

王と王妃と王太子が同席するこの状況で、平気で寛《くつろ》げるブラッドレーは本当に図太い。

あるいは騎士団の副団長だから、何度かこういう機会に恵まれたことがあるのかもしれない。とはいえ、彼の言葉遣いは大丈夫なのだろうか。

そんなことをつらつらと考えつつ、ルイはティーカップを持ち上げた。

「い、いただきます……」

少し温《ぬる》くなった茶を啜《すす》ると、口の中に甘酸っぱくて優しい花の香りが広がった。

「おいしい……」

「パイも食ってみろよ、うまいぜ」

ブラッドレーにすすめられるまま、パイを一口いただく。

「わ、香ばしい。パイもすごくおいしいです」

「よかったな。気に入ったならもっと食えよ。足りなければ追加してもらおう」

「そんなにたくさんは食べられませんよ」

「俺が食うんだよ。兄上、おかわりくれ」

ブラッドレーは既《すで》に二つ目のパイを食べ終えている。

放っておいたら際限《さいげん》なく食べそう、などと考えていたルイは、ティーカップを口に運ぶ途中で手を止めた。いまなにか、変な言葉が聞こえた気がする。

ルイはそっとティーカップをソーサーに戻した。

「『兄上』？」

ブラッドレーは三切れ目のパイを頬張《ほおば》ったところで固まり、眼を泳がせる。

「あ……その……」

ルイはしどろもどろになったブラッドレーから、優雅にお茶を飲むナーシサスに視線を移した。

「王太子殿下が、ブラッドレー様の？」

ティーカップの縁《ふち》から上目遣いでルイを見つめるナーシサスの表情は、悪戯《いたずら》がばれたときの子供のような笑みだ。

ルイは続いてディミザとローレットの反応を窺《うかが》った。ディミザは成り行きに不安を感じているらしきハラハラした様子で、王妃は好奇心いっぱいのワクワクした顔をしている。

ブラッドレーは、テーブルに肘《ひじ》をついて頭を抱えている。

ルイは先程から覚えている違和感の正体がわかった。

違和感がない。それがおかしいのだ。

ブラッドレーが王と王妃、王太子と話す様子はどこにも無理がないもので、まるで家族団欒《かぞくだんらん》をしているかのようにしっくりきている。

そうしてルイは気づいた。自分を除く、この場にいる全員の容姿が似通っていることに。

柔らかな銀色の髪に切れ長の銀色の眼、華やかで繊細な美貌《びぼう》。髪形や服装、性格の違いで一見では見落としてしまうかもしれないが、こうして並んでいるのを見比べてみると相似点が多い。

まさかそんなとルイは動転した。頭の中で、いくつもの疑問と閃《ひらめ》きが交錯《こうさく》している。

「……そう言えばさっき王妃陛下が、あなたの名前を借りたとか、あなたの名前で招待すればって言ってましたけど、でもお茶会の招待状にあった名前って」

「待て、言う」

「――もしかして、ブラッドレー様が『秘密の王子』なんですか？」

その瞬間、ブラッドレーは感電したかのようにビリッと身体を震わせた。そして、大きく息を吐く。

「一度だけ、話そうと思ったんだ。前に大事な話があるって言っただろ。あのときだよ」

数日前、パンを焼くために台所にいたとき、ブラッドレーと会話したことを思い出す。

「途中でミュゼ様が来て……」

「邪魔された。ミュゼは俺の側近《そっきん》だからな、外で様子を窺《うかが》ってたんだろ。俺が妙なことを口走らないように」

「側近……？」

「お目付け役だよ。俺の護衛も兼ねているからな、どこにでもついてくる」

「護衛……」

「何回も打ち明けようと思ったんだ。あんたには知っていてほしくて。だけど同じくらい、言いたくなかった。本当のこと打ち明けたあと、あんたが俺といままでと同じ接し方をしてくれるかわからなかったからな……正直、いまも少し迷ってる」

ルイの前でブラッドレーはやや俯《うつむ》き、迷いを吹っ切るみたいに顔を上げた。

「けど、言う。黙ったままじゃ、これ以上あんたに近づけないからな。誠意がないって思われるのも嫌だしよ。それにあんたなら、本当のことを言っても変わらないって、信じてる」

ブラッドレーはまっすぐにルイを見つめて言った。

「俺の本名は、ブラッドレー・ヴィルト・アーガマイザー」

――ああ、やっぱり。やっぱりそうなんだ。

ルイはグッと拳《こぶし》を握り、気を落ちつけようと深呼吸する。だが知らされた事実の衝撃は強くて、頭がくらくらした。訥々《とつとつ》と喋《しゃべ》るブラッドレーの声がひどく遠くに聞こえる。

「ヴィルトは先祖名で、王家に生まれた子供は必ず先祖の名前も一緒に受け継ぐ。で、二番目以降の子供、つまり所謂《いわゆる》『秘密の王子』は、家族間で名前を呼ぶときはそっちの名前で呼ばれる。だから俺は父上と母上と兄上にはヴィルトって呼ばれるんだよ」

呆然《ぼうぜん》とするルイに、ローレットがそっと話しかけた。

「……陛下と私《わたくし》は、ナーシサス以外の他の子供たちと定期的に一人ずつ会うのだけれど、前々回ヴィルトに会ったときに珍しく女性の名前が出たのよ。いつもは筋肉がどうとか、そんな話ばかりなのに」

「筋肉？」

艶《あで》やかなローレットの口からこぼれた無骨《ぶこつ》な言葉に反応して、ルイはブラッドレーを見た。

「悪いかよ。筋肉は正義なんだよ」

ブラッドレーが断固として言うと、ローレットは呆れ顔で続ける。

「いつもこんな調子だったの。それがあるとき突然、ルイさんの名前が話に出て、ちょっとつついたら嬉しそうに色々喋《しゃべ》るから、そのことをナーシサスにも教えてあげたのよ。そうしたらね」

ローレットの視線を受けて、ナーシサスが控えめに微笑《ほほえ》む。

「……あの子から相談を受けたことと、発令人の名前を伏せて勅命書《ちょくめいしょ》を出したこと、ヴィルトがルイさんのもとで楽しく過ごしていることを母上のお耳にも入れたんだ」

「あの子?」

ブラッドレーは訊き返したが、ローレットのはしゃいだ声がそれを遮《さえぎ》った。

「そんな面白そうなことになっていると聞いたら、私《わたくし》もうじっとしていられなくて!どうしてもルイさんと会いたいって何度もヴィルトに頼んだのに、一方的に断られ続けたのよ」

ローレットが悲しそうにハンカチで目元を押さえる。

ルイは同情してブラッドレーに非難のまなざしを注《そそ》いだ。

「ブラッドレー様……」

「な、なんだよ。俺が悪いのか？　うっかり口を滑らせてあんたのことを喋ったら、母上に散々からかわれたんだぞ。会えばきっとあんたも同じ目に遭《あ》うと思ったから、突《つ》っ撥《ば》ねてきたのに」

ブラッドレーが釈明すると、今度はナーシサスがローレットに咎《とが》めるような眼を向けた。

「母上、ヴィルトにそんなことをしたのですか」

「あら、母親が息子の交友関係を心配するのは当然でしょう」

ハンカチをしまい、扇子《せんす》を開いて口元を隠しながら、ローレットが眼を細める。

「これでも一ヶ月以上も我慢したのよ？　でも何通手紙を書いてもまったくなしのつぶてだったから、ヴィルトに言っても無駄だとわかったの。だったら直接ルイさんにお願いしようと思って」

「それであの人騒がせな予告状かよ」

疲れ切った声でブラッドレーが呟《つぶや》く。

すると、ローレットは得意げに言った。

「差し出し人が陛下や私《わたくし》だと知られたら、ヴィルトに阻止されると思って。三時のお茶会と書いても一目で見抜かれるでしょうし、あんまり怪《あや》しいと来てもらえないこともわかっていましたからね」

ルイはブラッドレーの手元に放置された招待状に眼を遣《や》る。

「……だからお茶会の招待状の名前がヴィルトだったんですね」

ルイにも、ようやく合点《がてん》がいった。

ブラッドレーの名前で呼び出せば、少なくともその名前を知っている身内の誰かだと、ブラッドレーには想像がつく。謁見《えっけん》という形でブラッドレーが呼び出しに応じたのは、その辺りも含めてなにもかもをはっきりさせるつもりだったに違いない。

ディミザが場をとりなすように会話に割って入る。

「あなたを脅かすつもりはなかったのだが、結果的に苦しめてしまったようだ。その点については私も妃も大変悔《く》いているよ」

ブラッドレーがパイの最後の一切れを呑み込み、強引に話を最初に戻す。

「ちなみに、俺にはナーシサス兄上の他に、顔も名前もわからない兄と弟と妹が一人ずついる。でも掟《おきて》で会えない。だから最初の勅命書《ちょくめいしょ》に関しては、ナーシサス兄上に訊《き》くしかなかった」

ルイは想像していた内容と違うことを告《つ》げられて面食らった。

「え？　最初の勅命書もブラッドレー様じゃないんですか？」

ブラッドレーはティーポットに手を伸ばし、自分でお茶のおかわりを注《そそ》ぎながら喚《わめ》く。

「そんなわけねぇだろ！」

「そう、なんですか？」

「疑わしそうな眼で見るなよ。あんた未だに俺のこと信じてないのか」

そんなことはない。

けれど、それを堂々とこの場で言うのは、ちょっと気恥ずかしいものがある。

「えーと、信じてますよ」

ルイがわざと間をおいて返事したところ、ブラッドレーはカチンときたようだ。

「いま、えーとって言った。前にも言ってたよな。あれから進歩なしかよ」

「冗談です。ものすごく信じてます」

「どっちだよ⁉」

ルイがクスクス笑ってごまかすと、ブラッドレーに拳骨《げんこつ》で頭を軽く小突《こづ》かれる。

すると、テーブルの向かい側でナーシサスがディミザにヒソヒソと囁《ささや》くのが聞こえた。

「二人のこの様子では、案外、進展も早そうですすよ」

「うむ。あの子の話だともう少し時間がかかると思ったがな」

「段取りはどうしますか」

「待て。無理に話を進めると私の鳥が暴れるかもしれん。ここは慎重にだな」

途端に、眼を吊り上げたブラッドレーがテーブルをドンと叩いて突っ込む。

「そこ。全部聞こえてるんだよ。あと、あの子って誰だ」

ローレットが大きく扇子《せんす》を広げ、その陰にチョイチョイとルイを手招く。

「ねぇルイさん、あなたヴィルトのことどう思う？」

「え？」

意表を突かれたルイが訊《き》き返すと、即座にブラッドレーの怒声が割り込んだ。

「そっちも丸聞こえだ。ったく、なんでこう、うちの連中はお節介なんだか」

ブラッドレーはブツブツ言いながら席に座り直し、上着の内側から書状を取り出す。

それを隣のナーシサスに突きつけ、やや身を乗り出して話しかけた。

「兄上が勅命書《ちょくめい》に王家の印章を捺《お》したことまでは調べがついてる。答えてくれ、これはいったい誰がなんの目的で作ったものなんだ」

ナーシサスは勅命書を一瞥《いちべつ》した。それからブラッドレーをじっと見て言う。

「もっと早く来ると思っていたのに」

「は？　誰がどこに」

「君が私のもとにだよ。あの子からは、君がこの勅命書の件で私を訪ねてきたら、本当のことを明かしていいと言われていたんだ」

『あの子』とは、最初の勅命書に関わる『秘密の王子』のことだろうか。

「本当のこと？」

　ブラッドレーが見当もつかないと言わんばかりの顔で訊く。すると、ナーシサスは勅命書にトン、と指をついた。

「身辺警護なんて、君とルイさんを近づけるための口実にすぎないってこと。事件性も、深刻な事情もなにもない。この勅命書をきっかけに、二人の仲がうまくいけばいいと願った。ただそれだけの話だったんだよ」

　ブラッドレーは、口を開けた状態で絶句した。

　ルイも唖然《あぜん》としてしまう。だがブラッドレーよりは早く立ち直り、横から口を挟む。

「あの、どうして私なんですか？」

　単純な疑問だったが、ナーシサスは驚き、興味をそそられたような眼でルイを見る。

「この話を聞いて、いきなり核心を突くとはすごいね」

「いえ、単純に人選に疑問があっただけです。ブラッドレー様と私の接点なんて無きに等しいので。たった一度、街中で逃げたアヒルの回収を手伝ってもらっただけですよ。それなのに」

アヒルの回収と聞いて状況を想像したのか、ナーシサスが愉快そうに笑う。

「そのたった一度の出会いで、ヴィルトはあなたを捜《さが》し求めた。人の噂《うわさ》に立つくらいに。あの子は噂の出所を探って心配し、私に相談を持ちかけてきた。なんとか力になれないだろうかと」

ルイの頭の中で、アヒル騒動があった日のことが思い起こされる。

あの日は救援の要請に応じて、派出所に残っていた課員総出で事態の収拾にあたったはずだ。

でもブラッドレーから上着を借りたことを除けば、特になにもなかった。

「別に……たいした出会いじゃなかったように思えますけど」

「あなたはそうでも、ヴィルトにとっては特別な出会いだったみたいだね。まあとにかく、ヴィルトがあんまり一生懸命にあなたを捜すから、あの子も応援したくなったらしいよ」

ルイを見つめる銀色の優しい眼が細くなる。ナーシサスは言葉を区切って続けた。

「それから、あなたとヴィルトの仲がうまくいって義姉《あね》になってくれたらいいのに。なんて下心も少しばかりあったみたいだね」

ルイは眼を丸くした。だが、すぐに笑いが込み上げる。ふと、ここにはいない銀髪の人物が頭を過《よ》ぎった。

「突飛な発想ですね」

「頭の回転が人より多少よくて、その分、人を驚かすのが好きなちょっと困った癖がある」

「よく知ってます」

「……わかった？」

「わかりました」

あの子が誰を指すのか。

エイシャだ。

この場にいる四人によく似ていて、悪戯《いたずら》好きな彼女を思い浮かべる。考えてみれば、エイシャはことあるごとに自分とブラッドレーを近づけようとしていた。

ナーシサスにだけ聞こえるよう耳打ちすると、ナーシサスは唇に指をあて「しー」と示す。

ようやく血の巡《めぐ》りがよくなったブラッドレーが、ブルブルと身体を震わせた。

「待てよ。じゃあなにか。勅命書《ちょくめい》なんて仰々《ぎょうぎょう》しいものをわざわざ作って人を散々振り回しておきながら、ただのお節介だったと？　こっちは黒梟《クロフクロウ》の関与まで懸念《けねん》して警戒にあたっていたんだぞ！」

ナーシサスは純粋に驚き顔で言う。

「黒梟《クロフクロウ》？　まさか。さすがに私もそこまで大掛かりなことはしないよ」

「ふざけるな。勅命書の発令だって、十分大掛かりだ」

ブラッドレーは立ち上がり、いまにもナーシサスに殴りかかりそうだった。

だがナーシサスは落ちついたもので、穏やかな顔のまま淡々と喋《しゃべ》る。

「ふざけていないよ。純粋に君を手助けしたかっただけ。だいたい、本当にお節介だった？　勅命書《これ》がなければ、君はルイさんと四六時中一緒になんていられなかったよ。それにお互い別々の場所で働いていて、面識も薄い二人がどうやって交流を持てるの？」

ずばずばと切り込まれて、ブラッドレーはぐうの音も出ず押し黙った。

するとナーシサスが立ち上がり、手を伸ばしてブラッドレーの頭を「よしよし」と撫《な》でる。

「な、なにしてるんだよ」

「いや、弟が可愛くて」

「可愛くねぇよ。こら、笑うなルイ。父上も、母上も！」

ブラッドレーが真っ赤になって怒るので、ますますおかしくて皆でどっと笑う。

ナーシサスはテーブルの上にあった勅命書《ちょくめい》をブラッドレーとルイの目の前で破った。

「はい、これで『秘密の王子』の勅命は終了。二人共、もう自由だよ」

あまりにもあっさりと告《つ》げられて、気持ちがついていかない。

ルイは破られた勅命書を見て、胸に小さな穴が開いたような心細さを感じた。

ブラッドレーは手を伸ばし、ナーシサスの手から分断された勅命書を取る。

「ヴィルト」

ナーシサスに呼びかけられてもブラッドレーの反応は鈍《にぶ》い。

「ヴィルト、聞いて。感謝しろとは言わない。ただ、無駄にはしないで。私もあの子も、父上も母上も、いつだって君の幸せを願っているよ。それだけは覚えていてほしい」

ナーシサスの言葉に静かに耳を傾《かし》けていたブラッドレーは、手の中の勅命書をじっと見つめた。

「そうだな……」

ブラッドレーはポツリと呟《つぶや》くと、ナーシサスを見て、照れ笑いを浮かべる。

「無駄にできないよな。あの子が誰かはともかく、勅命書《これ》のおかげでルイと一緒にいられたんだ。それに、便利課の連中とも知り合えたわけだしな」

ブラッドレーはナーシサス、ディミザ、ローレットの順に顔を見て、深々と頭を下げた。

「どうもありがとうございました」

すごく真面目な顔でナーシサスが腕を組んで言う。

「困ったな、弟が素直で可愛い」

「だから可愛くねぇっての」

揉《も》める兄弟を眺めてディミザとローレットが微笑《ほほえ》む。ルイも笑みを浮かべていた。

種明かしをされてみれば、なんてことはない。

勅命書《ちょくめい》は、ちょっと変則的な家族の思いやりの形だった。

悩みの種だった黒梟《クロフクロウ》にしたってそうだ。

考えてみれば、黒梟の脅威に怯《おび》えていたものの、実際に危険な目に遭《あ》ったわけじゃない。

勝手にその存在を畏怖《いふ》していただけで、本当は一切無関係だったのだ。

そのときハンドベルの音色が聞こえた。音の方を見ると王宮近衛《このえ》騎士の一人が鳴らしている。

すると、ディミザが席を立つ。

「さて、時間切れだな。名残惜《なごりお》しいが、茶会の終わりの時間だ。私は執務《しつむ》に戻るが、その前に――ルイ・ジェニック殿、少しいいかね」

不意に呼びかけられて、ルイは弾かれたように起立した。

「は、はい」

そんな彼女を見て、ローレットとナーシサスが去り際に言った。

「今日はいらしてくれてありがとう。またぜひ機会を設《もう》けてお会いしましょう」

「あなたにお会いできてよかった。どうか、私の弟を今後ともどうぞよろしく」

ブラッドレーによく似た微笑みを残して、二人が王宮へ戻っていく。

「すぐに済むから、ヴィルトも離れていなさい」

ディミザにそう言われて、怪訝《けげん》そうにしつつブラッドレーも距離を取る。

この場に残されたルイは畏《かしこ》まって立ち、ディミザの言葉を待った。

「息子の件とは別に、一度あなたに会って礼を言いたかったのだ」

思いがけない言葉に、彼女は戸惑った。

ディミザはルイを興味深そうな眼でつくづくと見ながら言う。

「実はな、以前からあなたには私の鳥が大変世話になっている」

「――鳥、ですか」

ルイは訝《いぶか》しみつつも、恐々《きょうきょう》と問いかける。

「恐れながら、私は鳥を飼ったことがありません。アヒルなら職場に一羽おりますが」

ディミザはコロコロと笑った。笑うと目元が甘くなり、少しブラッドレーに似ている。

「アヒルではないな。もっと扱いが難しい鳥だ。久しくあなたと共にあったせいか、もうあなたの手からしか餌《えさ》を食べないと言っているあたり、先が思いやられるが」

ルイは反応に困り、黙っていた。どれだけ考えても心当たりがない。

「私の鳥は、昼は弱く夜は強い。とても寂しがりでね。あれは家族もなく寄る辺ない身ゆえ、あなたがいなければとうの昔に地に落ちていただろう」

ディミザがなにを言っているのか、本当にわからなかった。

誰かと間違えているのかもしれないと疑うも、ディミザの眼はルイから離れない。

「あれはあなたを大事に思っているが、多くを望んではいない。だからあなたが世話に飽きるまで傍《そば》にいて面倒を見てやってほしい」

ディミザに面と向かって頼まれては否と言えない。仰天したルイは慌てて「はい」と返事した。

「では、いずれまた。――ヴィルト、私は戻る。ルイ・ジェニック殿を送って差し上げなさい」

ディミザが背を向けてすぐ、ブラッドレーが気懸《きが》かりそうな足取りで戻ってくる。

「父上はなんだって？」

ルイはディミザを礼で見送ったあと、正直に答えた。

「さあ……よくわかりませんでした。私が鳥に餌をやって面倒を見てるとかなんとか」

ブラッドレーも変な顔をしつつ、風で顔にかかった銀髪を掻《か》き上げて言う。

「鳥？　あんた鳥なんて飼ってないよな。あ、ガーガー号のことか」

「いえ、違うそうです」

二人で顔を見合わせ、なんのことやら、と肩を竦《すく》めた。

「それはそうと、あの子って誰だよ。あんたわかったんだろ？　教えろ」

どうしても気にかかるのか、ブラッドレーが食い下がる。

ルイは、ブラッドレーの非の打ち所がない美しい顔を横目で見た。

銀色の髪に銀色の眼。

もしかしたらミュゼは見抜いているかもしれないな、となんとなく思う。初対面からやたらとエイシャに絡んでいるのは、疑いを確信に変えたかったからともとれる。

ブラッドレーが気づけないのは、肉親だからで、意外と自分ではわからないものなのかもしれない。

あわせてエイシャのことも考える。

普段の彼女を知っているだけに、素性を知ったいまだからこそ色々と納得できる。

そもそも最初から、ブラッドレーとミュゼに対する扱いが違っていた。ミュゼには対応が冷たかったのに、ブラッドレーを嫌っているようには見えなかった。それでいて、ルイとブラッドレーとの仲を取り持とうとするみたいに会話を弾ませたり、ちょっと強引だったが、デートをそそのかされたりもした。

勅命書《ちょくめい》から始まったこの数ヶ月の出来事は、よかったことばかりではない。けれど、いいこともあった。おかげで遠い存在だったブラッドレーやミュゼのことを、もう赤の他人とは思えない。

特にブラッドレーは、信頼の置ける大切な存在になっている。そんな絆《きずな》を結ぶ機会をくれた『秘密の王子』ことエイシャには、ちょっと苦情を言って、それから感謝の気持ちを伝えないといけないな、と思う。

ルイは後ろ手を組んで、首を横に振った。

「教えません」

「なんでだよ」

「だって本当は秘密でしょ？　自分で気がつくならまだしも、私の口からは言えません」

ルイの正論に、ブラッドレーはグッと黙って、諦めたように深い溜め息《たいき》を吐《つ》く。

間を置いて、ルイは彼に訊《たず》ねた。

「ブラッドレー様はどうして私を捜《さが》していたんですか」

「あんたに借りたハンカチを返そうと思ったんだよ」

「それだけですか？」

「というのは口実で、本当はもう一度あんたに会いたかったんだ」

聞きたい言葉を聞けて、ルイは満足だった。

夕べの風が吹いて緑の芝生《しばふ》を撫《な》で上げ、波立たせる。

ブラッドレーは、まだ手に握っていた勅命書を上着のポケットに押し込んで呟《つぶや》く。

「俺の護衛も今日で終わりだな」

「明日から寂しくなります」

ルイが小さく頷《うなず》くと、ブラッドレーがフンと鼻で嗤《わら》う。

「本当かよ。鬱陶《うっとう》しいのがいなくなって清々《せいせい》すると思ってるんじゃねぇの？」

「いえいえ、ブラッドレー様の食後のスクワットをしている姿が惜しまれます」

ルイは冗談に冗談で返し、ちょっと躊躇《ためら》って言った。

「……このままで、いいですよね？」

「なにがだよ」

「あなたは騎士副団長様どころか王子様でしたけど、私、このままでいいですよね」

すると、いきなりブラッドレーの手が伸びて、ルイの髪を掻《か》き乱す。

「バーカ、あたりまえだろうが。いきなり王子様扱いされてみろ、泣くぞ俺は」

ルイはブラッドレーが男泣きする場面を想像して噴き出した。

ブラッドレーもクッと喉《のど》を震わせ、二人で笑い合う。

ルイは髪を直した。そして姿勢を正してブラッドレーに向き直り、ゆっくりとお辞儀《じぎ》する。

「この数ヶ月、私の護衛を務めていただいてありがとうございました」

「おい、畏《かしこ》まるなよ」

「けじめですから」

ルイがきっぱり言えば、ブラッドレーは控えめに頷《うなず》いて礼を受け入れる。

「あいにく、護衛としてはあんまり役に立てなかったけどな」

「そんなことないですよ。たくさん助けてもらって、本当に感謝してます」

ブラッドレーは納得し難いと言わんばかりの顰《しか》め面《つら》で、口をモゴモゴ動かしている。

やがて二人は、どちらともなく肩を並べて王宮に向かい歩き出す。

「色々あったけど、あんたと一緒の毎日は楽しかった」

「私もです」

もっとなにか話したいのに、言葉が続かない。

ルイは名残惜《なごりお》しい気持ちを込めて言った。

「あの、派出所の近くを通ったときには立ち寄ってください」

「おう。たまに弁当を食わせてくれるとすごくありがたい」

「わかりました。じゃあミュゼ様と二人分、用意しておきますね」

こんな気軽な会話も明日からはできなくなると思うと、やけに寂しい。

それきり黙って歩いていると、ブラッドレーがふと足を止めた。

ルイも、つられて止まる。

訝《いぶか》しく思いブラッドレーを見上げると、眼が合った。

「俺、あんたが好きだ」

突然すぎる告白に、ルイは腰砕《くだ》けになってその場にへたり込む。

「おい、どうした。大丈夫か」

「び、び、び、びっくりした……」

「そんなに驚くことかぁ？　自分で言うのもなんだけど、俺、結構わかりやすかっただろ」

ルイはなにも言えず沈黙する。ドキドキしすぎて、心臓が口から飛び出そうだ。

ブラッドレーがルイの前に無造作に屈《かが》んで言った。

「びっくりさせてごめんな。なんか、いま伝えないとだめな気がしてよ。結婚してくれ」

告白に続く求婚。驚きを通り越して頭が真っ白になる。

ルイが無反応だったので聞こえていないと思ったのか、ブラッドレーが繰り返す。

「ルイ、あんたが好きだ。俺と結婚してくれ」

頭が沸騰《ふっとう》する。あまりの急展開に心も追いつかない。

「だめか？」

ブラッドレーの悲しげな声を聞いて、ルイはかろうじて意識を持ち直す。

前面に掌《てのひら》を突き出して、必死に言った。

「だめとか、いいとかじゃなくて、頭が麻痺《まひ》してます。お気持ちは、すごく嬉しいですけど」

「けど、なんだよ」

「そ、その場しのぎの返事をしたくないので、よく考えさせてください」

ようやく最後まで言い切る。

ルイが卒倒寸前なのを見取ったのか、ブラッドレーは保留を承諾してくれた。

「わかった、返事待ってる。そろそろ立てよ、一人で立てるか」

「立てます」

ルイは芝生《しばふ》に手をつき、両足にグッと力を入れた。立った瞬間、想定外の囁《ささや》きに耳を打たれる。

「……でも、好きか嫌いかで言ったら、好きか？」

ルイは弾かれたように顔を上げ、眼にした光景に一瞬で心を奪われた。

空気の澄《す》んだ夕刻、空は橙色《だいだいいろ》に染まり、沈みかけた太陽が放射状に金色の光線を放つ。

風が吹き、芝生がサワサワと軽やかな葉擦《はず》れの音を響かせた。

そんな中、ブラッドレーが銀色の髪を風に靡《なび》かせて立っている。美しい一幅《いっぷく》の絵画のようだ。

ルイが見とれて言葉を失っていると、ブラッドレーは不意に両腕を大きく広げた。

彼が、まっすぐにルイを見て笑う。甘くとろけるような、とびきりの笑顔だ。

「いまあんたのこと世界一優しく抱きしめたら、俺のことを好きになってくれるか？」

エピローグ　いつもの便利課

昼の休憩も終わり間近、ニコは派出所一階事務所の自分の机でカードを切っている。

ニコの傍《そば》を通りかかったルイが、なにげなく眼を止めて言った。

「それ、もしかして、三女神祭《さんめがみさい》で私がニコちゃんにお土産《みやげ》であげたカード？」

ルイが声をかけても、ニコは振り向かないまま真剣な顔でカードを並べている。

「うん。古いけど力を持ったカードだよ」

「ニコちゃんの占い、よく当たるもんね」

「僕が当たってほしくないことばかり当たるから困るよね。あ、出た」

ルイが覗《のぞ》こうとすると、ニコが捲《めく》ったカードをピッと指で弾く。

「こら、そんな扱いをしたらカードが傷《いた》むでしょ」

ルイに叱られたニコが、拗《す》ねて口を尖《とが》らせる。

「だってさ、また銀色の狼が来るってカードに出たんだ」

「また？　じゃあブラッドレー様が午後に顔を出すかもしれないね」

その途端、ニコがバタッと机の上に身体を伏せた。

「あー、嫌だ嫌だ。いーやーだー」

ルイは「よしよし」とニコの頭を撫《な》でながら、わざと畏《かしこ》まった口調で訊《き》く。

「はいはい。所長、なにが嫌なんでしょうか？」

「最近の副団長さんはルイルイにべったりすぎるー」

「うっ……」

ニコの痛烈な一言にルイは固まった。その通りなので、なにも反論できない。

自分の席で眼鏡を拭きつつ、エイシャがからかう。

「副団長殿はルイさんが焼き立てパンを持参しているときは、必ず現れるよね」

事務所の鏡の前で身だしなみを確認していたダフネも口出しする。

「鼻が利《き》くんじゃない？　部下の騎士様にもいるでしょ、ものすごく眼と鼻が利く男」

「ああ、トア殿。騒々しいけど、彼は耳もいいし、なにかと役に立つ人だよね」

「他の騎士様方も負けてないわよ。この間なんて横転した荷馬車を一人で元に戻してたんだから」

ルイの護衛任務が完了してからも、ブラッドレーはミュゼと共にちょくちょく派出所に顔を出す。

近頃は部下の団員まで現れて世間話をしていくのだ。団員たちは積極的に依頼人にも声をかけ、治安に不安や不都合がないか訊いたり、話したりと交流を図《はか》っている。それは便利課の市民生活応援の指標にも合致しているので、騒々しさは増しても、とてもいい傾向だと課員たちは歓迎していた。

アビーが窓を開け、時計を見て立ち上がる。

ルイも二階に上がる支度《したく》をしようとして、服の裾《すそ》を引っ張られた。

そちらを向くと、ニコが机に片方の手だけ頬杖《ほおづえ》をつき、ルイをじっと見ている。

「どうしたの？」

「なんでもない」

ルイはふっと笑った。

「変なニコちゃん」

ニコは机に手をついて立ち上がり、ルイの頭を軽く引き寄せて髪にキスを落とした。

「ルイルイ大好き。君の幸せが僕の幸せ。だからいつも笑っていてね」

そう言って、ニコが黒い瞳を細めて笑う。いつも通りのとぼけた笑顔に、ルイも笑顔を返す。

午後一時、アビーが玄関の休憩中のプレートを外すと同時にアンジーが飛び込んで来た。

「ニコにーちゃん、いる⁉　檻《おり》の蓋《ふた》が開いてて、ガーガー号が中にいないんだけど！」

「な、なんだってー？　ルイルイ、僕ガーガー号を捜《さが》してくるー」

ニコが血相を変え、アンジーと一緒にドタドタと派出所を飛び出していく。

その背中に向かい、ルイが叫ぶ。

「馬車と荷馬車に気をつけて！　アンジー君、ニコちゃんをお願い！」

「俺に任せて！」

普通は逆じゃないのかな、と思いつつ、ルイは玄関の外に立ってニコとアンジーを見送った。

入れ替わりに「よ」と片手を上げて、ブラッドレーとミュゼが現れる。ニコの占いが的中だ。

「おう、お疲れ。いま巡回の途中なんだ。ちょっと休憩させてくれ」

「こんにちは、ルイ殿。近くまで来たものだから、少々お邪魔してもいいかな」

ルイは「どうぞ」と笑い、二人のために玄関扉を開けて中に通す。

「皆、元気かー」

ブラッドレーは相変わらず傍若無人《ぼうじゃくぶじん》で、どっかりと待合所の椅子に座り背凭《もた》れに腕を投げ出す。

「腹減った。ルイ、なにか食い物ねぇの？　弁当とか」

「パンならあります」

「どうもありがとう」

憎めない笑顔にほだされて、ルイは台所でお茶とパンを用意し、ブラッドレーに手渡した。

「お、うまそう。いただきます」

ブラッドレーは嬉しそうに言って、早速パンにかぶりつく。

ミュゼを見れば、受付にいるエイシャに今日も根気強く絡んでいる。

そこへ玄関扉が勢いよく開き、二人の体格のいい団員がドヤドヤとやってきた。

「うおっ、副団長、いいもの食ってるー！　俺たちにはお裾《すそ》分《わ》けはないいんですかあ」

「ねぇよ！」

「やあやあ今日も美しいですね、エイシャさん！　どうです、次の休みに僕とデートなど――」

「はい、退場。勤務中の失言は腕立て伏せ一〇〇回」

「団長、ひでぇ！」

賑《にぎ》やかな声を聞きつけて、団員たちとすっかり顔なじみとなった近所の人たちも来る。

それとは別に、普通に仕事を頼みに依頼人も訪れる。いつもの日常だ。

ルイは書類を整え二階に上がろうとして、ブラッドレーに呼び止められた。

「これやる」

ルイが無造作に手渡されたのは、掌《てのひら》に収まるくらいの小さな木箱だ。

「なんですか、これ」

「三女神祭《さんめがみさい》で約束した、俺からの贈り物だよ。受け取れ、突っ返されたら捨てるぞ」

そうまで言われては、せっかくの贈り物を無下《むげ》になどできない。ルイは素直に受け取ることにした。

「ありがとうございます」

「おう。ところで、考えてくれたか」

「なにをです?」

「なにって……あんた、考えるって言っただろうが」

ルイはサッと蒼褪《あおざ》めた。ブラッドレーがなにを言おうとしているか察しがついたからだ。

慌てて口止めしようと口を開いたが、手遅れだった。

「俺との結婚だよ」

待合所に飛び交っていたあらゆる声が、一瞬でピタリとやむ。その場にいた全員の視線がルイとブラッドレーに集中した。静まり返る中、周囲にまるで無頓着《むとんちゃく》なブラッドレーの声が響く。

「それ、指輪。俺が迂闊《うかつ》だったんだけどよ、よく考えたら指輪もなしに求婚はねぇよな」

「指輪なんて受け取れませんよ！」

ルイが木箱をブラッドレーに返却しようとするが、彼は受け取らない。

二人が押し問答をしていると、横からエイシャが訊《き》いてきた。

「結婚するの？　ルイさんと副団長殿が？」

「俺はしたいのに、ルイがはいと言ってくれない」

そう言ったブラッドレーは突然、ルイの手を引き寄せて跪《ひざまず》き、手の甲に唇を押しあてた。

まぎれもない騎士の貴婦人への礼に、ルイはびっくりして大声を上げてしまう。

「ブラッドレー様！」

そして次の瞬間、その場にいた全員が総立ちとなり、爆発したような騒ぎになった。

その渦中《かちゅう》でブラッドレーが叫ぶ。

「愛してるから嫁に来い！」

ルイは真っ赤な顔で叫び返す。

「もう少し待ってくれるって言ったじゃないですか！」

窓から吹き込む風に煽《あお》られ、ニコの占いカードが二枚、ふわり、ふわりと舞い上がる。

一枚は銀色の狼。

一枚は黒い梟。

そして二枚のカードは折り重なるように床に落ちた。

書き下ろし番外編

私だけの秘密

「邪魔するぞー」

ちょうど昼休憩に入ったばかりの派出所に、聞き慣れた声が響く。

玄関扉が開き、どかどかと足音高く現れたのはブラッドレーとミュゼの二人。

まだ勤務中なのだろう、群青色《ぐんじょういろ》の軍服姿のままだ。

「よーし、間に合ったな。俺たちも飯《めし》一緒に食わせてくれ」

「差し入れを持ってきましたので、ぜひ」

手渡された紙袋はずっしりと重く、中には「餡《あん》が絶品!」と評判の巨大なアヒル饅《まん》頭《じゅう》がたくさん詰まっていた。

「わ、ごちそうさまです」

ルイが弾んだ声で礼を言うと、ブラッドレーが笑いながら応じた。

「あんたそれ好きだろ。皆で食おうぜ。で、俺にはあんたの弁当を少し分けてくれ」

横からミュゼが茶化して付け足す。

「ブラッドレーが、どうしてもルイ殿の手弁当が食べたいとうるさくて」

「団長、余計なこと言うなって！」

やや恥ずかしそうにブラッドレーがミュゼを睨《にら》み、そんな顔を見たルイはくすぐったい気持ちで「じゃあ半分ずつにしましょうか」と答えた。

派出所にはルイの他にニコ、エイシャ、ダフネ、アビーがいて、全員でわいわいと賑《にぎ》やかに昼食をとった後、ふと会話が途切れた。

そこで「なぁ、ちょっと相談なんだけどよ」と話を切り出したのはブラッドレーだ。

「俺の求婚から結構経《た》ってるのに、なかなかルイがいい返事をくれないんだよ。俺のどこがいけないかわからねぇし、どうしたらいいと思う？　上手く口説《くど》き落とすのになんかいい手はねぇかな？」

この発言に、食後のお茶の準備をしていたルイは茶葉の缶をボトッと落とした。

心配り《デリカシー》に欠けるブラッドレーの発言にうろたえて、ルイは顔を真っ赤にして叫ぶ。

「ブラッドレー様！　なななな、なにをいきなり変なこと、皆に訊《き》いてるんですかー⁉」

ところがブラッドレーはしれっとしたもので、顔色一つ変えずに言う。

「変なことじゃねぇよ。俺は真面目に相談してる。でもって、ルイには訊《き》いてねぇし」

「本人《わたし》の目の前でする会話でもないと思います！」

なんとか黙らせたくて主張してみたものの、ブラッドレーは「まあ細かいことは気にするな」とどこ吹く風である。

最初に話に乗ったのは、お節介で悪戯《いたずら》好きのエイシャだ。

「副団長殿のどこがいけないっていう話ではなく、ギャップに欠けてるんですよ」

理解不能な言葉をぶつけられ、ブラッドレーはエイシャを凝視《ぎょうし》して首を傾《かし》げた。

「『ギャップ』？」

「そう、ギャップ。世の中の女性の大半が恋に落ちる理由です」

「ちょっとエイシャ、いいかげんなこと言わないで」

ルイがエイシャをキッと睨《にら》み抗議すると、彼女はニヤニヤしつつ反論してくる。

「いいかげんじゃないし。一般論として言うけど、『自分だけが知っている相手の意外な一面』に好意を抱く人間はたくさんいるよ。優越感をくすぐられるんだろうね。そしてギャップにやられると、相手が気になってどうしようもなくなり、恋に溺《おぼ》れてしまう。珍しくもない話さ。さて、この面子《メンツ》の中で唯一の既婚者であるダフネさん、ご意見は？」

話題を振られたダフネは「そうねぇ」と相槌《あいづち》を打って続けた。

「あながち間違いじゃないわね。私も旦那の不器用な優しさにやられたクチだし」

エイシャはルイをチラ見して、「ほらね？」という表情で笑みを深める。

「へぇー。その惚気《のろけ》、後で詳しく聞かせてほしいなあ。ま、かくいう私も、下心のない気遣いを感じたり、寝顔が可愛かったり、普段と違う顔を見せられると弱いけどね」

サラッと言ったエイシャへ、鋭い視線を向けたのはミュゼだ。

「ほぉ？　……やけに実感がこもっていますね。それは単なる例え話でしょうか。それとも、誰か特定の男でもいると？」

「ふふ。さあ、どうでしょう」

挑発的にエイシャが笑う。

ミュゼはスッと眼を細めてエイシャを見つめ、問い詰めるような空気を放つ。

だがエイシャは視線をつと逸《そ》らして、思い悩む様子のブラッドレーを見据《みす》えた。

「話を戻しますがね、副団長殿は誰が見ても『いい男』です。見た目はもちろん、男気があり、腕っぷしも強く、捻《ひね》くれたところのないまっすぐな性格はとても好ましい」

「おう、ありがとう」

屈託ない笑顔を見せるブラッドレーに、エイシャは苦笑した。

「でも、それだけじゃ女性は惚れませんよ。一般的な『いい男』よりも『ダメな男』がモテる理由はそこにあります。なんだかわかりますか？」

「はあ？　『ダメな男』がモテる理由だぁ？」

ブラッドレーは難しい顔で考え込んだが、ややあって首を横に振った。

エイシャはその反応は予想済みだというように頷《うなず》いて、両手を広げる。

「答えは『人間味のある魅力』があるかないか。それは弱みだったり、ふとした優しさだったり、爆発的な感情の発現だったり——なにを魅力的だと思うかは、人によりけりですけどね」

答えを聞いて、ショックを受けたような顔でブラッドレーが呻《うめ》く。

「……つまり俺には、ルイが惚れるだけの『魅力』が足りないと？」

「そ、そんなことないですよ⁉」

ルイは思わず会話に割り込んだものの、後が続かない。

ここですかさずブラッドレーの『魅力』を伝えることができればよかったのだが、急すぎて頭がうまく働かず、口ごもってしまう。

沈黙が落ちたところへ、更にダフネが悪意のない追い打ちをかける。

「確かに『欠点のない完璧な男』よりも『弱みがあって頼ってくれる男』の方が母性本能くすぐられるわぁ。そういうふうに見ると——」

と言葉を切って、ダフネはブラッドレーとミュゼの二人をじっと見る。

「お二人は『いい男』だけど、隙がなさすぎると言えなくもないわよねぇ」

ダフネの意見にエイシャは「さすが既婚者。説得力があるなぁ」としみじみ頷く。

一方、頭を抱えたのはブラッドレーとミュゼだ。

「そうか、俺には好きな女に訴えるだけの『魅力』もないのか……」

「まさかこの私が『隙がなさすぎて』ダメ出しされるとは……」

騎士たちは意気消沈し、がっくりと肩を落とす。

お昼の和《なご》み時間が、一気にどんよりと陰気な雰囲気に満ちた。

ルイは助けを求めて、まだ発言のないニコとアビーを見遣《みや》る。

ぼんやりニコにもルイの必死さが通じたのか、コクリと頷いて、口を開く。

「僕は、ルイルイと副団長さんには、話し合いが足りないと思うけどなぁ」

ニコはのんびりとした口調でブラッドレーに話しかける。

「副団長さん、ルイルイと本当に結婚したいなら、小技を使って口説《くど》き落とすよりも先に、真剣な気持ちを伝えた方がいいと思うー」

続けて、ルイに温かなまなざしを向けて、背中を押す。

「ルイルイは、どうして副団長さんの求婚を先延ばしにするのか、自分の思っていることや考えていることを、頑張って全部ちゃんと言うべきだと思うー」

最後に、二人を勇気づけるようにニコは笑う。

「ニコちゃん……」

ニコの言葉と笑顔にルイは胸を打たれた。熱い思いが込み上げてきて、ちょっと涙目になる。ギャップがどうのという話よりずっと、親身な応対だと思った。

静まり返った派出所内に、ややあってパチパチと拍手が起きる。

「素晴らしい。さすがご主人様です」

アビーが感じ入ったみたいに、珍しく微笑《ほほえ》みを浮かべて言う。

ダフネとエイシャは眼を丸くして驚きながら、口々にニコを褒《ほ》めたたえた。

「びっくりしたわぁ。男女の機微《きび》には疎《うと》いはずの所長が、あんなにまともなことを言うなんて。私、所長を見る眼を変えないといけないかも」

「これぞまさに『ギャップ』の極致。うっかり感動してしまったな。ちょっと副団長殿、ボケっと黙ってないで、うちの所長を見習った方がいいですよ」

エイシャに言われずとも、ブラッドレーは心動かされたようだ。表情が引き締まる。意を決した様子で立ち上がり、つかつかとルイに歩み寄ると彼女の手を握った。

「行くぞ」

「ど、どこへですか」

「どこでもいい。二人きりで落ち着いて話せる場所だ」

「でも、私はまだ勤務中で――」

玄関に向かう二人の背中に向かい、ニコとアビーが一声ずつかける。

「ルイルイは視察で外出中にしておくー」

「いま時分でしたら、フェルビェン湖の景色がよろしいですよ」

ブラッドレーが背を向けたまま、「わかった」と応じて片手を上げた。

「皆、相談に乗ってくれてありがとうな。行ってくる！」

ブラッドレーは玄関先の馬止めに繋《つな》いでいた愛馬の手綱《たづな》を解《と》くと、先にルイを乗せ、次いで自分も彼女の後ろに跨《また》がった。

ルイは背中に密着するブラッドレーを意識して、胸がドキドキした。

それから市井の人々の注目を浴びつつ移動し、街中を抜け、小一時間もかけて郊外のフェルビェン湖に到着する。

ハーケン山脈とディハーケン山脈の山裾《やますそ》に広がるフェルビェン湖は、澄《す》んだ湖面に空を映し出す。

ちょうど繁殖時期だったのか、水かきのある細くて長い脚と長い首が特徴のクラン鳥が群れで集まっている。

　警戒心の強い野鳥なので、あまり近づくと逃げてしまうだろう。

　ルイはブラッドレーの手を借りて馬から下り、二人並んでしばらく自然の情景に見惚れていた。

　ややあって、ブラッドレーがゆっくりと口を開いた。

「俺、ルイが好きだ」

　ルイの心臓が跳ねた。少し高い位置から、ブラッドレーの熱を帯びた銀色の瞳が、まっすぐに注《そそ》がれている。

「世話焼きで、ちょっとそそっかしくて、でも面倒見がよくて……肩書きや身分で態度を変えたりしねぇし、媚《こ》びを売らないところもいい。怖がりのくせに度胸はあるし、気は強ぇのに結構泣き虫だし、男心に鈍《にぶ》いし、流されてくれねぇし、口説《くど》いてもすぐに待ったをかけるし、迫れば逃げるし……って、くそっ。言っててなんだか腹立ってきた」

　身勝手な言《い》い草《ぐさ》に、ルイもカチンときて言い返す。

「お言葉ですけど、私にだって言い分はあります。この際だから言いますけど、最初の告白も求婚もデートの誘いも、ところかまわずじゃないですか。少しは人の眼を気にしてくれてもいいでしょう。わ、私は、仕事上はともかく、私的にはあまり男性に免疫《めんえき》がないので、人前で堂々とイチャつくとか、すごく抵抗があるんです。恥ずかしいんです」

ルイの告白にブラッドレーは納得がいかないようで、呆れた声を上げた。

「はあ？　ニコとはあんなにベタついているのにか？」

「ニコちゃんは家族枠だから別です！」

ルイは羞恥心《しゅうちしん》を振り払い、なけなしの勇気を絞《しぼ》り出して、胸の奥に閉じ込めていた思いを打ち明け始める。

「……私、男の人と交際するのはブラッドレー様が初めてで、だからお互いの距離の詰め方とか、気持ちのすり合わせとか、上手にできなくて……。でも会えれば嬉しいし、ドキドキしてはしゃいだり、もっと近くに行きたくなったり、くっついたり、さ、触りたいなって、そういう気持ちもちょっぴりあります」

喋《しゃべ》るうちに、どんどんと顔が熱くなっていく。

ブラッドレーもルイの本音に照れたのか、頬《ほお》を指で掻《か》いている。

「お、おう。俺は構わねぇけど……いや、むしろどんどんと来い的な？」

「茶化さないでください。私は真面目なんですから！」

「俺だって大真面目だ」

ルイは赤面した。顔が熱くて堪《たま》らない。胸の動悸が激しすぎて、息をするのも苦しい。

いっそ逃げてしまえたら。

――だけど。いま、きちんと話さなきゃ、と思う。

話が脱線しかけていたので、深呼吸をして軌道修正する。

「……私は私なりに、少しずつですけど頑張って、ブラッドレー様に近づきたいと思って努力しています。離れたくないなって思うから、もっと長い時間、一緒にいられたらなって思うから。ですから私の覚悟が決まるまで、もう少し待ってくださいませんか」

ブラッドレーがきょとんとする。

「覚悟？」

ルイは上目遣いに見上げて、決死の想いを伝える。

「結婚するための、覚悟です！」

思わず声を大にして言うと、ブラッドレーが戸惑った顔で腕を組み、疑問を口にした。

「なんで俺と結婚するのに覚悟がいるんだ？」

「なんでって……」

一瞬、絶句する。

徐々に腹の底から沸々《ふつふつ》と怒りが込み上げてきた。

「結婚は人生の一大事ですよ⁉　赤の他人同士が家族になろうとするんですから、普通、覚悟くらいするでしょう。それに――」

ルイは言い淀《よど》む。苦しい顔で俯《うつむ》いた。

ブラッドレーが焦《じ》れた様子で「それに、なんだよ？」と促《うなが》す。

「……あなた、『王子様』じゃないですか」

ルイの深刻さが伝わったのか、ブラッドレーの声も低くなる。

「……だからなんだよ。俺に王位継承権はねぇぞ」

正しくは、『ない』わけではない。

王太子が政務を執《と》れないと判断された場合、王位継承権が与えられ、そして拒否権はないのだ。

ルイはゆっくりと顔を上げて、ブラッドレーと視線を絡めた。

「たとえ王位継承権がなくても、あなたはれっきとした王族で、『王子様』です。本当なら、庶民の私には一生手の届かない人――」

ルイが最後まで言い終えないうちに、急にブラッドレーの腕が伸びてきて、乱暴に抱きしめられた。

感情的になったブラッドレーが、ギラついた声で叫ぶ。

「手が届かないなんて、言うな！　いくらだって届くだろう！　俺はあんたが好きだ。

あんたが、好きなんだ！　頼む、『王子』だからなんて理由で、俺を拒《こば》まないでくれ」

ルイはもがいた。ものすごい力で後頭部と身体を押さえつけられているため、身動きできない。このままでは抱き潰《つぶ》されそうだ。

胸元でルイが窒息《ちっそく》しそうになっているとも知らず、ブラッドレーは告白し続ける。

「結婚は急がない。あんたが待てと言うなら待つし、迫るなと言うならちょっとは手加減する。人前で口説《くど》かないよう気をつけるし、イチャつくときは場所を選ぶ。なんでも融通《ゆうずう》を利《き》かせるから、俺を捨てるなよ！　って、おい、聞いてるのか⁉」

両肩に手を置かれ、ガクガクと揺さぶられる。

窒息しかけた上に、この仕打ち。もうぐったりだ。

足に力が入らずよろめいたルイを、ブラッドレーが慌てて支える。

ルイは力強い腕に安心感を覚えながら、ブラッドレーに話しかけた。

「……早とちり、ですよ」

「……早とちり、だと？」

ブラッドレーは訝《いぶか》しそうに眉根を寄せた。ルイは一息ついて、先を続ける。

「本当なら、庶民の私には一生手の届かない人なのに……私はあなたに恋をしました」

「ルイ……」

ルイは微笑《ほほえ》み、そっと手を伸ばしてブラッドレーの頬《ほお》に触れた。

「好きになってしまったんです。ブラッドレー様が『王子様』だと知る前のことですよ。だから……芽生えたこの想いを大事にしたいし、育てていきたい。だって私、あなたが『王子様』でも大好きなんです」

「ルイ！」

ブラッドレーが感極まったように破願して、ルイを掻《か》き抱《いだ》く。

それから、どちらともなく顔を寄せて唇を合わせた。温かな感触。気持ちのこもった口づけは涙を誘い、唇を離した後のブラッドレーの目元は赤く潤《うる》んでいた。

ルイはクスッと笑った。

「ブラッドレー様の涙なんて、初めて見ました」

「うるせぇな。感動したんだよ、仕方ないだろ」

気恥ずかしいのか、ブラッドレーはプイっと顔を背《そむ》ける。

ルイはそんなブラッドレーを愛しく思い、爪先立ちして彼の耳元に囁《ささや》いた。

「私しか知らないブラッドレー様の『魅力』、見つけました」

「本当か。どこだよ、教えろ」

それは、あなたが私を見つめるときの、優しい眼。

――などと、面と向かって言えるわけもなく。

ルイは火照《ほて》った顔を手で覆《おお》いながら、言い逃げすることに決めた。

「嫌です。これは、私だけの秘密です」

待望のコミカライズ！

蓮《れん》は本を愛する書店員。ある日、職場にあった本を開くと、異世界に連れて行かれてしまった！　どうやら、元の世界に帰るには、この世界と「縁」を結ぶ必要があるらしい。まずはできることをしようと決めた蓮に、この世界にはない「本屋」を作ってほしいという依頼が舞い込んで――？

＊B6判　＊定価：本体680円＋税　＊ISBN978-4-434-23559-7

アルファポリス 漫画　検索

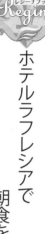

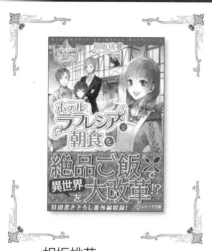

本書は、2016年6月当社より単行本として刊行されたものに書き下ろしを加えて文庫化したものです。

レジーナ文庫

恋《こい》するきっかけは秘密《ひみつ》の王子様《おうじさま》

安芸《あき》とわこ

2018年　1月20日初版発行

文庫編集－福島紗那・塙綾子
発行者－梶本雄介
発行所－株式会社アルファポリス
〒150-6005 東京都渋谷区恵比寿4-20-3 恵比寿ｶﾞｰﾃﾞﾝﾌﾟﾚｲｽﾀﾜｰ5階
TEL 03-6277-1601（営業）　03-6277-1602（編集）
URL http://www.alphapolis.co.jp/
発売元－株式会社星雲社
〒112-0005東京都文京区水道1-3-30
TEL 03-3868-3275
装丁・本文イラスト－あり子
装丁デザイン－ansyyqdesign
印刷－株式会社暁印刷

価格はカバーに表示されてあります。
落丁乱丁の場合はアルファポリスまでご連絡ください。
送料は小社負担でお取り替えします。

ISBN978-4-434-24077-5 C0193